방패용사 성공담
19
아네코 유사기
Aneko Yusagi
박용국 옮김

세인의 언니
???
마인

글래스
이와타니 나오후미
실디나
방패 용사 성공담 19
인물소개

그 손에는 내가 처음 소환됐을 때의 방패처럼 모양이 심플한
부적을 넣는 상자 비슷한 물건이 들려 있었다.
「어……?」

목차

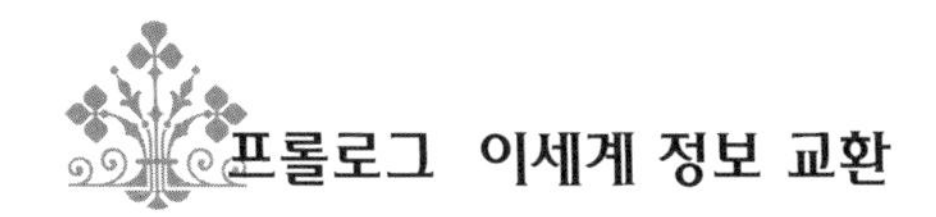

프롤로그 이세계 정보 교환

"이번 파도는 식은 죽 먹기던데."

"네, 앞으로도 계속 이렇게 승리할 수 있으면 좋을 텐데요."

우리는 지금 키즈나 쪽 세계의 파도에 도전해서 파도의 보스를 처치한 직후였다.

"나오후미 꼬마, 너희 일행 엄청나게 강하던데. 이번에 이쪽에 온 직후보다 더 강해진 거 아냐?"

"글래스나 라르크도 그럭저럭 잘 싸우긴 했지만……. 아무래도 본래 무기로 싸우니까 싸우기가 편하긴 했어."

"그야 예전보다 강해졌으니까 당연하겠지."

뭐, 이번 파도에서 낙승을 거둔 데에는 이유가 있었다.

운 좋게 우리가 담당하는 세계와 매칭된 덕분이었다.

그 결과, 거울이 아니라 손에 익은 방패로 싸울 수 있었다.

게다가 파도가 발생하는 동시에 내 레벨도 껑충 뛰어올랐다.

왜냐하면 우리 세계와 키즈나 쪽 세계…… 두 곳의 레벨이 합산되기 때문이다.

덧붙이자면, 여기에서는 쓸 수 없던 원래 세계의 마법도 사용이 가능했다.

그래서 피해가 발생하기 전에 파도의 근원까지 우격다짐으로 밀고 들어갈 수 있었던 것이다.

"이번 싸움에서 가장 크게 활약한 건 활의 용사님 같았어요."
"라프~."
라프타리아가 라프짱과 함께 이츠키를 칭찬했다.
"이츠키 님, 해내셨네요!"
"네."
"그래. 이 상황에서 제일 잘 싸울 수 있는 건 이츠키겠지."
봉인돼 있던 성무기도 쓸 수 있게 된 상황이고, 레벨 등의 관점으로 미루어 보아 이츠키의 공격력이 가장 높을 건 분명했다. 나는 방어에 주안점을 두고 있느니만큼, 공격할 때는 눈에 띄는 활약을 할 수 없었다.
결과적으로 이 자리에 있는 자들 가운데 이츠키가 가장 높은 공격력을 갖고 있다 해도 이상할 게 없었다.
"나오후미 쪽 세계와 충돌한 게 행운이었나 보지?"
"아무리 낙승이었다고 해도 파도 자체는 좋은 거라고 할 수 없으니 그렇게 말하기도 좀 껄끄러운데."
"나오후미 씨, 잡담도 좋지만……."
"나도 알아."
이츠키의 지적에 나는 고개를 끄덕이고 주위를 둘러보았다.
원래 세계에 들러서 상황을 확인하거나 싸움을 거들어 주거나 할 필요가 있는 건 사실이다.
하지만 나와 이츠키 등은 예외적인 방법으로 세계를 건너왔기에, 다시 돌아오려면 또 성가신 절차가 필요하게 될 것이다.
방법이 없는 건 아니지만 괜한 수고를 들이기는 싫었다.
본래 우리가 담당하던 이세계에서는 검의 용사 아마키 렌이나, 제정신은 아니지만 어쨌거나 창의 용사인 키타무라 모토야스가 대표로 나서서 파도에 대처하고 있을 것이다.

파도의 균열을 통해 내다보니, 일그러진 렌즈를 통해 보는 것처럼 건너편이 보였다.

"균열이 저쪽에서 닫혀 버리면 일이 성가셔져. 빨리 누군가…… 이런 상황에서는 라프타리아나 리시아가 적임자일 것 같은데, 저쪽에 가서 이야기를 좀 해 주고 오면 안 될까? 라프타리아나 리시아가 가면 우리가 이쪽 세계에서 그럭저럭 잘 지내고 있다는 걸 설명할 수 있을 거 아냐?"

"하긴, 그건 그러네요. 제가 무사히 나오후미 님과 합류했다는 걸 보고하자면 그 방법이 제일 좋겠죠."

"필로는~?"

"너는 설명 실력이 형편없잖아."

"에……."

"후……."

그런 필로와 나의 실랑이를 마룡이 코웃음을 치며 쳐다보고 있었다.

필로와 사이가 나쁘다는 건 알고 있지만 그런 식으로 도발할 건 없잖아.

"뭐야? 필로한테 뭐 불만 있어~?"

필로가 울컥해서 마룡을 쏘아보았다.

"싸우려면 다른 데 가서 해. 시간 없으니까."

"그치만 이 드래곤이…… 부우~!"

내가 주의를 주자 필로는 빵이 부루퉁해져서 항의하고 들었다.

"이세계에 갈 거라면 가는 김에 이걸 가져가라. 나를 침식하려 했던 저쪽 용제에게 맞게 조정해 둔 메시지다. 이것만 있으면 단번에 상황을 알아챌 거다."

마룡은 그렇게 말하며 수정 조각처럼 생긴 무언가…… 용제의 조각을 토해 내서 라프타리아에게 건넸다.

척 보기에도 음산해서 라프타리아도 떨떠름한 표정이었다.

"그, 그럼 다녀올게요."

"리시아 씨도 잘 부탁드릴게요."

"아, 네! 이츠키 님! 다녀올게요."

그렇게 말하고, 라프타리아와 리시아는 파도의 균열 속으로 뛰어들었다.

"시간이 얼마 없다는 게 답답하군."

뭐랄까, 한정된 시간 동안만 원래 힘을 되찾는 건 히어로 같아서 멋있게 느껴지기도 하지만, 실제로는 이 힘을 늘 유지할 수 없다는 게 여간 아쉬운 일이 아니었다.

이 상태를 유지할 수만 있다면, 이 세계에 눌러앉은 파도의 첨병 놈들과 윗치 패거리를 손쉽게 없애 버릴 수 있으련만…….

그렇게 5분쯤 기다리고 있으니, 라프타리아가 파도의 균열을 통해 돌아왔다.

덤 같은 건지도 모르지만…… 어째선지 한 명이 더 따라왔다.

"호오…… 여기가 이세계라는 곳이군."

"네. 하지만 느긋하게 오래 있을 수는 없으니까 짤막하게 부탁드릴게요."

"알았어."

"에클레르잖아."

"아아, 이와타니 공. 라프타리아한테 들었는데, 고생이 많았다는 모양이군."

"그야 뭐……. 그쪽은 좀 어땠지?"

"그걸 이야기하러 이렇게 온 거다. 설명의 수고를 줄이기 위해 리시아는 저쪽 세계에서 이야기하고 있지."

"그렇군."

하긴, 그러고 보면 한쪽이 건너편 세계에 남아서 그쪽 사람들에게 사정을 설명하고, 다른 한쪽은 건너편 세계 사람을 데려온다는 건 괜찮은 아이디어였다.

나중에 정보만 대조하면 되니까.

이건 쓰레기가 낸 아이디어인 것 같았다.

"음……."

"흐음……."

그때…… 요모기와 츠구미가 에클레르와 시선을 마주했다.

"아아, 비슷한 녀석들 셋이 모인 셈이네. 나중에 시간 나면 셋이서 대련이라도 해 봐."

성격도 서로 비슷해 보이니, 죽이 잘 맞을 것 같았다.

"뭐라고? 아니…… 여기서 실랑이를 벌일 시간이 없지."

에클레르는 약간 불쾌한 기색으로 미간을 찌푸렸지만, 알 게 뭔가.

"그게 무슨 뜻이지?"

"하긴 궁금하기도 하니까……. 뭐, 기회가 있으면 한 번쯤 대련을 해 보는 것도 괜찮겠지."

츠구미와 요모기가 저마다 감상을 늘어놓았다. 역시 서로 간에 뭔가 느끼는 게 있었던 게 틀림없다.

"그런데, 왜 하필 에클레르가 온 거지?"

"왕께서 나를 설명 담당으로 선정하셨으니까."

역시 그랬군. 그 녀석은 각성한 뒤로 행동에 군더더기가 없고, 엄청난 통솔력을 선보이고 있단 말이지.

과정 따위는 생략해 버리면서도 충분히 이해 가능한 결과를 내놓는 것이 그야말로 지혜의 현왕다운 느낌이었다.

"쓰레기는?"

"리시아에게 받은 암호 해독서를 훑어보고 계셔. 그와 동시에 창의 용사와 윈디아의 드래곤을 다독이고 계시지."

"꺄악—!"

아, 필로가 부랴부랴 내뺐다.

보나 마나 "저 너머에 필로땅이 있습니다! 나는 그 어떤 벽이라도 돌파해 버릴 겁니다!" 같은 정신 나간 소리를 지껄이며 설치고 있겠지. 마을 일은 렌에게 맡겨 두길 잘했다.

"정말 저희가 먼저 돌아와도 괜찮았던 건가요?"

"그 소동에 대처하다가는 이와타니 공을 너무 오래 기다리게 만들 거라고 왕께서 말씀하셨으니, 하는 수 없는 일이겠지."

마음 같아서는 당장에라도 돌아가고 싶은 기색이 역력했다.

"창의 용사는 나의 이야기를 듣기는 하지만, 곡해하는 경우가 많아서 말이지……."

"필로를 미끼로 해서 조종하는 수밖에 없어."

"그건 그렇지만 이번에는 완전히 자아를 잊었어. 설득이 뜻대로 잘 안 되고 있어."

쓰레기 본인이 오지 못한 건 그 때문이었군.

"불행 중 다행으로, 그나마 메르티 여왕 폐하와는 사이가 나쁠지언정 이야기는 가장 잘 듣긴 하는데……. 하지만 현장에 오시는 데 시간이 걸려서 말이지."

건너편 세계의 파도에서는 쓰레기가 출격하니, 메르티는 그 보좌로서 후방 지원을 맡고 있다……. 거기까지는 쉽게 상상이 갔다. 지혜의 현왕으로 각성한 쓰레기는 이제 전선에서 싸우는 것도 불사한다.

녀석의 행동 이념을 바탕으로, 그게 가장 효과가 좋았다는 거겠지.

"저기…… 지금 무슨 이야기 하는 거야?"

키즈나가 고개를 갸웃거리며 물었다.

"신경 쓰지 마. 우리 세계의 얼빠진 이야기니까."

"아, 그래……?"

"그건 그렇고, 가엘리온까지 날뛰고 있다는 건 무슨 이야기?"

"아아, 라프타리아가 가져온 용제의 조각이라는 걸 받자마자 갑자기 날뛰어 대기 시작했어. 윈디아 말로는 무슨 일이 있어도 이세계에 가야겠다면서 떼를 쓰고 있다는 모양이더군. 창의 용사 일까지 겹쳐져서 우리 세계는 혼란에 빠져 있어."

"후…… 꼴좋게 됐군."

마룡이 한 방 먹였다는 듯 득의양양한 표정으로 웃었다.

아니, 웃지 마. 이 자식, 무슨 짓을 저지른 거냐?!

아무리 가엘리온 때문에 사라질 뻔한 위기를 겪은 적이 있다고 해도, 이런 식의 보복으로 문제를 일으켜 놓고 히죽히죽 쪼개기나 하고.

"나는 분명 저쪽 용제에게 제대로 정보를 전달했어. 녀석 본인의 인내심이 형편없었던 게 탈이지. 고작 이 정도로 이성을 상실하다니, 저쪽 용제의 수준도 알 만하군."

내가 쏘아보자 마룡은 자기변호를 시작했다.

"아니, 그만큼 몰입한 거라고 할 수도 있겠군."

"이런 짓을 한 대가는 확실히 치러야 할걸?"

"그 정도 대가는 충분히 지불할 자신이 있어. 방패 용사, 벌로 네놈의 하인이 되어 주마."

"은근슬쩍 무슨 소리를 하시는 거예요?!"

"싫어~!"

"그건 네 입장에서는 상이잖아. 사랑으로 뭐든 다 넘을 수 있다면 키즈나랑 자 봐."

"왜 여기서 나를 끌어들이는 건데?! 그러지 마!"

"큭……. 그건 받아들일 수 없는 대가다. 역시 방패 용사는 만만치 않군."

이 마룡은 정말이지 성희롱 말고는 할 줄 아는 게 없는 건가. 게다가 정체불명의 집착까지 보여서 불화를 불러일으키기까지 한다.

지난번 습격 때 도움이 되지 않았더라면 그 즉시 처분해 버렸을 텐데.

"라프~."

아, 라프짱이 한심하다는 듯 혀를 차고 있군.

"마룡은 무시하도록 하죠. 어쨌거나 최대한 짤막하게 이야기를 정리해야 하는 상황인 것 같아요."

헛소리나 하고 있을 여유는 없으니까. 최대한 빨리 정보를 교환해 두고 싶었다.

"파도의 잔여 시간 이외에 이런 문제까지 일어나다니……."

말썽이 끊이지가 않는다.

건너편 세계는 이런 녀석들이 소동을 벌여 대서 피곤하니, 나는 이세계에서의 휴가나 즐겨야겠다.

……이런 식으로 현실에서 도망치고 싶다는 충동이 든다.

나는 이쪽 세계에서 일어난 일들을 에클레르에게 간결하게 설명했다.

"이쪽 세계에 온 지 얼마 안 돼서 라프타리아와 합류했고, 낫의 권속기를 빼앗아 간 녀석이 공격해 왔을 때는 무사히 처치했어. 수렵구의 용사인 키즈나를 구출하는 데에도 성공했지만, 또 성가신 싸움에 말려들어서 말이지."

에클레르도 알아들을 수 있도록 키즈나를 가리키며 소개했다.

"저는 수렵구의 용사로 이 세계에 소환된 카자야마 키즈나라고 해요. 으음, 에클레르 씨……라고 부르면 될까요?"

"에클레르 세이아엣트다. 이세계의 용사. 이와타니 공과 라프타리아, 리시아를 잘 부탁한다."

키즈나와 에클레르가 악수를 주고받으며 간결한 자기소개를 마쳤다.

"그래, 대충 알겠군."

요모기한테 시선 보내지 마. 휘감고 있는 분위기가 비슷한 건 사실이지만.

에클레르는 요모기와는 달리 연애에는 관심이 없지만.

"아아, 보아하니 세인의 적 세력과 연관이 있는 것 같았어. 게다가 윗치 패거리까지 같이 나타나서 얼마나 고생했는지 모른다고."

지금도 내 바로 뒤에 도사리고 있는 세인에게서 정체불명의 압박감이 느껴졌다.

쿠텐로에 있던 시절에도 이런 느낌이었지만, 그때보다 더 악화된 거 아냐?

그래도 그때는 위기 상황에서 거울의 권속기가 나타나서 내 손에 깃들고, 그 후에 이런저런 우여곡절을 거쳐서 가까스로 궁지에서 벗어날 수 있었다.

뭐, 윗치, 이츠키의 부하였던 갑옷남, 파도의 첨병으로 보이는 전(前) 악기의 권속기 소지자 미야지 등이 무슨 콩트라도 하듯이 내부 분열을 일으키기도 했고.

그 뒤로는…… 생각만 해도 넌덜머리가 나는 싸움의 연속이었지.

기껏 구해낸 키즈나는 나태의 저주를 강제적으로 부여당한 데다, 석화까지 되어 버린 상태였다.

석화를 풀었더니 백수 생활을 찬미하며 드러누워 버렸다.

그 원인인 저주의 액세서리를 파괴하기 위해, 에스노바르트가 관리하는 고대 미궁도서관이라는 던전을 공략, 가까스로 찾아낸 정체불명의 병에 든 액체로 키즈나의 저주를 푸는 데 성공했다.

또, 거울의 강화 방법은 요리를 먹음으로써 강해질 수 있다는 것이었기에, 나는 쉴 새 없이 음식을 만들어 댔다.

성가신 적이 있는 이상 우리는 종전보다 더 강해져야만 했다.

그 결과 키즈나 패거리가 더 이상은 못 먹겠다고 볼멘소리를 하기 시작했다. 타협안으로서, 적은 양으로 많은 경험치를 얻을 수 있는 효과적인 음식을 찾으러 세이야 반점이라는 곳을 찾아갔다. 그런데 거기에서는 또 정체불명의 요리 대결을 벌여야 하는 신세가 되었다.

하필이면 상대 요리사인 점주 세이야도 파도의 첨병이었다. 결과적으로 세이야에게 지배당하던 도시를 구해 내고 녀석이 보유하던 진귀한 식재료도 입수할 수 있었지만, 비밀을 자백시키려고 했더니 머리와 혼이 폭발해 버렸다.

그리고 그다음으로는, 적의 세력이 사용하고 있는 것으로 보이는 지원마법 무효화에 대항할 수단을 얻기 위해 마룡을 되살리게 되었다.

마룡의 협력을 이끌어 내는 데는 성공했지만, 나에 대해 집요하게 성희롱을 해 대는 것이 아닌가.

게다가 세인의 언니가 세계를 위기로부터 구하는 데 동참코자 하는 의용병으로 위장해서, 어디서 데려온 건지 알 수 없는 파도의 첨병들과 함께 라르크의 성으로 찾아왔다.

게다가 오염된 성무기를 이 세계 마물에 이식해서 만든 괴상한 괴물을 끌어내서 습격하기까지 했었다.

그래도 그나마 수확이 있다면, 파도의 첨병들을 처치하는 과정에서 윗치의 패거리인 여자2를 함께 처치한 것이었다.

뭐랄까…… 그냥 사실을 나열하기만 했는데도, 참 정신 나간 날들이었다는 생각만 드는군.

“그래서 말인데요, 나오후미 님. 아무래도 우리 쪽 세계 분들은 그 전 왕녀가 이세계로 넘어온 사건에 대해 이미 알고 계신 것 같았어요. 듣자 하니 나오후미 님 일행이 떠나온 뒤에 판명된 일이라는 모양이에요.”

“뭐라고? 그게 무슨 소리지?”

윗치가 이 세계로 건너온 걸 알고 있었다고? 우리가 출발한 뒤에 무슨 일이 있었던 거지?

뭐, 쓰레기가 그쪽 세계에 있으니 그런 걸 탐지할 수 있다고 해도 이상할 건 없겠지만.

그런 생각을 하고 있으려니, 에클레르가 고개를 끄덕이며 입을 열었다.

“들리는 이야기로는 그림자와는 별개의 특수 임무를 맡은 자들이, 여왕의 명에 따라 전 왕녀를 수색하는 밀정으로 활동하고 있었다고 하더군. 다만…… 상황이 상황이니만큼, 여왕에게 정보가 전해지기 전에 그런 사태가 벌어져서…….”

우리가 타쿠토의 기습에 당했던 일 말이군.

그 뒤로는 쓰레기가 여왕의 역할을 이어받았다는 거겠지.

“호오……. 그래서?”

“가장 유력한 정보를 포착한 밀정이 마지막으로 남긴 메모에 따르면, 「전 왕녀와 함께 이세계로 건너가게 됐다. 이 정보가 전해질 때쯤이면 나는 아마 이세계에 건너가 있어서 연락이 불가능할 것이다. 그래도 나는 그 전 왕녀에게 자기 죄의 대가와 지옥을 맛보게 해 주기 위한 활동을 계속하겠다…….」라고 적혀 있었다더군."

죄의 대가와 지옥을 맛보게 해 주겠다…….

"어떤 녀석인지는 모르지만, 엄청 강한 원념 같은 게 느껴지는 문장인데?"

"나도 자세한 경위에 대해서는 들은 바가 없지만, 밀정들 중 상당수는 그 왕녀에 대해 원한을 가진 자들이었다는 모양이야."

흐음……. 다시 말해 그 윗치 세력에 그 스파이 녀석도 숨어 있다는 말이군.

게다가 윗치에 대해 지독한 원한을 지닌 녀석이.

그리고 그 스파이가 마지막으로 남긴 정보 덕분에 윗치가 이 세계로 건너왔다는 게 밝혀졌다는 이야기다.

정보가 나에게 도착하기도 전에 조우하다니, 영 불쾌하군.

"무슨 이야기인지는 알았어. 그런데, 그쪽 상황은 그게 다야?"

"그래. 현재까지 파도에 관해 이렇다 할 일은 벌어지지 않았어. 렌도 이야기한 적이 있지만, 아무 일도 안 일어나기를 기도하는 수밖에 없겠지."

"그렇군."

"아까 들은 이야기로 봐서는, 이와타니 공 쪽은 상당히 많은 진전이 있었던 것 같군."

"그래……. 파도의 첨병이라 불리는 자들의 정체 그리고 파도의 흑막에 대한 게 밝혀졌어."

"그 정체라는 게 뭐지?"

"파도의 첨병…… 타쿠토 같은 녀석들은 아마도 나나 이츠키,

렌이나 모토야스처럼 일본 출신인 것 같아. 한 번 죽었다가 전생해서 부정한 수단으로 이세계에 기어들어 온 놈들인 모양이야. 하나같이 타쿠토 같은 성격이라서, 이야기가 통하는 놈들이 아냐."

나도 이야기 속에서 읽어 본 적이 있는 시추에이션이었다.

주인공이 불의의 사고로 죽는데, 실은 그 주인공은 신의 실수 때문에 죽은 것이었다. 죽음 자체를 취소할 수는 없으니 그 대신 이세계에 전생시켜 주는 식의 이야기.

그런 놈들이 멋대로 세계를 헤집고 다니는 게, 바로 파도의 흑막이 일으키는 침략 행위인 것이다.

"전생이라는 게 뭔지 좀 이해가 안 가긴 하지만……. 그렇군, 적이 성가신 놈들이라는 건 이전부터 알고 있었어. 그 정체를 확인한 건 커다란 성과라 할 수 있겠지. 그래서, 그 두목은 누구지?"

"신을 참칭하는 자……라는 것까지밖에 몰라. 아무래도 거의 만능에 가까운 힘을 가진 놈이 배후에 도사리고 있는 모양이야."

"흐음……. 나중에 왕과 렌에게 이야기해서 서로 정보를 취합해 볼 필요가 있는 안건이군."

"쓰레기가 이쪽으로 건너와서 이야기하면 편할 텐데……."

그러면 우리는 생각도 못 했던 아이디어들이 쑥쑥 튀어나올 테니까 말이지.

모토야스 녀석, 괜히 쓸데없는 짓을 해서 일을 성가시게 만들다니.

"왕 본인이, 자신은 전 왕녀에게 모질게 대하지 못할 수도 있다면서 걱정하고 계셨어. 자신은 별 도움이 되지 못할 거라고 말씀하시더군. 다만, 기회가 있으면 숨통을 끊어도 좋다는 말씀은 하셨다."

"그렇군……."

그래도 예전에는 끔찍이 아끼던 딸이었으니, 아무리 지혜의 현왕으로 각성한 상태라 해도 생각이 무뎌질 가능성이 있다는 건가.

비정하게 굴기 위해 오히려 조언해 줄 수 없다니, 참 귀찮은 성격이군.

하지만 인간의 심리를 이해할 수 있기에 상대의 뒤를 찌를 수 있는 법이다.

일장일단이 있는 셈이다. 확실히, 쓰레기를 전선에 내보내기에는 상대와의 상성이 좋지 않다.

"그런데 이와타니 공, 우리 쪽의 증원이 필요한가?"

"흐음……."

증원이라……. 지금은 필요한 인재를 불러들일 수 있는 상황이다.

칠성용사를 좀 더 이쪽으로 불러오는 방법도 있긴 하지만…….

건너편에 있는 칠성용사는…… 포울과 쓰레기잖아? 리시아는 이미 이쪽에 와 있고……. 그리고 생각해 보면 세인의 적 세력이 칠성용사를 제법 많이 거느리고 있단 말이지.

행방불명 상태인 자는 빼앗긴 거라고 판명해야겠지……. 도끼, 망치, 손톱, 채찍을 빼앗긴 상태다.

솔직히 말하자면, 둘 다 여기로 불러오고 싶은 심정이긴 하다.

그런데 그렇게 했다가는 우리 쪽 세계의 수비가 너무 허술해진단 말이지.

렌과 모토야스 둘만으로도 방어할 수 있을지 모르지만, 쓰레기와 포울까지 빼내는 건 위험 부담이 너무 크고, 경호가 허술해진다.

빼앗긴 칠성무기가 전부 다 이쪽 세계에 투입되었으리라는 보장은 없다.

흐음……. 역시 쓰레기와 포울을 소집하기는 힘들 것 같군.

지금 당장만 생각하자면 나쁘지 않은 방책이지만, 그만큼 건너편이 공격받았을 때 우리의 부담이 늘어난다.

게임 공략 정보처럼 다음에 뭐가 일어날지를 사전에 알 수 있다면 이렇게 고생할 일도 없으련만.

뭐, 현실에서 그런 정보는 하나같이 함정이었지만.

정말이지, 세상일이란 뜻대로 안 풀린다니까.

"오고 싶다는 녀석은?"

"이와타니 공의 명령이라면 응하겠다는 자들이 많아. 단, 왕과 메르티 여왕 폐하는 사양하겠다고 사전에 말씀하셨다."

그렇겠지. 녀석들도 이해하고 있는 것 같아서 든든하군.

"그쪽 세계에서도 세인의 적 세력이 활동하고 있을 가능성이 높아. 계속 수색하도록 해."

"이와타니 공의 지시, 잘 알았다."

바로 그때, 파도의 균열에서 두 개의 그림자가 나타났다.

"여기가 이세계로구나."

"딱히 차이가 있는 것 같지는 않아 보이네요. 에클레르 씨, 이제 슬슬 이야기를 끝마쳐야 할 때가 아닌가 하고 다들 걱정하고 있어.”

으음……. 변환무쌍류 할망구와 좀 특이한 라프종인가?

통통하고, 어쩐지 수인에 가깝다고나 할까? 흐음, 이건 이것대로 나쁘지 않군.

필로나 가엘리온처럼 말을 한다는 점이 약간 불만이지만, 외모 자체는 내 취향이다.

“알았다. 리시아는 뭘 하고 있지?”

“금방 올 거라고 그랬어.”

그나저나 이 목소리…… 어째 귀에 익은데?

목소리의 주인인, 라프짱과 닮은 수인을 응시하고 있으려니 할망구가 내게 말을 건넸다.

“성인님, 사태의 경과는 대충 들었습니다.”

“그렇군…….”

“부디 제게 신천지를 보여 주십시오!”

“아들은 어쩌고?!”

이 변환무쌍류 할망구는 라프타리아와 에클레르, 리시아의 스승이다. 또한 우리 쪽 세계에서 용사가 아니더라도 강해질 수 있게 해 주는 유파인 변환무쌍류를 전승하는 스승으로서, 우리 마을에서 부하들을 단련하고 있었다.

타쿠토의 기습을 받고 궁지에 몰리기도 했었지만, 그 사건을 계기로 할망구의 아들이 의욕을 보이게 되었다. 그래서 할망구는 아들의 수행에 전념하기 위해 이세계행을 사양한 바 있었다.

“후후……. 저는 행복한 어미입니다.”

"아니, 왜 혼자 결론을 내고 있는 건데? 이유를 이야기하라고!"

"아…… 스승님의 아들은, 스승님이 이와타니 공을 따라가고 싶어 한다는 점을 마음에 두고 있더군. 연습 시간이 아닐 때에도 포울이나 나에게 훈련을 요청하면서, 자기는 스승님 없이도 충분히 강해질 수 있으니 기회가 생기면 새로운 세계로 가라고 스승님에게 이야기했다."

내 태클에 할망구 본인이 아닌 에클레르가 대답했다.

"아…… 그러셔."

간접적으로 그 녀석 때문인가. 결국 따라오고 싶으면 처음부터 그렇게 말했어야 할 것 아니냐는 말이 목구멍까지 솟구쳤지만, 사정이 달라졌다면 굳이 거절할 이유도 없었다.

"알았어. 마음대로 해. 단, 테리스의 마법 없이는 말이 안 통한다는 점은 알아 두도록 해."

"성인님, 주먹으로 이야기하면 언어는 필요 없습니다."

"그런 단순무식한 대답은 집어치워."

그런 식으로 대화가 성립되는 게 오히려 더 싫다고.

"자, 낯선 유파와 새로운 문하생이 있는 세계가 저를 기다리고 있습니다!"

그렇게 신천지를 마음껏 즐기겠다는 태도도 좀 그렇지 않아?

"그건 그렇고……."

나는 다시 라프짱을 닮은 수인 쪽으로 시선을 돌렸다.

"방패 형! 나 이런 모습으로 변신할 수 있게 됐어!"

"오오! 역시 루프트였구나!"

목소리도 그렇고 외모도 그렇고, 어쩐지 그럴 것 같다는 생각은 하고 있었다.

"응! 라프짱식 클래스업을 했더니 나도 이렇게 변신할 수 있게 됐어!"

이런 새로운 발견이!

나는 가만히 루프트의 머리를 쓰다듬었다.

"에헤. 방패 형이 쓰다듬어 주니까 좋은데."

은근히 라프짱과 비슷한 이 촉감…… 나쁘지 않군.

"나오후미 님? 저기, 지금 제 앞에 좀 따져 묻고 싶은 안건이 있는데, 나중에 설명 좀 해 주실 수 있을까요?"

"라프~?"

"전투 면에서는 어떻지?"

"아인 모습일 때보다 마법에 민감해졌어! 힘도 더 강해진 것 같고."

오오, 그거 근사하군.

"라프타리아는 저렇게 변신 못 해? 그렇게 하면 범고래 자매처럼 전투 능력이 향상될 것 같은데……. 아니, 애완용으로서도 최고고."

"뭔가 끔찍한 말을 들은 것 같은 느낌이 드는데요?! 나오후미 님! 저는 권속기 소지자라서 클래스업 따위는 없어요!"

"그러고 보니 그랬었지……. 그래도 뭔가 방법이 있을 게 분명해."

"굳이 찾으실 것 없어요!"

"라프타리아가 라프짱 모습으로 변신할 수 있게 되면, 넌덜머리가 나도록 쓰다듬어 줄 거야. 다양한 라프타리아를 즐길 수 있겠지.”

“그런 말씀 하셔 봤자 양보할 생각은 조금도 없어요. 설마 그걸 칭찬이라고 하시는 거예요?”

끄응…… 라프타리아의 고집도 참 어지간하군.

그렇게 이야기를 나누고 있으려니 루프트가 실디나 쪽으로 시선을 보냈다.

실디나도 가시방석에 앉은 기분인지 뻣뻣한 자세로 시선을 외면하고 있었다.

“갑자기 사라져서 깜짝 놀랐어.”

“어라—? 나도 놀랐어.”

“응. 나랑 같구나.”

“루프트는 많이 달라졌네.”

“근사하지?”

“…….”

왜 거기서 입을 다무는 거냐. 근사한 실험 결과잖아?

“저기, 그럼 나는 그만 돌아가는 거야?”

실디나가 약간 불만 어린 표정으로 나와 루프트에게 물었다.

아아, 실디나는 본래 이쪽 세계로 오는 멤버가 아니었는데 모종의 사고 때문에 이쪽 세계로 오게 된 거니까. 이 기회에 돌려보내는 것도 나쁘지 않겠군.

바닷속 마물이 경험치를 더 두둑하게 주니까 마을 녀석들의 레벨업이나 파도에 맞서 싸우는 자들의 저력 향상에는 더없이 적합한 인재다.

“그 안건 말이다만, 왕께서 그건 고의가 아니라 권속기가 고

의로 실디나를 끌어들인 것일 가능성이 있다고 말씀하셨다. 그게 사실이라면 억지로 돌려보낼 필요는 없지 않겠느냐고 하시더군."

에클레르의 설명에 루프트도 고개를 끄덕였다.

"실디나한테도 뭔가 커다란 역할이 있을 거라고 하던데?"

"뭐, 그쪽 세계를 지키고 있는 너희가 그렇게 나오는 이상, 굳이 실디나를 돌려보낼 필요는 없겠지만……."

"나는 꼭 나오후미랑 같이 싸우고 싶어."

실디나가 결의를 드러내며 잘라 말했다.

"힘내, 실디나. 나도 열심히 할 테니까, 나중에 돌아와서 이야기 많이 들려줘."

"응, 많이 이야기해 줄게."

"메르티 여왕이랑 그 아버지는 참 대단해. 같이 있다 보면 내가 얼마나 미숙했는지 뼈저리게 실감이 나. 앞으로도 더 많이 배우고 싶어."

루프트가 진지하게 배움에 임하고 있는 것 같아서 다행이군.

쓰레기도 각성 후에는 쓰레기라 부르기 힘들 만큼의 능력을 선보이고 있다.

고인이 된 여왕이 그동안 버리지 않았던 이유가 납득이 갈 만큼 대단한 인재다.

그리고 나는 가만히 라르크 쪽을 쳐다보았다.

라르크는 쓰레기처럼 짜증 나는 놈은 아니지만, 같은 왕이면서도 뭔가 확 꽂히는 게 없단 말이지.

왕이라기보다는 장군에 가까운 느낌이다.

아니면 천하 통일을 선언했다가 나중에 부하의 배신으로 불타 죽을 것 같은 타입이랄까.

루프트의 교육을 위해서라도 라르크가 왕이라는 사실을 이야기하지 않는 게 좋겠군.

"나오후미 꼬마, 왜 그런 눈으로 쳐다보는 거야? 나에 대해 뭔가 무례한 생각이라도 하는 거 아냐?"

"왜 내 주위 녀석들은 하나같이 독심술에 눈을 뜨는 건지 모르겠군."

진지하게 포커페이스를 연습해야 하는 건지도 모르겠다.

"이 타이밍에 나를 그렇게 빤히 쳐다보는데 알아채지 못할 리가 없잖냐?"

하긴 그렇겠지.

"이야기 다 끝났어? 그쪽 세계에서도 지원 무효 마법에 대한 대항수단을 찾아보도록 해."

"알았다. 상세한 의견 조율은 필요하겠지만, 어쨌거나 파도를 빨리 진압해야 한다는 점은 변함이 없으니까……. 아, 이와타니 공, 얼마 후에 귀환할 수 있을지 마을 사람들이 궁금해하던데."

"솔직히 지금은 예측하기가 힘든 상황이지만…… 최대한 빨리 돌아갈 수 있도록 노력은 해 볼게."

"그렇게 전하도록 하지. 그럼 이만."

"방패 형, 다음에 또 봐."

이렇게 해서, 에클레르와 루프트는 리시아와 자리를 바꾸듯 건너편 세계로 돌아갔다.

"되게 왁자지껄하네."

"그러게."

실험이라도 하듯, 키즈나가 고대 미궁도서관에서 발견한 빨간 액체를 먹여서 나온 0의 수렵구를 써서 파도의 균열을 베었다.

물론 이 일도 건너편 녀석들에게 전달해 둔 상태다.

이윽고 파도의 균열이 소리를 내며 닫혀 갔다.

"오?"

균열에서 강렬한 불꽃이 튀는 것처럼 보였다.

파도는 끝나고, 하늘이 원래 색으로 돌아왔다.

그럼, 다음 파도 시간은…….

"어라? 원래 이쪽 파도의 주기는 좀 짧지 않았던가?"

"그랬었지."

사성용사 중에 셋이나 죽어 버린 탓인지, 이 세계에 파도가 오는 주기는 짧았다.

3주에서 3주 반 정도의 간격으로 파도가 발생하고 있었다.

그런데 지금은 한 달 하고도 2주 정도까지 길어져 있었다. 우리 쪽 세계와 거의 비슷한 정도였다.

"이거 어쩌면, 0의 수렵구에는 파도를 공격하면 발생 시기를 늦출 수 있는 효과가 있는 건지도 모르겠어."

"이거 대단한데. 그만큼 키즈나 아가씨의 부담이 늘어나긴 하겠지만."

"그 정도는 별거 아냐. 그만큼 다음 파도가 발생하는 시간이 연기된다면 얼마든지 해 볼 만한 가치가 있는 일이야."

하긴 그렇지. 이건 분명 대단한 수확이다.

이렇게 해서 우리는 정보 교환을 마치고 철수했다.

1화 총본산 방문

그리고 며칠 후.

새로 이쪽 세계에 온 할망구가 우리와 함께 레벨업에 참가해서 제법 레벨을 올렸다.

건너편 세계에서 온 녀석들은 대지의 결정을 쥐고만 있어도 그럭저럭 레벨이 오르기에, 의외로 쉬웠다.

게다가 건너편 세계에서 한계 돌파 클래스업을 한 상태라서 그런지, 그냥 내버려 둬도 어느새 레벨을 올려서 돌아오곤 했다.

그동안 나는 라프타리아와 함께 성의 식당으로 가서 키즈나, 글래스와 잡담 섞인 대화를 나누었다.

라프짱은 크리스와 같이 장난치며 놀고 있군.

필로와 사디나 자매는 뭘 하고 있는지 딱히 파악해 보지도 않았다.

뭐, 알아서들 뭔가 하고 있겠지.

세인은…… 좀 떨어진 곳의 의자에 걸터앉아서 눈을 뜬 채로 잠들어 있었다.

사역마가 그런 세인에게 겉옷을 덮어 주고 있었다. 언제든지 움직일 수 있도록 대기하고 있는 것이리라.

내가 식당에서 나가면 잠에서 깨어 따라오려 들 테니, 세인을 위해서라도 한동안은 여기서 잡담과 요리를 할 예정이었다.

요즘은 매일 이렇게 지내고 있었다.

그리고 최근 들어, 세인의 권속기가 본격적으로 망가지기 시작했다.

세인의 말을 제대로 번역하지 못하는 경우가 많아졌다.

무슨 이야기를 하는 건지는 어렴풋이 알 수 있지만 의사소통이 뜻대로 되지 않았다.

사역마를 통해 듣는 식의 수단을 취하고 있지만 그것도 원활하지가 못했다.

가까스로 알아들은 내용만 언급하자면…… 내가 어떻다느니, 성무기가 어떻다느니 하는 이야기를 하긴 했는데, 요점을 파악하기가 힘들었다.

실은 그냥 설명이 서투른 타입이 아닌가 하는 생각도 들었다.

하는 수 없이 하고 싶은 말을 글자로 쓰라고 지시했지만, 글자를 읽고 쓰는 게 서투르다고 그러지 뭔가.

그런 기억을 떠올리며 세인을 쳐다보고 있으려니…….

"그 노파는 움직임이 정말 민첩하더군요. 라프타리아의 스승님은 역시 뭐가 달라도 다르구나 싶었어요."

옆에 있던 글래스가 감탄 어린 목소리로 나와 키즈나에게 말했다.

"그러게 말이야. 그치만…… 기합 소리 같은 게 어째 좀……."

"할망구는 시끄러운 게 단점이니까."

아죠—! 같은 시끄러운 소리를 내긴 하지만, 움직임 자체는 민첩했다.

신경 안 쓰면 그만이긴 하겠지만, 그런 소리를 내면 적이 우리 위치를 단박에 알아채니까 말이지.

소리 안 내고 공격해야 할 때는 입을 다무는 모양이지만, 그래도 움직임 하나하나에 오버가 심하다.

조용히 한다고 해서 신경이 안 쓰이느냐 하면, 그렇지도 않고 말이지.

"우리의 시선이 따라갈 수 있도록 일부러 알기 쉽게 움직이는 것 같아요. 보고만 있어도 실력이 늘어나는 게 느껴질 정도예요."

"그렇게 표현하면 그럴싸하긴 하지만……. 지금은 에스노바르트랑 같이 도서토(圖書兎)들을 훈련시키러 갔던가? 은근히 보람찬 표정을 짓는 게 어쩐지 마음에 안 들어."

국민체조로 아침 운동! 같은 식으로 도서토들이 도서관 앞 광장에서 훈련하고 있는 모습을 보고 있자니, 이거 혹시 무슨 절에라도 온 거 아닌가 하는 착각이 들 정도였다.

도서토들은 이 세계에 있어서의 필로리알 같은 녀석들인데, 세계가 다르면 분위기도 이렇게 다른 법일까.

그래도 진지하게 훈련에 임하고 있는 만큼 개인적으로는 필로리알보다는 도서토들을 더 높게 평가하고 있었다.

언젠가는 도서토 부대가 편성되고 에스노바르트가 대장을 맡아 파도에 맞서는 날이 올까?

"왜 그렇게 마음에 안 들어 하는지 이해가 잘 안 되는데……."

"이제 좀 본격적인 훈련이 시작된 느낌이에요. 요모기와 츠구미도 의욕을 보이고 있고, 분위기가 괜찮게 돌아가는 것 같네요."

뭐랄까, 전력 보강 자체는 좋은 일이라고 생각하지만 말이지.

할망구와 요모기는 말도 안 통할 텐데……. 여러모로 참 대단한 녀석들이다.

다만, 언어의 벽을 넘어서 주먹과 주먹으로 대화하는 스타일이 정말로 먹혀든다는 게 영 심란한 기분이었다.

그리고 할망구가 이렇게 이쪽 세계에서까지 제자를 키워 가는 것과는 별개로, 우리는 글래스가 속한 유파의 총본산을 향해 이동하고 있었다.

이동이라고 해 봤자, 내 소유로 되어 있는 거울의 권속기가 등록한 거울을 글래스가 속한 유파의 총본산으로 운송하는 게 전부지만.

서둘러 운송하는 덕분에 근시일 안에 도착할 예정이라고 했다.

얼마 전에 있었던 세인 언니의 라르크 성 습격 사건 때, 녀석은 지원마법 무효화 마법을 선보여서 우리를 압도했었다.

그랬기에 우리로서는 지원마법 무효화에 대한 대처 수단을 찾아내는 게 급선무였다. 그런데 적과 비슷한 지원마법 무효화 마법을 쓸 줄 아는 마룡의 이야기에 따르면, 글래스가 속한 유파의 시조 격 인물이 옛날에 그 대응책을 사용했다는 것이었다. 그래서 지금 이렇게 그 인물에게 향하고 있는 것이다.

"그나저나…… 결국 거기로 가게 되는군요."

글래스의 표정이 약간 어두워졌다.

"뭔가 귀찮은 일이라도 있어?"

"그 문제들은 파도가 발생하기 전에 정리했던 것 같은데."

"네……. 아마 괜찮을 거예요. 그래도 뭐랄까…… 거기에 대한 씁쓸한 기억이 있어서…….”

“글래스는 말이지, 부채의 권속기에게 선택을 받는 바람에 같은 유파 문하생들의 음습한 괴롭힘을 받았다지 뭐야.”

“문제를 일으킨 문하생들은 결국 파문 처분이 되긴 했지만요…….”

아아, 그러고 보니 키즈나가 예전에 이야기한 적이 있었다.

파도가 발생하기 전에 키즈나 일행은 마룡 퇴치 모험을 했고, 그 과정에서 수많은 말썽들을 일시적으로나마 해결했다고 들었다.

라르크도 예전에 왕위 계승 과정에서 뭔가 말썽이 있었다고 했다.

글래스도 비슷한 문제에 시달렸던 거겠지.

대충 들은 바로는, 글래스도 유파 사람들과 함께 마룡 퇴치 여행을 했다는 모양이었다.

글래스가 속한 유파의 문하생들이 서열 순서대로 부채의 권속기 소지자가 되기 위해 도전했다. 결과적으로 글래스가 선정됐는데, 그 결과에 수긍하지 못한 자들이 여정 시작과 동시에 글래스를 무리에서 내쫓았다고 했다.

어딘가에서 글래스가 전사하면 자기들이 부채 권속기의 선정을 받을 수 있을 거라 생각했다니, 쓰레기 2호에 맞먹는 막장 놈들이다. 혹시 그놈들도 전생해 온 자들이 아닐까 하는 의심까지 들 지경이었다.

“원한을 샀었다지? 나중에 윗치 패거리와 결탁해서 습격하거나 하지는 않겠지?”

"그런 짓을 할 만큼의 근성도 없는 분들이에요."

"서열에만 안주하면서 사는…… 다른 나라로 따지자면 못난 귀족 정도의 존재라고나 할까?"

너무 속 편한 대답처럼 들리는 건, 우리가 의심이 너무 많아진 탓이겠지?

"뭐, 앞으로 적이 되어 마주칠 일이 없다면 우리 입장에서는 다행스러운 일이지만."

결국은 그게 제일이다. 우리 상상대로 적이 되어 나타난다면 그에 상응하는 대처를 하면 그만이다.

"그리고 글래스의 출신도 문제겠지."

어디까지나 내 추측일 뿐이지만, 글래스도 라프타리아와 마찬가지로 이 세계의 조정자 역할을 맡은 혈통을 계승했을 가능성이 있다.

고대 미궁도서관에서 글래스가 앵광수(櫻光樹) 비슷한 문장에 반응을 보였기 때문이다.

키즈나를 통해 전해 들은 이야기일 뿐이지만, 집안 문제 때문에 유파 내에서의 서열이 낮았다고 했다.

"썩 기분 좋은 이야기는 아닌데 말이죠……. 그래 봤자 그리 대단한 이야기도 아니지만요."

"뭔가 힌트가 될지도 모르잖아."

"그야 그렇지만……."

"글래스의 경우, 서당 개 삼 년에 풍월을 읊는 식으로 배우다가 사범대리의 눈에 들어서 정식으로 입문했다고 했지?"

"네……. 혈통 같은 건 자료가 거의 없어서 추적해 볼 수도 없는 상태예요."

"흐음……. 라프타리아와는 좀 다른, 성가셔 보이는 안건이군."

"그거 혹시 제가 잘못이라는 말인가요? 모든 일의 원인은 나오후미 님과 라르크 씨인 것 같은데요?"

라프타리아의 경우는, 라프타리아가 왕족만이 입을 수 있는 의상인 무녀복을 입었다는 이유로 머나먼 마을까지 습격자가 찾아온 것이 계기였다.

게다가 루프트가 주도적으로 지시한 것도 아니었다.

라프타리아의 부모도 사디나를 데리고 사랑의 도피를 한 거나 다름없지 않았던가.

그것과는 달리, 글래스는 추적이 가능할 만큼 대단한 집안 출신인 것도 아닌 모양이었다.

"혈통 때문에 부채의 선택을 받은 걸까?"

"글래스는 여정을 떠나기 전부터 이미 사형들보다 더 강했다면서? 그럼 그건 아닌 거 아냐?"

"그야…… 그랬긴 하지만요."

글래스는 어째 이런 이야기가 나오면 반응이 떨떠름하군.

웬만하면 언급하고 싶지 않은 안 좋은 기억이라는 이야기겠지.

"어찌 됐건 가 보면 알 수 있겠지. 그런데, 도착하면 뭘 어떻게 할 거지?"

"무효화 기술을 찾는 게 급선무겠지?"

"그래."

"그건 사범대리님께 여쭤 봐야만 알 수 있을 거예요."

"그 녀석도 문제가 있는 놈이야?"

"아뇨……. 다만, 제자들이 하나같이 말썽을 일으키는 바람에 의기소침해진 상태라서…… 거의 도장에만 틀어박혀 지내고 계세요."

지금의 할망구와는 정반대군.

할망구는 쓸데없이 기운이 넘쳐서 탈이다. 의욕적으로 제자를 양성하겠다고 도장을 열더라도 정작 도장에 있는 시간은 얼마 되지 않을 것이다.

"설득은 해 보긴 했지만 말이죠……. 어느 정도 기운을 차리기는 했는데, 뵈러 갈 기회가 별로 없었어요."

"그랬군."

키즈나 일행도 어느 정도는 문제를 해결하긴 했지만, 충분히 납득할 수 있을 정도는 아니라는 건가.

어차피 내가 할 수 있는 것도 그 정도밖에 안 될 것이다.

이렇게 사전에 이야기를 들어 본 결과, 문제는 정보 수집이 어렵다는 점인 것 같군.

"방패 용사."

그때 마룡이 파닥파닥 날갯짓해서 날아왔다.

"뭐지?"

"모처럼 좋은 기회 아니더냐. 전에 내 영지였던 곳에 그대를 초대할 테니 거울을 준비해라."

"네 영지라……."

"운이 좋으면 내가 숨겨 두고 있던 보석들이나 이런저런 물건들을 회수할 수 있을지도 몰라."

마룡 녀석, 내가 좋아할 법한 걸 미끼로 삼아서 내 환심을 사려 들고 있잖아.

"그런 물건이 있나요?"

"마룡이 근거지로 삼고 있던 대륙이라면, 아마……."

"네, 마룡이 사라진 뒤로는 인근 국가들이 다 자기 땅이라고 주장하면서 파도 발생 전까지 아귀다툼을 벌이던 곳이죠."

"대책 없는 놈들이군."

어느 세계 놈들이나 왜들 그리 욕심이 많은지, 황당할 따름이다.

"그 싸움은 파도가 발생한 뒤로는 잠잠해진 거야?"

"다소나마……. 지금은 그런 변경이 아닌 다른 나라를 노리는 전쟁을 벌여야 할 때! 라는 식으로 서로 싸워대기 시작했었죠. 결국 파도의 피해나 파도의 첨병이 일으킨 말썽 탓에 그 싸움도 잠잠해지고 있지만……."

아아, 쓰레기 2호나 쿄, 낫을 빼앗아 갔던 녀석이나 미야지 같은 놈들 때문이라는 거군.

멍청한 놈들.

뭐, 그런 놈들은 키즈나 패거리가 모조리 쓸어버리고 있으니, 지금은 작살의 권속기 소지자 휘하로 집결하고 있겠지.

"한탄스러운 일이구나, 방패 용사. 아까 했던 이야기 말인데, 마법으로 탐지해 보니 내가 숨겨 두었던 물건들과 은신처들은 털린 흔적이 없더구나. 가 보면 그대들에게 도움이 될 거다."

참고로 마룡은 한창 육성 중인데…… 지금은 레벨 70쯤이었던가?

식사 강화는 필로 수준…… 아니, 필로보다도 더 우걱우걱 먹어대서 실제로는 더 엄청난 속도로 성장하고 있다.

독자적인 마법도 있고, 정말 이 녀석을 계속 키워도 되는 건가 하는 불안감까지 들 지경이다.

성격은 최악이지만, 전투에는 진지하게 임하는 덕분에 성장 속도가 빨랐다.

드래곤은 체력이 있으니 문제없다면서 밤새도록 사냥을 나가거나 할 때도 있고 말이지.

이 녀석, 잠은 대체 언제 자는 거지?

"그냥 가까운 나라로 나를 데려다줬다가 정해진 시간에 다시 데리러 오기만 하면 되니까 걱정 마. 거울을 갖고 있으면 어디든지 갈 수 있지 않느냐?"

"그야 뭐……."

애초에 이 녀석은 부적 따위에 지배당하는 녀석도 아니고, 결국은 마룡이 본인의 의지로 우리의 말에 따라 주고 있는 것에 불과하다.

"정말 그 말을 믿어도 될까요?"

"애초에 마룡이 그렇게 태연하게 돌아다녀도 되는 건가요?"

아…… 뭐, 그런 문제점이 있긴 하지.

지금은 말하는 보라색 아기 용 같은 외모지만, 마룡이라는 게 확연히 드러나게 되면 여러모로 소동이 벌어질 거다. 봉인을 푼 것에 대해 정치적인 공세를 받기라도 하면 성가신 일이 한둘이 아닐 것이다.

"각오는 하고 있지만 말이야. 까놓고 말해서 마룡이 부활했다는 사실을 공표하는 게 영 안 내킨단 말이지.”

“흥, 고작 그런 걸 가지고……. 수렵구의 용사에게 처치당했던 내가 어리석은 싸움 때문에 부활했다고 알리면 그만 아니냐. 내가 죽은 뒤로 내 영지를 지배하에 넣으려고 괜한 힘을 뺐던 어리석은 인간 놈들에게 좋은 교훈이 될 거다.”

“명목으로서는 나쁘지 않을지도 모르겠군. 어리석은 싸움 때문에 어느새 핵석이 다시 모여서 부활해 버렸다……라는 식으로 공표한다는 건.”

“하지만 마룡이 되돌아오면 인간들이…….”

“그 점은 내 알 바 아냐. 누가 더 위라느니, 아래라느니, 유치한 놈들 같으니.”

“역시 방패 용사! 부디 나에게――.”

“또 그 소리냐? 시끄러우니까 그만 좀 해!”

치근덕대려는 마룡의 머리를 붙잡아서 그대로 던져 버렸다.

“메르로마르크나 실트벨트와 비슷한 문제니까 말이죠…….”

“뭐, 지금은 지금 할 수 있는 일을 해 둬서 손해 볼 건 없겠지. 마음대로 해.”

“알겠다, 방패 용사. 후후, 그대의 마음에 들 수만 있다면 그 어떤 물건이라도 다 바치도록 하마.”

이 자식, 또 무슨 소리를 지껄이는 거람.

“참고로 나는 다 알고 있다, 방패 용사. 네가 외모는 어린애 같으면서 실은 포용력 있는 여자를 좋아한다는 걸! 그리고 외모에 연연하지 않는다는 걸.”

“그래, 그래.”

이 녀석이 들이대는 것도 이제 슬슬 적응돼 가는 느낌이다.

어떻게 보면 아트라와 가엘리온을 섞어 놓은 것 같은 녀석이라고 생각하면 대하기가 편할 것 같기도 하다.

그렇게 따지니 아주 혐오스러운 정도는 아닌 것 같이 느껴졌다.

……나도 참 많이 변했군. 이것도 아트라의 영향일까.

"후후후……. 그럼 나는 가 보마! 그대의 마음에 들기 위해서!"

마룡은 그런 말을 남기고 떠나갔다.

"뭐랄까……. 참 개성 넘치는 분이네요."

라프타리아도 내가 녀석에게 공략당할지도 모른다는 걱정은 안 하는 모양이었다.

하긴 그렇겠지. 그냥 좀 귀여운 구석도 있구나 하는 생각이 살짝 든 정도가 고작이니까.

이쯤 되니 내 마음에 들려고 어떤 짓까지 할지 한번 구경해 보고 싶다는 생각까지 들 지경이었다.

"저게…… 세상을 공포에 내몬 마물의 왕이라는 게 믿어져?"

"뭐라고 대답 드리기 힘드네요."

자신이 저런 녀석을 처치하기 위해 소환된 거라고 생각하면, 서글픈 기분이 드는 것도 이해가 갔다.

"그러지 말고 잘 화해해 봐."

"저런 녀석이랑 화해라는 게 가능한 거야?"

"나를 미끼로 쓰지 말고 설득해 봐. 어느 정도 태도가 부드러워지긴 했잖아?"

적어도 처음에 우리와 싸웠을 때보다는 말이 통하게 된 것 같은 느낌이 드는 건 분명했다.

내 분노에 오염돼서 마룡도 정신이 나가 버린 건지, 아니면 가엘리온 때문에 이상해진 건지, 그건 알 수 없지만.

"뭐, 하긴 그래. 예전에는 훨씬 더 거만하고 냉혹했던 건 사실이니까. 무사히 화해해서 약속의 때까지 원만하게 지낼 수 있도록 노력해…… 봐야겠지?"

그런 이야기를 주고받으면서, 우리는 거울을 준비해서 마룡을 보내고 성안에서 훈련이며 액세서리 제작 등을 하며 시간을 보냈다.

아, 맞아. 키즈나와 친하다는 동료들과도 인사를 주고받았다.

닌자 같은 마법사가 인상적이었다. 말끝에 '소이다'를 붙이는 말투 때문에 그림자가 아닌가 하는 의심을 수도 없이 했을 정도였다.

며칠 뒤.

"이 부근이 글래스가 속한 유파의 총본산 근처 도시란 말이지?"

"네."

운송시킨 거울이 목적지 근처에 도착해서, 우리…… 키즈나와 글래스, 라프타리아와 라프짱, 사디나와 실디나, 세인, 그리고 할망구를 데리고 여기까지 찾아왔다.

이츠키와 리시아, 에스노바르트는 우리와 별개로 행동하며 레벨업을 하고 있었다.

특히 이츠키는 사용 가능한 마법의 종류를 늘리기 위해 각지를 돌아다니며 악기계 마법을 듣고 다니는 중이었다.

라르크와 테리스는 요모기와 츠구미를 데리고 각국과 연계 회의를 벌이며, 그 인근에서 마물 소재 조달을 맡고 있었다.

필로? 어제는 같이 있었는데, 글래스의 나라를 슬쩍 보고는 곧바로 돌아가 버렸다.

구경거리 신세가 됐던 지난날의 경험 탓에, 이쪽 세계의 일본풍 국가는 껄끄러운 모양이다.

결국, 음악 감상에 대한 관심 때문에 이츠키와 함께 행동하고 있다.

그리고…… 글래스가 원래 소속돼 있던 나라는 예상대로 일본풍 국가였다.

하긴 글래스가 기모노를 즐겨 입는 걸 보면 당연한 일이지만.

대강 보기로는…… 시대극에 나오는 유곽 같은 거리였다.

분위기는 쿠텐로이면서, 주민들은 유령 같은 느낌이라고나 할까? 어쩐지 음침한 느낌도 드는 걸 보면 귀신의 집 같다는 표현이 어울릴지도 모르겠다.

이게 여기의 독자적인 문화란 말이지?

도시 지역에는 *토리이 같은 게 있고, 유곽 같은 구조의 목조 건물들이 많이 보였다.

유녀 같은 차림을 한 여자들이 돌아다니는 걸 보니, 뭐랄까…… 똑같은 일본풍 국가라 해도 제각각 분위기가 다르구나 하는 생각이 들었다.

"이것 참…… 뭔가 요도(妖刀) 같은 게 굴러다닐 것 같은 길거리인데."

* 토리이(鳥居) : 일본의 신사 입구에 있는 문.

음침하면서도 화려한 거리의 풍경.

야경이 참 아름답겠구나, 하는 생각이 든다. 닌자처럼 지붕 위를 뛰어다니면 기분이 날 것 같았다.

"아, 어쩐지 나오후미가 하고 싶은 말이 뭔지 알 것 같아."

"쿠텐로와도 뭔가 좀 다르네요. 어디가 다른 건지는 잘 모르겠지만……."

"그러게 말이야—. 이 누나도, 혹시 여기 쿠텐로인가? 하는 생각이 살짝 들더라니까."

"앵광수가 없고, 옷이 화려하고, 그리고 사람들이 다 스피릿이야."

라프타리아와 사디나와 실디나가 저마다 쿠텐로와 글래스의 나라를 비교했다.

"낮인데도 꼭 밤 같네. 이건 아마 목재 때문일 거야."

실디나는 이런 면에 관심이 있는지 약간 흥분한 기색이었다.

뭐, 우리와 같이 행동하기 시작한 뒤로 여기저기 돌아다닐 일도 늘었으니, 처음 겪는 체험들의 연속이겠지.

"은근히 거무스름한걸."

"이 부근의 식물들이나 광석들은 검은 것들이 많아요. 그러다 보니 건물도 검게 돼서, 반대로 밝게 보일 수 있도록 조명을 달거나 마법으로 빛을 비추거나 하고 있는 거예요. 그리고 금맥도 다른 나라들보다 많이 발견돼서, 금박 세공도 성행하고 있죠."

"그렇구나……."

이렇게 반들반들한 목재도 다 있구나 싶었다. 이게 그냥 목재라니 신기할 따름이었다.

"그럼 어서 가요."

"알았어. 그런데……."

나는 그 시가지를 벗어났을 때 나타난, 은근히 긴 돌계단이 이어져 있는 산을 올려다보았다.

검은 흙이며 광석, 나무들 때문에 어둡게 느껴지는 분위기를 보완하기 위해 등롱에 파르스름한 불을 밝혀 두었는데…… 어째 담력 시험을 하는 기분이었다.

"성인님, 참 오래 살고 볼 일이군요. 이런 특이한 곳에 이런 문화가 자리를 잡고 있었다니……. 예전의 저였더라면 마물을 퇴치하겠다고 날뛰었을 텐데 말입니다."

"아…… 하긴 할망구라면 요괴 퇴치 같은 것도 할 수 있겠지."

내 오타쿠 지식에 의해, 쿵후계 요괴 퇴치 액션 작품이 떠올랐다.

할망구는 그런 작품 속에서 요괴 퇴치를 전문으로 하는 퇴마사 같은 일을 할 듯한 이미지가 있다.

그나저나…… 라프타리아를 비롯해서, 사디나와 실디나도 일본풍 도시와 잘 어울리는군.

"라프~."

이런 곳이라면 라프짱이 너구리 요괴로 보인다 해도 이상할 게 없었다.

*차 솥만 장비시키면 완전히 옛날이야기에 나오는 그대로다.

다만, 세인은 어쩐지 붕 떠 보이는 느낌이 없지 않았다.

* 분부쿠 챠가마(分福茶釜) : 너구리가 차 솥으로 변신해서 자신을 도와준 사람에게 은혜를 갚는다는 이야기.

하지만…… 그 점을 언급했다가는 사역마를 *코케시나 이치마츠 인형으로 변신시켜서 수상한 인형술사로 전직해 버릴 것 같으니, 일단 잠자코 있기로 했다. 의외로 분위기 파악을 잘 하는 타입이니까.

그렇게 우리는 제법 긴 계단을 올라서…… 절 같지도 신사 같지도 않은 커다란 건물에 도착했다.

건물의 재질이 검기 때문인지 어두운 인상을 풍겼다.

문화 체계의 차이 때문인지 얼핏 허름해 보였지만 자세히 보니 꼼꼼하게 관리되고 있음을 알 수 있었다.

"사범대리님! 사범대리니—임!"

글래스가 종종걸음으로 절 경내로 들어서서 우렁찬 목소리로 불렀다.

"으음?! 성인님!"

할망구가 뭔가를 경계하며 방어 태세를 취하고 있으려니, 열 명 정도의 그림자가 나타나서 글래스와 우리를 향해 날쌔게 덤벼들었다.

"하아아아아아아아아아아아앗!"

날쌔다고 해 봤자 우리 입장에서는 형편없이 느리다.

그중에서 가장 움직임이 괜찮은 녀석이 글래스를 향해 돌격해 나갔다.

무기는…… 글래스와 같은 부채군.

글래스가 상대의 속도에 맞춰 춤추듯이 공방을 벌이고 있었다.

불꽃이 튀는 것처럼 보이는데, 괜찮은 건가?

---

* 코케시는 손발이 없고 머리가 둥근 여아 모양의 목각 인형. 이치마츠 인형은 사내아이 모양의 목각 인형.

"거친 환영의 표현 같은 건가?"

나는 스타더스트 미러를 내쏘아서, 우리 쪽으로 덤벼든 녀석들을 튕겨 냈다.

"우왓?!"

예상치 못한 반격을 당해서 경악에 찬 비명을 내지르고 있군.

"네, 너무 과도하게 상대하지는 말아 주세요."

"방문할 때마다 하는 인사 같은 거라는 건 알겠지만……."

키즈나가 투덜거리고 있었다.

한 번 공격이 막히면 항복하게 되어 있는 규칙인지, 상대방은 이내 무장을 해제하고 벽 쪽에 쭈그려 앉았다.

일방적으로 시비를 거는 건 좀 아니지 않나…….

"하앗!"

"라프!"

라프타리아도 라프짱과 연계해서 습격자들에게 역습을 가하고 있었다.

습격자도 아마 놀랐겠지. 공격이 적중한 줄 알았는데 연기와 함께 사라졌다가, 별안간 바로 옆에서 라프타리아와 라프짱이 나타나서 도의 칼등으로 후려쳐 대니 말이지.

"몰아붙이는 기세가 너무 약해!"

할망구는 달려든 녀석의 무기를 쥔 손을 보란 듯이 붙잡고 그대로 내팽개쳤다.

"우와아아아아아?!"

내팽개쳐진 녀석이 경악에 찬 비명을 내지르고 있었다.

좀 도가 지나친 거 아냐?

"그럼, 이 언니들도 상대해 줘야겠네."

"응."

"필——."

"그럴 걱정은 없——요, ——님— 말씀하——니다."

사디나 자매가 의욕을 드러내며 무기를 휘두르려 하기가 무섭게, 세인이 습격자를 실로 둘둘 말아서 포획해 버렸다.

다만…… 사역마까지 말이 이상해지기 시작한 게 좀 불안하군.

"어머나—."

"어라—."

세인이 바로 풀어 주긴 했지만, 사디나 자매는 좀 애석해 보이는 표정이다. 분위기 좀 맞춰 주라고.

그리고 글래스가 상대하고 있는 건…… 노인이군.

마른 근육질 몸매, 신사의 신주 같은 옷…… 예전에 루프트가 입고 있던 것과 비슷한 옷을 입고 있었다.

이따금 어렴풋이 반투명해질 때가 있는 걸 보면 스피릿이 분명해 보였다.

그리고 나는 우리가 역습으로 물리친 자들을 확인해 보았다.

혼인(魂人)이 다섯. 정인(晶人)이 둘. 초인(草人)이 하나에 인간이 하나군.

패배를 인정했는지 벽 쪽에서 대기하고 있었다.

"윤무(輪舞)…… 풍설(風雪)!"

글래스에게 덤벼든 노인이 그런 구령을 토해내면서…… 부채를 펼치고 힘차게 휘둘러 올렸다.

그것만으로도 폭풍이 일어 글래스에게로 덮쳐들었다.

"하앗!"
글래스는 부채를 펼치고 튕겨내듯이 그 공격을 하늘로 쳐 올렸다.
그러자 그 바람은 하늘로 날아가더니, 눈이 되어 쏟아져 내렸다.
뭔가 화려한 기술이군.
"윤무 참식(斬式) · 순(瞬)!"
아, 글래스의 속도계 기술이군. 순식간에 상대의 배후로 파고 들어서 5연타 공격을 날리는 스킬이다.
글래스가 잔상을 남기며 상대를 향해 부채를 휘둘렀다.
그러나 상대 역시 그 공격을 모조리 비껴 내거나 쳐 내거나 피하거나 하고 있었다.
그리고 춤추듯이 글래스 앞에 부채를 들이댔지만, 글래스도 지지 않고 부채를 앞으로 내뻗어서 막아냈다.
"흐음……. 실력은 무뎌지지 않은 모양이구나."
"네, 사범대리님도 변함없이 건강하신 것 같아서 반갑네요."
"그래……. 소문은 많이 들었다. 상당히 고전하고 있다지?"
"네."
무도가의 인사 같은 대련을 마치고, 글래스가 습격자를 소개하려고 우리 쪽을 돌아보았다.
"이분이 제 유파의 사범대리를 맡고 계신 분입니다."
"자재주옥류(自在珠玉流) 도장에 온 걸 환영하오. 카자야마 공과……."
사범대리라는 자가 우리를 흘깃 쳐다보고는, 어째선지 할망구와 시선을 주고받았다.

어째 파직 하고 시선이 교차한 것처럼 보인 건 단순한 착각만은 아닐 터였다.

척 하고 둘이 동시에 경계 태세를 취했다.

"자기소개부터 해. 왜 제2 라운드를 시작하려고 드는 건데?"

"성인님도 참 멋없는 소리를 하시는구려. 눈앞에 강적이 있잖습니까. 싸우는 데 있어서 그것 말고 또 무엇이 필요하겠습니까?"

"뭔 소리야?!"

"사범대리님, 진정하세요. 그건 나중에 해도 충분해요."

"그런가? 꼭 지금 당장 한 번 대련해 보고 싶지만…… 하는 수 없지."

임전 태세를 풀고, 사범대리와 할망구가 각각 손을 내밀어서 악수를 주고받았다.

""좋아! 이야기가 끝나면 대결이다!""

"아니, 왜 그렇게 마음이 통하는 건데? 서로 말도 안 통하잖아?"

"성인님, 주먹으로 이야기하면 마음은 통하는 법이외다."

또 그 소리냐! 우리가 여기 온 목적을 알기는 하는 거냐?

할망구와 할아범의 대련을 보러 온 게 아니라고.

"저기, 자기소개가 아직 덜 끝났으니까 하던 소개를 마저 할게. 이 사람들은 이세계의 사성용사 중 하나인 방패 용사로 활동하고 있는 이와타니 나오후미와 이 세계에서 도의 권속기에게 선택받은 라프타리아 양. 다른 세계의…… 재봉도구의 권속기를 갖고 있는 세인 양. 그리고 나오후미의 동료들이야."

키즈나가 우리를 한꺼번에 소개했다.

사성용사와 권속기 소지자를 대표로 소개하는 식이었다.

"나오후미는 지금 이 세계 거울 권속기의 선정을 받아서 거울의 용사도 겸임하고 있어요."

"흐음……. 소문은 들었다. 불리한 상황도 손쉽게 뒤집어 버리는 수재라지……. 그래, 그러고 보니 분명 특이한 전투 스타일을 갖고 있는 것 같군."

할아범은 핥듯이 나를 훑어보며 중얼거렸다.

"그런데 카자야마 공, 우리 유파에는 무슨 용건으로 찾아온 거지?"

"아…… 거기에는 깊은 사정이 있어서……."

키즈나는 지금까지의 경위, 앞으로 싸워야 할 적, 그리고 녀석들이 사용할 게 분명한 마법에 관한 정보를 할아범 일당에게 설명했다.

"그렇군. 한마디로 우리 자재주옥류의 비기에 대한 소문을 듣고 찾아왔다는 게지?"

"비기 같은 게 있었나요, 사범대리님?"

"있기는 있지……. 유파의 역대 정통 계승자들에게만 전해지는 기술인데, 그건 면허개전 자격을 가진 자에게도 좀처럼 가르쳐 주지 않는 거였다."

"어째 성가신 시련 같은 걸 이겨내지 못하면 안 가르쳐 주겠다는 소리 같은데."

"나오후미, 쉬—잇!"

키즈나가 그렇게 주의를 주는 순간, 할아범이 쏘아보는 것 같은 시선을 내게로 보내고는…… 글래스 쪽을 보고 곤혹스러운 듯 미간을 찌푸렸다.

"본래는 가르쳐 줘서는 안 되는 거다만, 지금은 워낙 중대한 사태이니……. 글래스가 부채 권속기의 선정을 받은 이상, 습득할 자격은 충분하다고 판단했다. 다만……."

"다만?"

"그런 기술이 존재한다는 전승은 있지만, 애석하게도 유파 내부의 파벌 싸움 때문에 실전되어 버렸지 뭐냐. 현존하는 건 일부 기술에 불과해."

"또 그거냐!"

나는 할망구 쪽을 흘겨보며 투덜거렸다.

변환무쌍류도 비슷하게 파벌 싸움 때문에 세력이 줄어든 데다, 기술들도 많이 실전됐다고 그랬잖아!

이것도 신을 참칭하는 자가 꾸민 공격이었던 거냐?

"아무래도 지원마법을 무효화하는 기술은 실전에서 사용할 일이 얼마 되지 않으니까 말이지. 능력 저하를 막는 기술도 내 전전대 쯤에서 실전됐다고 알려져 있어."

"완전히 헛걸음한 건가?"

"아뇨……. 비기가 어떤 건지는 여전히 궁금해요. 사범대리님…… 제게 그 비기를 지도해 주실 수 없을까요?"

"으음."

"아, 맞아. 덤으로 하나 물어보겠는데, 너는 글래스의 출생에 대해 뭣 좀 아는 거 없어? 아무래도 글래스의 조상이 성무기나 권속기의 폭주를 막는 자리에 있었던 것 같아서 말이야."

밑져야 본전이라는 심정으로 물어보니, 할아범이 뭔가 짐작 가는 게 있는 듯 고개를 갸우뚱하며 대답했다.

"그러고 보니…… 역대 부채 권속기 소지자 중에, 폭주한 성무기 용사를 제지한 자가 있었다는 전승이 있어. 혹시 그자를 말하는 거 아니냐?"

오? 이번에는 힌트를 얻었잖아?

"게다가 우리 유파의 시조와 같은 고향에서 왔다는 이야기도 있지."

"그게 어디지?"

"지금은 사라진 나라, 아마치하였다고들 하더군."

쿠텐로 같은 나라가 이미 멸망해 버렸다니 어째 불길한 일이군.

뭐, 옛날이야기 속에만 존재하는 나라라고 알려져 있었는데 찾아보니 실제로 존재했다는 식의 이야기도 이 세계에서는 충분히 있을 수 있는 일 같으니까.

아틀란티스나 무 대륙 같은 식으로 말이다.

쿠텐로 자체도 침입하는 데 여간 고생한 게 아니었다.

"그 나라, 옛날에 마룡이 지배하던 대륙에 있었다고 알려진 나라 맞지?"

멸망한 거냐!

그나저나 마룡의 나라에 가야 할 필요성이 갑자기 확 뛰어올랐잖아.

어째 마음에 안 드는 전개다. 그 녀석이 이 타이밍에 나에게 꼭 필요한 물건을 헌상하기라도 하면 어쩔 건가.

기다렸다는 듯 들이대면서 내가 이세계로 돌아갈 때까지 계속 성희롱을 해 대는 모습이 눈에 선하다.

그건 그렇고 마룡의 영토에 그런 나라가 있었다니……. 그 녀석도 모르던 사실이라서 이런 헛걸음을 하게 만든 건가?

"그렇다면 마룡이 지배하던 대륙을 조사해 봐야 하는 거야?"

"아니, 이것도 일종의 기회……. 내 생각에는 이 도장 안쪽 깊은 곳에 있는 봉구전(奉具殿)에 도전해 보는 게 어떨까 싶소."

"거기에 뭐가 있는데?"

"그건 우리도 모르오."

뭘 그렇게 당당한 얼굴로 모른다는 소리를 지껄이는 거냐, 망할 영감탱이가!

네가 모르면 어쩌자는 건데?

말투로 보아 이야기가 아직 덜 끝난 것 같기도 하고, 일일이 태클 거는 것도 귀찮으니 그냥 넘어가기로 하자.

"과거의 전승자나 권속기 소지자가 봉인해 둔, 운명의 때가 되면 들어갈 수 있을 거라고 전해지는 곳이오. 어쩌면 당신들이 원하는 기술에 대한 기록이 잠들어 있을지도 모르지."

그렇군. 여기 녀석들도 모르는 무언가가 봉인된 곳이 있다는 건가?

우리에게 있어 필요한 물건이 나올 수도 있고, 아무것도 얻지 못할 수도 있지만. 어느 쪽이든 간에 조사해 봐서 손해를 볼 일은 없다.

"아아, 거기 말이군요. 하긴 뭔가 도움이 될 만한 물건이 있을 법한 곳이기는 하죠."

글래스도 위치를 아는 건가. 그럼 길게 이야기할 것도 없겠군.

우리는 할아범의 안내에 따라 글래스가 속한 유파의 총본산 안을 이동했다.

쓸데없이 큰 절이라는 생각밖에 안 드는 곳이군.

그런 절 안쪽 깊은 곳…… 동굴 안에 또 절이 있었다.

조명이 마치 도깨비불처럼 생겨서, 정말 요괴 퇴치라도 하는 것 같은 분위기가 감돌았다.

"여기는 높은 단수의 보유자가 훈련과 생활을 하는 구획이에요."

"한 도장 안에도 그런 구분이 있는 모양이지?"

"네, 저도 여정을 떠나기 전에는 외부에서 살면서 여기에 다니는 식으로 생활하고 있었어요."

"네 사형이었던 자들이 묘한 귀족 의식을 갖고 있었던 것도 그 때문 아냐?"

외부 세계와 접촉이 적은 폐쇄된 곳에서 나타나기 쉬운 특권 의식 같은 것이다.

이 안에서는 내 지위가 더 높은데도 부채의 권속기가 바깥 건물에 사는 지위 낮은 녀석을 선택하다니, 우리 얼굴에 먹칠을 한 글래스를 용서할 수 없다, 그런 식의 사고방식.

아, 내 지적에 글래스와 할아범이 떨떠름한 표정을 짓고 있군.

"대대로 이어져 오던 풍습이었소. 설마 그들이 그런 그릇된 사고방식을 갖고 있으리라고 생각지 못했던 내 잘못이겠지……."

어째 할아범이 공기 빠진 풍선처럼 쪼그라들어 보였다.

"나오후미! 표현을 좀 순화해서……."

키즈나가 나를 팔꿈치로 쿡쿡 찌르며 주의를 주었다.

"으으……, 귀찮아 죽겠군. 굳이 할아범한테 해 줄 말이 있다면, 그런 썩어빠진 녀석들은 잊어버리고 새 제자들이라도 받아서 악습을 뜯어고치라는 말 정도겠지."

뭐, 이런 할아범들은 대개 고집불통들이니 품만 죽을 뿐 아무것도 안 하겠지만.

"그 점에 대해서는 할망구가 더 잘 아는 거 아냐? 내부 분쟁은 이미 겪은 적이 있잖아?"

변환무쌍류도 전생자로 보이는 녀석들이 일으킨 내부 분쟁 때문에 전승자라고는 할망구밖에 안 남은 상황이 됐었으니, 비슷한 역사를 겪은 셈이라 할 수 있을 것이다.

"나오후미 님, 좀 더 부드러운 표현을……."

"그러는 것도 이해가 가는구려. 나도 젊은 시절에는 그런 싸움을 경험한 적이 있었습죠."

라프타리아가 내게 주의를 주었지만, 어째선지 할망구가 할아범의 말에 동의하기 시작했다.

우리 용사들이 하는 말은 이해할 수 있어도 할아범의 말은 알아들을 수 없을 텐데…….

"게다가 역대의 어리석은 전승자들을 처리해 온 피비린내 나는 역사도 있었습니다. 그래서 저는 제 유파를 제 손으로 끝낼 생각도 했습죠. 하지만 그런 어리석은 자들을 처리하는 것보다 좋은 자질과 마음가짐을 가진 자를 발굴하는 게 더 옳은 일이라는 것이, 성인님 일행의 가르침을 통해 제가 이끌어낸 결론이었습니다."

그리고 할망구는 말을 마치기가 무섭게 뭔가 기를 분출해서 할아범에게 살기를 퍼부었다.

할아범도 덩달아 할망구와 눈싸움을 벌이기 시작했다.

뭐, 할아범도 이러는 편이 공기 빠진 풍선처럼 풀 죽어 있는 것보다는 낫지 않을까?

"으음……."

"문하생 중에 어리석은 자가 있다고 해서 한탄하는 건 이해가 갑니다. 하지만 거기에 사로잡혀서 아무것도 안 하고 주저앉아 있는 건 더더욱 어리석은 만행. 제가 버르장머리를 고쳐 드리겠습니다."

"아니, 지금 덤벼들면 좀 곤란한데……."

할망구와 할아범은 내 목소리 따위는 들리지도 않는 듯, 각자 전투태세를 취한 채 눈싸움을 계속했다.

일촉즉발의 상황까지 발전했잖아.

"어머나—."

"어라—?"

범고래 자매가 약간 황당해하는 기색으로 그 모습을 지켜보고 있었다.

"사범대리님, 키즈나와 일행을 봉구전으로 안내하는 일은 제가 맡는 게 좋을까요?"

글래스가 반쯤 체념한 태도로 할아범에게 물었다.

"그래라."

우와……. 할망구랑 싸우겠다고 자기 역할을 내팽개쳤잖아!

네가 그 모양이니 어리석은 제자가 나오는 거 아냐?

"그럼…… 대결해 봅시다!"

"하아아아아아아아아아아아아아아아아앗!"

"아죠—!"

할망구가 달려들고, 할아범이 부채로 요격. 이어서 할망구가 기를 압축한 『옥(玉)』을 내쏘며 후방으로 물러서자, 할아범이 공격을 흘려보내며 덤벼들었다.

"변환무쌍류기(變幻無雙流技) · 점(点)!"

"으음?!"

할아범은 할망구가 내쏜 방어 비례 공격을 얻어맞고 당황한 기색이었지만, 이내 부채를 고쳐 쥐고 할망구의 기를 부채로 유도해서 받아쳤다!

글래스는 그런 공격을 한 적이 없었으니, 이건 아마 유파에는 없는 움직임……이겠지?

그 동작을 본 글래스의 눈이 놀라서 휘둥그레져 있었다.

"이렇게 즉석으로 대처하실 수 있다니, 사범대리님은 항상 늙은 걸 한탄하셨지만, 기술 면에선 아직 당해낼 수가 없겠네요."

"하챠—! 변환무쌍류오의(變幻無雙流奧義) · 제1형태……양(陽)!"

빛을 휘감은 채 할아범에게 접근해서 기술을 내쏘며 도발하는 할망구.

어째 할망구와 할아범 등 뒤에 호랑이와 용의 모습이 보이는 것 같은 느낌은 단순한 착각일까?

"흥!"

무슨 재주를 부린 건지, 공중에서 2단 점프를 한 할망구가 높은 고도에서 발뒤꿈치로 할아범을 내리찍었다.

찰나의 순간에 수없이 많은 공방이 연달아 이어지는군.

그때마다 기를 담은 기술…… 대전 격투 게임 같은 참격(斬擊)이 날아가는 건 참으로 신기한 광경이었다.

라프타리아나 글래스도 가끔 선보이는 것처럼, 통상 공격에 원거리 공격이 뒤섞여 있었다.

그런 공격을 날리는 할망구도 대단하지만, 그걸 전부 쳐내서 대처하는 할아범도 만만치 않았다.

"저 녀석들의 대결, 계속 구경할 참이야?"

"참고가 될 것 같아서 좀 보고 싶기는 한데……."

이 타이밍에 라프타리아가 할망구와 할아범의 결투 관전을 제안해 오다니……. 역시 너무 단순무식하게 키운 게 잘못이었나.

글래스도 동의하듯이 고개를 끄덕이고 있었다.

세인은…… 나와 아트라에게 기를 이용한 방어 방법을 가르쳐 줄 정도의 실력자인 만큼 반응이 시원찮았다.

뭐, 원래부터가 무표정한 녀석인 것도 있지만, 별 관심은 없어 보였다.

"관심이 가는 건 이해하지만, 우리가 할 일을 우선시해야지."

"아니, 나오후미! 저런 곡예 대결을 안 봐도 되는 거야? 더 여기 있고 싶지 않아?"

"그 심정도 이해 안 가는 건 아니지만 목적을 잊지 마. 나중에 글래스와 라프타리아가 열심히 노력해서 저 영역에 다다르면 되잖아."

"뭔가 엄청나게 기대받는 것 같은 느낌이 드는데요?! 그런 말씀을 들으니 더더욱 이 싸움을 지켜봐야 할 거 같은데요?"

"그렇게 궁금하면 나중에 다시 싸워 달라고 하면 돼. 그리고 지금 저 녀석들은 주먹으로 대화하고 있는 것뿐이고, 척 보아하니…… 할망구가 할아범을 밀어붙이고 있어. 할아범이 완전히 고삐가 풀린 뒤가 더 볼 맛이 날 테니까, 일찌감치 용건을 해치우는 게 나아."

"어머, 나오후미 대단한걸."

"거기까지 생각이 미치다니, 근사해, 나오후미."

범고래 자매가 할망구와 할아범의 아크로바틱 공방전을 지켜보며 나를 칭찬했다.

아니, 그 정도는 흐름만 봐도 충분히 알 수 있잖아.

할망구와 할아범이 서로 대결을 벌이고 싶어 하는데, 할아범 쪽은 고민이 있었다.

둘 다 주먹으로 대화가 가능한 녀석들이니, 내 예측대로 흘러가면 딱 좋을 것이다.

그렇게 될 때까지는 서막에 불과하니, 참고로 삼는다면 그 이후부터가 나을 게 분명했다.

내 생각대로 일이 흘러가지 않는다면, 할아범이 일방적으로 얻어터지거나 할망구가 할아범을 포기하고 대결을 단념하거나 하는 결과가 나올 테니까.

어느 한쪽이 중상을 입는 전개가 일어날 수도 있지 않느냐고?

할망구가 그런 얼빠진 짓을 할 리가 없다.

"이 정도 공방만 보고 거기까지 간파하다니……. 이세계에서 왔다고는 해도, 성무기의 용사는 뭐가 달라도 다르네요."

내 대답에 글래스가 놀란 표정으로 말했다.
그런 거 아니라니까 그러네.
게다가 왜 키즈나 쪽을 훔쳐보는 거냐.
"글래스, 그 시선은 뭐야? 나와 나오후미가 왜 이렇게 차이가 날까 생각하는 거 아니야?"
키즈나가 황당하다는 듯 미심쩍은 눈매로 팔짱을 낀 채 글래스에게 물었다.
"아, 아뇨! 그, 그럴 리가요!"
뭐, 키즈나는 전투 마니아가 아닌 낚시광일 뿐이니까 말이지. 과도한 기대는 좋지 않을 것이다.
애초에 대인전을 전제로 한 용사도 아니라서 상대의 움직임을 간파하고 방어해야 하는 나와는 관점 자체가 다르다. 키즈나와 나는 할 수 있는 일이 서로 다르니 굳이 흉내 낼 필요도 없다.
"라~프~."
"펭!"
라프짱과 크리스가, 할망구와 할아범의 싸움을 구경하고 싶다는 듯 손을 들었다.
"좋아, 라프짱, 크리스, 여기는 너희에게 맡기지. 뭔가 예상치 못한 일이 일어나거나, 싸움이 재미있게 돌아간다 싶으면 즉시 보고해."
"라프!"
"저기요……?"
라프타리아가 상황 파악이 안 되는 듯 고개를 갸우뚱거리고 있었다.

참으로 정상적인 반응이군.

"그럼 빨리 용건을 해결하도록 하죠. 사범대리님의 고삐가 풀리기 전에!"

"바로 그거야. 냉큼 가서 조사하고 오자고! 수색 시작이야."

글래스는 마치 애니메이션을 보고 싶어서 빨리 숙제를 끝마치려 하는 어린아이처럼 종종걸음으로 목적지를 향해 이동하기 시작했다.

"이상하네요. 뭔가 엄청나게 잘못 돌아가고 있는 것 같은 느낌이 드는데요."

"신기하네. 내 생각도 그런데."

"라프타리아, 하루 이틀 일도 아니고 뭘 그러니. 이 언니는 이미 적응이 돼 가는걸."

"사디나 언니, 이건 적응되면 안 되는 일인 것 같은데요."

"글래스도 나오후미의 영향을 받기 시작한 것 같단 말이야. 앞으로 주의를 좀 줘야겠어!"

뒤에서 시끄러운 소리가 들려왔지만, 그냥 무시하고 가기로 했다.

2화 봉구전

이렇게 해서 우리는 글래스가 속한 유파 안에 존재하는 비밀의 방 앞에 도착했다.

동굴 깊은 곳에 있는 문은 보물창고를 연상케 할 만큼 엄중하게 닫혀 있었다.

"사범대리님이 안내하려 하셨던 곳은 바로 여기입니다. 아주 오래전부터 있었던 곳이라고 알려졌지만, 지금까지 온갖 수를 다 써서 조사해 봐도 열 수가 없었고 저희 유파 내에서는 금역으로 여겨지는 곳입니다."

"멋대로 들어갔다가는 그냥 좀 혼나는 정도로는 못 넘어갈 것 같은 분위기인데."

"원래는 그렇긴 하죠. 하지만 사범대리님도 허가하셨으니 그냥 문을 여는 것만 생각하면 될 거예요."

"암벽을 깨부숴서 내부를 조사할 수도 있을 것 같아 보이는데."

"내부에 아주 단단한 격벽이 들어 있다는 모양이에요."

아아, 많은 사람들이 흥미를 갖고 도전해 봤지만 결국 파괴하는 데는 실패했다는 식인가.

생각해 보면 고대 미궁도서관에서도 비슷한 식으로 벽을 깨부술 수 있을 것도 같은데.

하지만 그쪽의 경우는 화기엄금 같은 규칙이 있으니, 자칫 잘못하면 던전에서 쫓겨나고 말 것 같긴 하다.

"고대 미궁도서관에서 그랬던 것처럼 라프타리아와 라프짱과 글래스가 힘을 모으면 열리지 않을까?"

으음. 라프짱은 할망구와 할아범의 배틀 감시를 맡기느라 두고 왔단 말이지.

고작 이 정도 상황도 예측하지 못한 내가 바보였다.

"그 정도로 열렸다면 지금껏 고생할 일도 없었겠죠……. 그리고 사범대리님이 이야기해 주신 전승에 따르면, 이 안에는 금구(禁具)가 봉납되어 있다나 봐요."

전설의 괭이나 고문 도구 같은 게 들어 있을 것 같은 느낌이다.

왜 그런 발상에 이르렀는가 하면, 예전에 읽은 유명 엽기 추리물 중에 시골을 무대로 한 게 있었는데, 그 작품 속에 이런 보물 창고가 있었기 때문이다.

"뭐, 됐어. 하여튼 시험해 볼까."

"라프짱이 없는데요……."

"라프타리아와 글래스의 힘으로 열 수 있을지 시험해 보는 것도 괜찮잖아."

"네."

이쯤에서 봉구전 문을 확인. 문에는 거창해 보이는 부적이 붙어 있었다.

"부적."

"그러게 말이야, 실디나."

"어떤 마법으로 구축된 부적인지 궁금해. 나오후미, 조사해 봐도 돼?"

"안 될 거야 없지만……."

내가 허가하자, 실디나가 봉구전 문에 붙어 있는 커다란 부적으로 손을 뻗어서 어루만졌다.

"응…… 응…… 그렇구나…… 응."

"뭐 좀 알아냈어?"

"으—음……. 무지 복잡한 마법으로 봉인돼 있는 것 같아. 하지만 쿠텐로에도 비슷한 게 있었던 게 떠올랐어."

"뭐라고?"

"과거의 천명이 남긴 무기전의 봉인과 비슷해. 그건 루프트가 봉인을 풀어서 내부를 조사했었는데…… 어라? 이건 혹시 잔류사념(殘留思念)?"

그런 이야기를 하고 있으려니, 별안간 문에 붙은 부적이 타오르더니 철컥 하는 소리와 함께…… 문이 저절로 열렸다.

"어라……?"

"뭘 어떻게 한 거야?"

"나도 몰라. 사념 같은 게 있다는 걸 알아챘더니 저절로……. 어쩌면 이 문 자체가 의식을 담아 만들어진 거였는지도 몰라."

아까 할아범이 운명의 때가 되면 열린다는 이야기를 했었는데, 그 운명의 때가 바로 지금이라는 건가?

우리의 무기에 반응해서 열린 것……일 가능성도 있을 것 같았다.

"실디나 양은 저 같은 스피릿에게 정체불명의 위압감을 주시니까, 문에 깃들어 있던 무언가에 자기도 모르게 간섭했을 가능성도 있지 않을까요?"

"그럴 수도 있겠지만, 그런 식이라면 소울 이터만 데려와도 열린다는 뜻이 되잖아?"

"설마 아까 그 부적은 소울 이터를 쫓아내는 부적이었나?"

"그런 단순한 물건이었다면 부적 전문가가 한참 전에 해석했겠지."

하지만 이런저런 복잡한 장치를 심어 둔 것이었을 가능성은 부정할 수 없다.

성가시군.
“뭐, 됐어. 기왕 열렸으니 내부를 조사해 보자고. 굳이 원인까지 생각할 필요는 없잖아.”
“하긴 그래. 그럼 바로 구경해 보실까!”
“필로가 있었다면 신이 나서 안을 뒤졌을 텐데.”
그 녀석은 남의 집 탐색하는 걸 좋아하니까 말이지.
“그러게 말이에요. 삼용교 사건 때도 메르랑 같이 저택 탐색을 했었으니까요.”
“그래.”
이런 이야기를 나누며 내부를 확인해 보니 약간 곰팡이 슨 냄새가 풍겼다.
뭐, 오랜 세월 동안 폐쇄돼 있던 공간이니 그럴 만도 하겠지.
한 발짝 안으로 들어서서 주위를 둘러보았다.
갖가지 물건들이 들어 있는 선반이며 보물 상자 같은 것이 보였다.
그 안쪽 깊은 곳에는 벽에 기대어 세워진 부채가 눈에 띄었다.
부채에는 커다란 메기가 그려져 있었다. 마치 당장에라도 움직일 것만 같은 역동감이 느껴지는 그림이군.
“진진(鎭震)의 부채인가요……?”
“요석(要石)의 부채랑 비슷하게 생겼네.”
“그건 뭐지?”
“예전에 내가 가져온 소재로 로미나가 만들어 줬던 부채의 이름이야. 내가 낚은 커다란 메기를 소재로 해서 만든 거였지.”
“제법 강력한 무기였었죠. 한동안 애용하기도 했구요.”

글래스가 벽에 세워진 부채를 어루만지자 부채의 권속기가 빛났다.

웨폰 카피가 작동한 모양이군. 글래스가 그 무기에 깃들어 있는 성능을 확인했다.

"요석의 부채와 비슷한 전용효과를 갖고 있네요. 키즈나나 나오후미가 쓰는 표현을 빌리자면 상위 호환 무기라고 할 수 있겠죠."

"그렇군. 진 · 마룡의 무기와 비교하면 어떻지?"

"비슷한 성능이 깃들어 있으니까, 상황에 맞춰서 사용하면 되지 않을까 싶네요."

"있잖아, 요석의 부채 상위 호환이라면 그것도 할 수 있는 거야?"

키즈나가 아는 척하며 글래스에게 물었다.

그러자 글래스는 고개를 끄덕이며 부채를 접고…… 그 부채를 움켜쥐자…… 부채가 검 모양으로 변형됐잖아?!

"이건…… 봉파(封波)의 검이군요……."

"그 검, 전투에 쓸 수 있는 거야?"

"네, 예외가 인정돼서 검으로 사용할 수 있어요."

장착자의 의지에 맞추어 형태가 변하는 건가. 그런 무기도 있었군.

"이름으로 봐서 우리에게 안성맞춤인 무기군."

"파도란 세계 간의 융합 현상……. 생각해 보면 그건 세계가 충돌하고 있다는 뜻이잖아? 그렇다면 지진이 일어나고 쓰나미가 밀려오는 건 발상 면으로 봐서 딱 들어맞긴 하네."

하긴 그렇지. 연신 밀려드는 파도처럼 지속적으로 일어나는 재해를 표현하는 의미로 파도라는 이름이 붙은 것 아닐까?

균열에서 마물이 파도처럼 밀려오기도 하고.

이름의 유래로 보이는 쓰나미도 지진이 일어나면서 발생하는 이미지가 있다.

그 두 가지를 잠재우거나 봉인한다는 의미를 지닌 무기라면, 파도에 대항하기 위해 만들어진 물건이 아닐까 하는 추측은 충분히 가능하겠지.

"그래서, 어떤 스킬과 기능이 있는데?"

"음……『윤무 · 역식(逆式) 무법(無法) 잡기』와『선무(扇舞) · 설매(雪梅)』…… 그리고「혼의 공명 강화」와「혼의 공명 유지시간 연장」이라는 기능인 것 같아요."

"얼핏 듣기만 해서는 어떤 스킬인지 감이 안 잡히는데."

"그러게 말이에요. 밖에서 가볍게 시험해 보죠."

글래스는 그렇게 말하고 봉구전 밖으로 나와서 스킬을 내쏘았다.

"윤무 · 역식 무법 잡기!"

부채로 뭔가를 쳐내듯이 스킬을 내쏘았지만…… 이렇다 할 현상은 일어나지 않았다.

"……."

우리도 글래스도 침묵…… 뻘쭘하군.

"뭐 좀 알아냈어?"

"아뇨……."

"이름만 봐서는 카운터 스킬 같은데."

"아아, 하긴 그래. *무도(無刀) 잡기 같은 식으로."

내가 알던 게임 중에 칼날 잡기 같은 식으로 상대의 공격을 막아내고, 그 무기를 빼앗으면서 공격하는 기술이 있었다.

"시험 삼아 마법을 쏴 봐서, 그걸 쳐내면 추측이 맞는 거겠지."

"그런 거라면 평소에 나오후미가 하던 것과 무슨 차이가 있는 거죠? 애초에 저도 마음만 먹으면 쳐내는 것 정도는 할 수 있는데요?"

글래스의 대답에 나도 말문이 막혔다.

예전에 글래스는 부채로 마법을 되받아치는 기술을 선보인 적이 있었다. 듣자 하니 글래스가 속한 유파의 기술이라고 했다.

"지원이나 약화마법 같은 것까지 쳐낼 수 있는 건지도 모르잖아. 그쪽에 기대를 걸어 보자고."

"하긴 그럴 수도 있겠네요……. 그럼 누가 마법을 쓰시겠어요? 키즈나, 혹시 부적 가져왔나요?"

"응, 일단은."

키즈나가 부적을 꺼내서 마법 사용 준비를 시작했다.

우리 세계 쪽의 마법은 부적 같은 도구 없이도 쓸 수 있으니까 편리한데 말이지.

하지만 우리의 마법은 이쪽 세계에서는 사용할 수 없으니 하는 수 없었다.

"괜히 부적이 낭비되잖아. 액세서리의 보석에 휴식을 주면 다시 사용할 수 있는 내가 마법을 쓰지. 살짝 지원마법을 걸어 볼 테니까 쳐내 봐."

---

* 무도 잡기(無刀取り) : 맨손인 상태로, 무기를 든 상대에게 접근해서 칼을 빼앗는 것.

나는 용맥법을 응용해서 보석을 매개체로 이 세계의 마법을 유사하게 재현, 발동시켰다.

"알겠습니다. 하지만 잠시 기다려 주세요. 재사용하려면 시간이 좀 더 필요할 것 같아요."

그래서 우리는 글래스가 다시 마법을 튕겨 내는 스킬을 쓸 수 있게 될 때까지 기다리기로 했다.

"이제 됐어요. 언제든지 시작하셔도 좋아요!"

나는 보석에 용맥법을 거는 식으로 정인이 사용하는 마법을 유사하게 재현해서 글래스에게 걸었다.

"윤무 · 역식 무법 잡기!"

내가 건 마법의 빛이 글래스에게 맞기 직전에 부채에 맞고는, 빛 구슬로 변해서 퍽 하고 튕겨 나왔다.

그 빛 구슬을 맞아 보니, 지원마법이 내게 그대로 걸렸다.

"이름으로 보아 마법 반사 스킬 같군……. 뭐, 원래부터 글래스는 공격마법 같은 걸 쳐내는 재주가 있긴 했지만, 이게 있으면 지원마법까지 쳐낼 수 있다는 거겠지."

"네. 재사용하려면 상당히 많은 시간을 기다려야 하는 스킬인 것 같아요. 연사는 불가능해 보이네요."

지원마법 같은 것까지 반사할 수 있다는 건 제법 좋아 보이지만 쿨타임이 길단 말이지.

그나저나, 원하던 스킬을 예상보다 손쉽게 발견했군.

"일단 수확은 충분히 건진 셈이군. 지원마법 무효화에 대처할 방법이 생겼으니까."

강화된 마법까지 쳐낼 수 있을 것인가 하는 점이 문제이긴 하지만…….

"다음은 선무 · 설매 차례네요. 아아, 이렇게 동작하는 거란 말이죠?"

글래스는 그렇게 말하고, 부채를 펼치고 춤추면서 부채를 검의 형태로 바꾸었다.

무언가가 주위를 스치고 지나간 것 같은 느낌이 들었다.

의식마법인 성역이나, 커스 스킬 같은 것에 영향받은 상태와 비슷한 느낌이었다.

"의식마법인 성역이 쳐졌을 때와 비슷한 느낌인걸."

사디나가 그 점에 반응했다.

"그러게 말이야. 무슨 일이 발생한 건지를 확인해 봐야 할 텐데……. 글래스, 아직 안 끝났어?"

스킬 예비 시간이 상당히 길었다.

"시야에 나타난 설명을 보니 연속 동작이 계속 이어지는 것 같아요. 일단 중단해 볼게요."

글래스가 그렇게 말하며 춤을 멈추자, 이상한 기운이 사라졌음을 알 수 있었다.

"춤추는 동안에만 작동하는 스킬이라……."

"아까 스테이터스를 확인해 봤는데, 능력치가 올라간 것처럼 보이던데?"

"그렇다면 글래스가 춤추는 동안에 한해서 주위 사람들의 능력치가 증가하는 스킬이란 말이군."

둘 다 은근히 사용하기 까다로운 스킬이군.

기본적으로 글래스는 공격 담당이다.

그런 글래스에게 지원 담당을 맡기는 건 제법 큰 위험부담이 따르는 일이다.

그래도 마법 반사 스킬을 발견한 것만 해도 충분한 이득이라 할 수 있겠지.

"굉장한걸—. 그렇지? 라프타리아, 실디나."

"네, 찾으려던 걸 이렇게 쉽게 발견할 수 있을 줄은 몰랐어요."

"실전에서 사용할 수 있을지 좀 의문이긴 한데."

세인의 언니는 지원 무효 마법을 손쉽게 쏴 대는데…… 우리 쪽은 긴 쿨타임 때문에 남발할 수 없다면 감당하기 힘들 것이다. 지원마법과 해제의 술래잡기가 되풀이되면 밀릴 수밖에 없다.

애초에 공격마법류 정도는 나는 물론이고 기를 다룰 줄 아는 녀석이라면 의식만 해도 누구든지 어느 정도는 쳐낼 수 있다.

"더 사용하기 쉬운 게 없으면 고전하게 될 텐데."

"네……. 절체절명의 상황에서 사용하기는 힘들 것 같아요."

으음. 뭐 좀 좋은 방법 없을까?

"하여튼 조금 더 조사해 보는 수밖에 없겠지."

그때 세인의 배에서 요란하게 꼬르륵 소리가 울려 퍼졌다.

……뺨이 살짝 빨개졌군.

"배고——."

"세인 님께서— 식사를 원—— 계십니다. 나오후미 씨가, 나오후미 씨가 만들어 주신 식사를, 말입니다."

"네가 무슨 필로냐?! 좀 참아!"

민망해하면서 밥을 요구하지 마. 그리고 왜 그렇게 집요하게 나를 지정하는 거냐.

"술은 없을까?"

"태곳적의 술. 오래된 술은 메르로마르크의 침몰선에 잠들어 있었어."

"이런 곳에서는 다 기화해 버렸겠지, 이 술고래 자매!"

"그 술고래를 뛰어넘는 대 술고래가 바로 나오후미고 말이야!"

"키즈나, 어디 두고 보자고……!"

키즈나는 왜 이렇게 농담에 집요하게 물고 늘어지는 건지, 원.

재미있는 삶의 방식이라는 생각도 들지만, 입은 재앙의 근원이라는 걸 똑똑히 가르쳐 줘야겠다.

그렇게 봉구전 내부를 확인하다 보니, 공들인 장식이 새겨진 괭이 같은 게 나왔다. 날 끝에 녹이 슨 것과는 다른 검붉은 무언가가 붙어 있어서 살짝 놀랐다.

이 유파의 개조라는 자가, 이세계에서 소환된 용사의 이야기를 듣고 떡밥 뿌리기에 재미가 들린 게 아닌가 하는 의심까지 들었다.

그런 건 일단 제쳐두고…… 보석상자 안에서는 칠지도, *오키츠노카가미, 치카에시노타마라는 거창한 이름이 붙은 물건들이 발견되었다. 다만 이 물건들은 손상이 심했다. 아예 망가져 버린 것도 몇 개 있었다.

"삼신기 같네."

"삼신기와는 좀 다르잖아. 그래서 장식해 놓지 않은 건가?"

---

* 오키츠노카가미(沖津鏡)와 치카에시노타마(道返玉) : 일본 신화의 신인 니기하야히노미코토(饒速日命)가 지상으로 내려올 때 아마츠카미미오야(天神御祖)에게서 받았다고 전해지는, 십종신보(十種神寶)에 속한 보물들.

삼신기는 야타(八咫)의 거울, 야사카니(八尺瓊)의 곡옥, 쿠사나기(草薙)의 검이다.

진품이라면 정말 대단한 무기들일 텐데……. 뭐, 모조품이건 뭐건, 제법 뛰어나 보이는 무기들이기는 하군.

치카에시노타마는 악령이나 사령들을 저승으로 이끄는 구슬이었지, 아마?

파도의 첨병인 전생자들을 원래 자리로 이끈다는 의미에서는 충분히 일리가 있어 보였다.

이런 사태를 가정해서 만들어진 물건이면 좋을 텐데……. 그런 생각을 하며 무기들을 집어 들고 확인해 보았다.

내 감정 기능의 범위 안에서는 해독이 불가능했기에, 오키츠노카가미를 웨폰 카피해서 살펴보기로 했다.

***오키츠노카가미 · 헤츠카가미**
능력 미해방……장비 보너스 스킬『해제 쳐내기』,「저주 공격 내성(중)」,「중계경(中繼鏡)」,「지원마법 시인력 향상(중)」
전용효과
「마법 위력 증가(중)」,「저주 내성(중)」,「마력 소비 경감(중)」,「마법 영창 단축(중)」,「액막이」,「악령 대응」,「혼시각(魂視覺)」,「SP회복(중)」,「드레인 무효」

으음, 능력 해방의 효과는 우수하지만…… 무기로서는 소울

* 헤츠카가미(辺津鏡) : 십종신보 중 하나.

이터 실드의 상위호환 정도 성능이군. 영귀갑 거울이나 진 · 마룡의 거울에는 못 미친다.

긍정적인 의미에서나 부정적인 의미에서나 글래스의 관련 무기 같은 느낌이었다.

"해제 쳐내기라는 스킬이 있나 보군. 보아하니 글래스가 썼던 거랑 비슷한 스킬 같아."

"일단 목적은 달성한 셈이네요."

"그래. 하지만…… 약간 불안감이 남는데. 라프타리아도 이 힘을 복제해 둬."

"네……. 으음, 이쪽에도 스킬이 나왔어요. 『해제 회피』라는 스킬인 것 같아요."

이런 스킬이 내포된 장비들을 모아둔 건가?

"문제는 구슬이라는 무기를 갖고 있는 사람이 아무도 없다는 건데……. 테리스더러 쓰라고 해야겠군."

약간 손상이 있긴 하지만, 잘만 가공하면 테리스가 무기로 쓸 수 있을 것 같았다.

거의 완성이 가까워진 테리스의 액세서리에 박아서 무기로 만들어 봐야겠다.

"예상보다 손쉽게 찾아내긴 했는데요……."

"은근히 가려운 곳에 손이 안 닿네. 키즈나의 수렵구에 쓸 수 있을 법한 것도 없었고."

"그러게 말이야. 나도 뭔가 할 수 있으면 좋을 텐데……."

그런 고민을 해 가며, 나는 이번에 발견한 무기를 살펴보았다.

가장 손상이 덜하고 그럭저럭 쓸 만해 보이는 건 진진의 부채 정도군.

이제 로미나에게 보여 주는 수밖에 없다.

"오랜 세월이 지나는 바람에 손상되긴 했지만, 무기로 사용하는 건 가능합니다. 권속기 소지자가 아닌 분들께 배분하는 것도 좋겠죠."

"그나저나, 지금 여기 있는 멤버들 중에 부채나 검으로 싸우는 녀석은……."

저절로 시선이 실디나에게 향했다.

"어라—?"

"일단 한 번 주고 휘둘러보게 하지."

글래스에게 지시하자, 글래스는 복제한 원본인 진진의 부채를 실디나에게 건넸다.

실디나는 글래스가 했던 것처럼 부채를 검의 형태로 바꾸어서 가볍게 휘둘렀다.

능숙한 손놀림으로 검을 휘두르는 실디나.

어떻게 보면 춤추는 것처럼 보이는 것 같기도 했다.

실디나는 쿠텐로에서 무녀 노릇을 했던 만큼, 제사 같은 것도 맡아 했던 모양이다.

"제법 그림이 나오는걸, 실디나. 이 언니는 쿠텐로 무녀의 춤 같은 건 귀찮아서 싫어했었는데 말이야."

"거짓말쟁이. 내가 그동안 얼마나 비교를 당했는데."

실디나가 언짢은 듯 사디나에게 투덜거리고 있었다.

요즘은 같이 지낼 때가 많은데도 사이가 좋지 않은 건 여전한 모양이군.

"그건 그냥 소문일 뿐이라구. 실제로 이 언니는 별로 안 좋아했는걸."

하지만 사디나라면 무녀의 춤 같은 것도 대수롭지 않게 해낼 것 같단 말이지…….

제르토블의 콜로세움에서도 춤추는 것 같은 동작으로 우리의 공격을 피했었고 말이다.

"일단 이 정도면 된 건가?"

"잠깐……."

그때 실디나가 검으로 변한 부채에 손을 얹고 중얼거렸다.

"잔류사념이 남아 있어. 다른 무기에도…… 다 깃들어 있어."

"그럼 신탁도 할 수 있는 거야?"

"아니……. 지금은 힘이 부족해서 못 해. 하지만…… 이 잔류사념의 형태는 글래스, 당신이랑 비슷해."

"저 말인가요?"

글래스와 닮은 잔류사념이라…….

"과거의 천명이 라프타리아와 닮은 것처럼?"

그러자 실디나는 내 쪽을 돌아보고 고개를 가로저어서 부정했다.

"얼굴이 닮은 것과는 달라. 스피릿에 대해서는 나도 아직 모르는 게 많아. 하지만 성질이…… 본인인 건 아니지만 관계성이 강한 건 분명해."

흐음? 무슨 소린지 이해가 안 가는데.

"인격까지 깃들지 않은 건 분명해. 그런데도 강한 의지가 있어. 이런 식으로 깃들어 있는 건 처음 봐."

"그래서 어쩌자는 건데? 귀찮으니까 본론부터 이야기해."

"알았어. 글래스, 당신한테 신탁을 해서 나한테 깃들게 해 보고 싶어."

"어……. 그거 혹시 나를 구할 때 미야지의 패거리에게 했었던 끔찍한 행위를 글래스한테 하겠다는 이야기 아냐?"

키즈나 탈환 작전 때, 실디나는 신탁을 통해 미야지의 여자인 스피릿을 포박하고 강제로 빙의시켜서 힘을 빨아들이는 끔찍한 짓을 저지른 바 있었다.

그래서 나는 실디나를 소울 이터 같은 녀석이라는 식으로 인식하게 된 것이다.

그걸 글래스에게 해 보고 싶다니, 엄청나게 대담한 소리군.

"응. 지금 내 힘으로는 이 사념을 알아낼 수 없어. 하지만 비슷한 사념을 깃들이면 힘을 모아서 불러낼 수 있을지도 몰라."

"위험하지는 않아?"

"적에게 했던 것처럼 강제로 흡수하지는 않아. 소모는 발생하겠지만."

"알았어요. 한번 해 보는 것도 나쁘지 않겠죠."

"글래스?!"

"지금 우리에게 필요한 건 나오후미 일행처럼 탐욕스럽게 힘을 갈망하는 거예요. 그러지 않으면 지키고 싶은 자를 지킬 수 없으니까요."

글래스는 결의에 찬 표정으로 키즈나를 설득했다.

"이건 어디까지나 실험이니까 죽을 일은 없어요. 게다가 인체 실험도 이미 마친 상태고요."

아아……. 실디나의 일방적인 인체실험이었지만.

"저도 어느 정도 목숨을 걸고 임하지 않으면, 제가 얻고자 하는 정보에 다다를 수 없어요. 키즈나, 저를 걱정하시는 마음은 저도 충분히 이해하고 있어요. 그래도 실험을 허락해 주실 수는 없나요?"

"글래스가 그렇게까지 나오니까 더는 못 말리겠네……. 그치만 무리한 실험은 절대로 안 돼."

"물론이죠."

키즈나와 글래스는 그런 식으로 대화를 마치고, 실디나를 돌아보며 고개를 끄덕였다.

"실디나 양, 부탁드릴게요."

"알았어. 해 볼게."

동의를 얻은 실디나가 글래스에게 신탁을 걸었다.

실디나가 뭔가 영창이라도 하듯 중얼중얼 외우고 있는데, 통 알아들을 수가 없었다.

사디나가 곤혹스러운 표정으로 그 광경을 지켜보고 있었다.

"사디나 언니?"

"왜 그래?"

"어머나? 왜들 그러니?"

"아니, 평소에 못 보던 표정이다 싶어서."

"그래요. 무슨 일 있었어요?"

"딱히 무슨 일이 있는 건 아니지만 말이야—."

그렇게 중얼거리며, 사디나는 신탁을 시도하는 실디나를 바라보았다.

사디나의 이 표정…… 어지간해서는 본심을 털어놓지 않는 사디나가 지난번에 이야기했던 과거 이야기로 미루어보아…….

"실디나 앞에서는 하기 힘든 이야기라는 거군."

"으—음……. 들킨다면 이야기해 줘도 안 될 건 없지만, 비꼬는 걸로 받아들일 것 같아서 말이야."

사디나는 신탁에 재능이 없다는 이유로 업신여김을 받으며 자라 왔었다.

그 신탁 이외의 면에서는 여느 사람들보다 월등하게 유능했기에, 지적할 점이 그 점밖에 없었던 것도 한 이유였겠지만.

반대로 실디나는 그런 사디나가 나라를 떠나서 수룡의 무녀 역할을 맡을 사람이 없어지는 바람에, 부모가 대용품 삼아 낳은 딸이었다.

유능했던 사디나와 비교당하며 증오에 가까운 콤플렉스를 가진 채 자랐지만, 실디나에게는 사디나가 갖지 못했던 진짜 신탁의 재능이 있었다.

지금 그 신탁의 재능이 뭔가를 개척하려 하고 있는 걸 보면, 실디나 역시 사디나 못지않게 굉장한 재능을 갖고 있는 건지도 모른다.

단순한 전투 면에서는 사디나 쪽이 우세라는 모양이지만, 실디나도 제법 강하단 말이지.

솔직히 말해서, 사디나와 실디나는 어느 한쪽이 더 낫다고 할 수 없을 만큼 유능하다고 생각한다.

"나오후미 님, 자세한 사정을 알고 계신 것 같네요. 나중에 여쭤 봐도 될까요?"

"어머나! 라프타리아도 이 언니의 고민이 궁금하니—? 그럼 안 돼, 민망하잖니!"

사디나가 장난스럽게 지껄였다.

그래, 이 여자는 정말 툭하면 본심을 농담으로 얼버무리려고 든다니까.

"라프타리아, 사디나가 싫다니까 이 이야기는 일단 넘어가 줘. 그래도 정 궁금하다면 먼저 사디나를 설득하도록 해."

"으으……. 알았어요."

"어머나. 이 언니, 라프타리아한테 설득당하는 거야—?"

이 반응으로 미루어보아, 그렇게까지 이야기하기 싫은 내용은 아닌 것 같다.

조금 이야기해 보면 라프타리아도 "아, 그런 거였군요." 하는 정도로 넘어갈 것 같고.

"이제 곧 깃들 거야……. 전에는 적에게 우격다짐으로 걸었지만, 이번에는 부담이 가지 않도록 할 테니까 와 줘."

"알았어요."

실디나가 손을 내밀고, 글래스가 그 손을 잡았다.

그러자 강렬한 빛이 발생해서 두 사람을 휘감고…… 그 빛이 사라진 뒤에는 글래스 혼자만이 서 있었다.

평소의 글래스보다 안색이 좋아 보였다. 반투명해지지도 않고 말이지.

"이건…… 굉장하네요."

글래스가 자신의 몸을 확인하듯 양팔을 쳐다보며 중얼거렸다.

"뭐가 어떻게 대단하다는 거지?"

"지금까지 안 했던 게 어리석게 느껴질 정도예요. 뭐든지 다 해낼 수 있을 것 같은 자신감이 들고……. 네, 좀 위험하긴 하지만, 이걸 안 하는 건 어리석기 짝이 없는 짓이에요."

"그 정도로? 실디나는?"

"어라—? 나오후미 왜 불러?"

글래스가 실디나의 목소리로 말하며 고개를 살짝 갸우뚱거렸다.

우와…… 뭔가 엄청난 낙차가 느껴지잖아.

어쩐지 얼굴까지 평소의 실디나처럼 약간 졸려 보이는 게, 여간 신기한 게 아니었다.

"뭐, 뭔가 좀 느낌이 이상하긴 한데……. 나는 뭐가 얼마나 대단하다는 건지 영 실감이 안 나는데."

"키즈나, 나중에 시험해 보면 알 거예요."

"무기의 사용 권리 같은 건 어떻게 됐지?"

부채의 권속기가 많이 혼란스러워 할 것 같은데…….

"나오후미도 쉽게 알 수 있도록 해 볼게."

그 말과 함께, 실체화된 글래스 같았던 모습이 반투명한 글래스와 실디나가 겹쳐진 것 같은 상태로 변했다. 실디나가 글래스의 손 움직임에 맞추어 부채를 들고 있는 것 같은 모습이었다.

"나인 동시에 글래스이기도 한…… 그런 느낌이랄까? 그럼 글래스, 나오후미가 쓰던 공중에 뜬 방패 같은 걸 만들어 볼게. 그냥 평소처럼 부채를 휘두르기만 하면 돼. 실체는 나니까 거침없이, 지금까지 해 왔던 것처럼."

그러자 글래스가 실디나의 배후령처럼 살짝 떠올랐다.

"아, 알았어요……."

글래스가 춤추듯이 부채를 움직이자, 부채의 권속기가 플로트 실드처럼 손을 떠나 움직이기 시작했다.

어쨌거나 결국은 흐릿한 글래스가 권속기를 움직이는 것처럼 보일 뿐이었지만.

상당히 기민하게 움직이는 것처럼 보였다.

"이런 공격도 할 수 있어."

그런 말과 함께, 글래스의 공격과는 별개로 실디나 본인이 검을 들고 춤추듯 휘둘렀다.

"나오후미, 상대해 봐. 글래스는 영체로 떠다니는 부채라고 생각하면 돼."

"아, 알았어……."

나는 거울을 들고, 글래스와 실디나의 춤추는 듯한 공격을 받아냈다.

부채 쪽 공격이 더 위협적이었기에 그쪽은 일단 내가 막고, 부유경으로 실디나의 공격을 튕겨냈다.

퍽 하고 글래스의 공격을 받아 내는 동시에 실디나의 검을 흘려보내고 글래스를 붙잡으려 했지만, 내 손은 글래스를 통과해 버렸다. 뒤이어서 실디나가 검을 부채로 바꾸고——.

"스킬을 쓸게. 윤무 무형(無型) · 달 쪼개기!"

실디나가 나를 향해 글래스가 예전에 사용했던 스킬, 달 모양의 원을 그리며 세로로 베는 공격을 내쏘았다?!

어, 실디나가 스킬을 쓸 수 있는 거야?

나는 재빨리 거울로 그 공격을 받아냈다.

"저도 공격할게요! 윤무 파형(破型) · 귀갑 쪼개기!"
"어, 어이!"
내가 방어하기가 무섭게 글래스가 잇따라 스킬을 퍼부었다.
부유경으로 막아내는 데 성공하긴 했지만, 그 바람에 부유경 한 장이 깨졌다.
"이런 식으로 숨 쉴 틈도 안 주고 몰아붙일 수 있고, 스킬도 연속으로 사용할 수 있어. 어때?"
"확실히 강하기는 하군."
글래스가 둘로 늘어나서 공격을 퍼붓는 것 같은 느낌이었다.
이번에는 가볍게 스킬을 사용하는 정도에 그쳤지만, 마법까지 사용할 수 있게 되면 그 위력은 헤아릴 수도 없을 지경이리라.
실디나는 독자적인 형태의 마법까지 쓸 수 있고 말이지.
"그래도 나오후미는 제대로 막아냈어."
"그야 막는 게 내 역할이고 부유경도 있으니까, 보이기만 하면 막을 수야 있지. 그래도 스킬 동시 사용까지 가능하다면 엄청나게 위협적인 건 사실이야."
"어머나……. 실디나랑 글래스, 엄청나게 강해졌는걸."
사디나의 말에 라프타리아도 고개를 끄덕였다.
"단순히 연계 공격만 하는 건 아닌 것 맞죠?"
"네, 스테이터스를 확인해 보니 저와 실디나 양의 스테이터스가 합산돼 있어요."
그 말인즉슨, 실디나의 레벨+글래스의 에너지에 의한 스테이터스가 된다는 셈이잖아.
……제대로 붙게 되면 진짜 당해내기 버겁겠는데.

"문제는 에너지 소모가 너무 심해서 지속적인 전투가 힘들어 보인다는 점이에요. 혼유수를 사용해도 긴 시간은 힘들 것 같아요."

"호오……. 혼유수로 회복해서 겨우 유지하고 있단 말이지……. 그럼 실디나에게 대지의 결정을 사용하면 어떻게 될지 시험해 보는 것도 괜찮겠군."

실험 결과, 글래스를 강림시킨 상태에서 대지의 결정을 사용해 에너지로 변환하는 데 성공했다.

혼유수와 대지의 결정을 혼합하는 식으로 실디나 전용 회복약을 제조, 사용해서 강림 시간을 연장시키는 것도 가능했다.

"저기, 글래스는 건드릴 수 없는 거야?"

키즈나의 질문에, 내가 글래스의 팔 쪽에 뻗은 손이 통과하는 모습을 보여 주었다.

"일단은…… 못 건드리게 돼 있어요."

"이렇게 하면 건드릴 수 있을 것 같은데."

나는 손에 기를 집중시켜서 글래스의 팔을 건드리고 움켜잡아 보였다.

"역시 되는군. 상대가 영체 계열이라도 기나 속성 공격은 통한다고 들었거든."

글래스가 손쉽게 붙잡힐 일은 없을 테니 별로 문제 될 건 없겠지.

글래스가 부유 무기로 공격, 실디나가 추가 공격, 스킬 동시 사용에 마법 지원……. 그래, 어떤 방법이건 실디나와 글래스가 힘을 모으면 많은 것들을 할 수 있을 것 같다.

"전투 면에서는 이 정도인 것 같아. 그럼 본론으로 들어가 볼게."

그렇게 말하고, 실디나는 봉구전에 있던 무기를 향해 손을 뻗어 뭔가를 읽어내기 시작했다.

그러자 글래스가 약간 미간을 찌푸리며 눈을 찡그렸다.

직후, 현기증이라도 인 것처럼 머리에 손을 짚었다.

"그, 글래스?! 괜찮아?!"

"아, 네……. 걱정하실 것 없습니다. 실디나 양이 무기 안에 잔류한 의지를 제 안에 흘려 넣은 것뿐이니까요."

걱정하는 키즈나에게, 글래스는 걱정 말라는 듯 손을 앞으로 내밀며 대답했다.

"실디나 양이 증언한 그대로예요……. 다만 의지나 지식 같은 건 깃들어 있네요. 신기한 느낌이에요."

이윽고 실디나는 무기에 깃든 의지 수집 작업을 마쳤는지, 무기를 향해 들고 있던 손을 내리고 영체화해서 글래스 쪽을 돌아보았다.

"어때?"

"네……. 여러 가지 지식과 기술이 흘러 들어왔어요."

"그럼, 동료들한테 보여 주자."

"그게 좋겠네요. 키즈나, 나오후미, 잘 보세요. 무기에 깃들어 있던, 사범대리님이 실전됐다고 말씀하셨던 기술이에요."

글래스는 부채를 펼치고, 실디나와 의식을 모아서 언제든지 기술을 쓸 수 있는 태세를 취한 채 말했다.

그걸 본 나는 지원마법을 영창해서 두 사람에게 쏘아 보았다.

"비밀 윤무 · 파동 쳐내기! 이어서…… 윤무 · 역식 무법 잡기!"

내 지원마법을 쳐내고, 튕겨 나온 지원마법을 쫓아가서 역식 무법 잡기를 통해 다시 다른 방향으로 쳐내 버렸다.

"이 비밀 윤무는 기술인 것 같네요. 힘을 많이 불어넣어서 쓰면 연사도 가능한 것 같아요. 어디까지나 제대로 사용할 경우의 이야기지만……."

"호오."

쿨타임 없이 사용할 수 있다니…… 우리가 원하던 바로 그 기술이군.

"그 밖에도 많은 기술이나 지식들이 들어 있어서 놀라울 정도예요."

글래스도 흥분한 듯, 새로 발견한 기술을 몇 번 시험 사용해 보고 있었다.

"지식은 어떤 거지?"

"어디 보자……. 아마치하라는 나라의 소재지, 그리고 그곳이 어떤 곳이었는가 하는 것이 추억처럼 머릿속에 떠올라요. 고유의 식물이나 문화도……. 위치는 마룡의 나라가 확실한 것 같아요. 꼭 한번 찾아보는 게 좋겠어요."

"실디나 덕분에 꽤 많은 수확을 얻은 것 같네."

"에헤……. 나오후미, 칭찬해 줘 칭찬해 줘—."

"아아, 그래, 그래. 잘했어, 잘했어."

실디나가 칭찬해 달라는 듯 고개를 숙이기에 쓰다듬어 주었는데…… 이번에는 글래스가 약간 언짢아하는 기색으로 머리에 손을 대고 뺨을 붉혔다.

"하, 하여튼! 일단 이 상태를 해제하는 게 좋겠어요!"
아아, 쓰다듬는 감촉이 글래스에게도 전해진 모양이군.
"알았어."
글래스의 말에 따라, 실디나가 신탁을 해제했다.
홀연히 글래스가 실체화되어 착지했다가…… 고개를 갸웃거렸다.
"어라? 조금 전까지 머릿속에 들어 있던 기술 사용법이……."
한편 실디나는 한쪽 손에 도깨비불 같은 걸 띄웠다가 부적 안에 집어넣었다.
부적에 글자가 새겨지고…… 과거의 천명을 강림시켰을 때와 비슷한 형태로 변화했다.
오? 응시해 보니 감정에 성공했다.

신탁부
품질 : 신비
잔류사념이며 혼의 조각을 담은 것. 특수한 의식에 사용된다.

이렇게 만들어지는 거였군.
"그야 글래스를 통해 신탁을 한 것뿐이니까. 해제하면 당연히 머릿속에서 사라지게 돼."
"신탁이란 이런 거였군요……. 느낌이 신기하네요."
뭐, 실디나는 우리 동료들 중에서도 가장 이질적인 힘을 갖고 있는 녀석이니까.
"으……."

글래스가 다시 현기증이 난 듯 비틀거렸다.

"괜찮아, 글래스?"

키즈나가 달려가서 글래스를 부축했다.

"반동이 생기니까 조심해야 해."

"네……. 이런 대가가 있는 거군요. 최대한 계획적으로 운용해야겠네요."

"그게 문제야. 현재 해제마법 반사 기술을 사용할 수 있는 건 글래스를 빙의시킨 실디나밖에 없다는 얘긴데……."

얼핏 보기에도 재현하려면 조건이 까다로울 것 같단 말이지.

따라 하려면 더 알기 쉽게 해석해야 할 필요가 있어 보였다.

"사범대리님 앞에서 구현해 보면 더 많이 해석할 수 있을 거예요. 그걸 통해서 더 많은 것들을 습득해 나가면 되겠죠."

"더 손쉽게 익힐 수 있으면 좋을 텐데. 스킬처럼 말이야."

"키즈나, 결국은 너도 제법 게으른 놈이군."

훈련을 싫어하던 시절의 렌이나 이츠키, 모토야스 같은 소리를 지껄이고 있다.

철저한 훈련을 거쳐서 언제든지 사용할 수 있도록 익혀 두지 않으면, 해제계 마법을 써서 덤벼드는 녀석에게 제대로 대응할 수 없다고.

"특히 나와 키즈나는 대인전에서는 수비적인 역할을 맡아야 하잖아. 이런 흘리기나 회피계 기술을 익혀 둬서 손해 볼 건 없어."

"그건 나도 알지만 말이야—."

참고로 세인은 글래스가 쓴 기술을 보고 벌써부터 해석과 모방을 시도하는 중이었다.

사역마를 시켜서 뭔가 마법을 쓰게 하고, 그걸 튕겨내려 애쓰고 있었다.

그런 이야기를 나누고 있을 때, 내 시야에 라프짱 얼굴 모양의 아이콘이 나타났다.

"오? 딱 좋은 타이밍에 라프짱의 신호가 왔잖아."

"사범대리님의 싸움이 점입가경에 들어갔다는 뜻일까요?"

"그런 모양이야. 녀석들의 결투가 끝나거든 방금 알아낸 것들을 보고하고 본격적으로 해석해 보자고."

"네! 한시라도 빨리 기술을 몸에 익혀야 하니까요!"

"맞아요."

"뭐랄까, 일이 무서울 정도로 순조롭게 풀리네요."

나 역시 라프타리아의 말에 동의하지 않을 수 없었다.

실디나가 없었다면 아무런 수확도 얻지 못하고 끝났을 상황이었지만.

실디나도 참 편리한 능력을 갖고 있군.

"어딘가 함정이 있을지도 몰라. 최대한 신중하게 주의를 기울이면서 하자고."

"네."

"지나치게 경계하는 거 아냐? 그냥 파워업에 성공했다고 생각하면 될 것 같은데 말이야."

키즈나가 천하태평한 소리를 지껄이고 있다.

세상일이란 지나친 이득에는 뭔가 함정이 있기 마련이다.

언젠가 그 대가를 치러야 할 때가 올지도 모른다는 점을 경계하는 건 당연한 일이다.

"나오후미도 참, 순순히 기뻐하면 좋을 텐데."
"맞아. 더 칭찬해 줘 칭찬해 줘—."
"지금까지 한두 번 당한 게 아니라서 그런 거야! 빨리 가기나 하자고!"
이렇게 해서 우리는 실전되었던 해제마법 대책 기술을 발견하고, 할아범과 할망구의 결투가 벌어지고 있는 현장으로 향했다.

고도의 기술을 동원한 할망구와 할아범의 싸움은 상당히 뜨겁게 달아오른 기술을 주고받는 상태로 발전되어 있었다.
어중간한 성무기나 권속기의 용사보다 훨씬 더 볼 맛 나는 싸움이었다.
마치 대전액션 게임을 관전하는 것 같은 기분이었다.
"하아아아아아아아아앗! 아죠아죠아죠—! 하앗챠—!"
"끄으으으으으으으으…… 하아아아아아아아아아아앗!"
할망구가 할아범에게 연속 콤보를 꽂아 넣고, 마지막으로 업어 메쳤다. 그리고 곧바로 일어선 할아범이 할망구의 가드를 뚫고 메치기 콤보를 날린 끝에 쳐 올리기 콤보까지 선보였다.
"흥. 그렇게 집요하게 부채에 연연하는 전투 스타일이라니. 이미 다 훔쳤다."
할망구가 할아범의 제자가 들고 있던 부채를 빼앗아 들고, 부채를 펼친 채 할아범에게 달려들었다.
"보거라! 이것이 나의 새로운 응용 기술! 변환무쌍류 선술(扇術) · 종이 눈보라!"
할망구는 기 덩어리를 만들어내고, 그 덩어리를 부채로 쳐내어 기의 눈보라를 일으켜서 할아범에게 날렸다.

"시시한 공격이군! 윤무 · 풍설! 그리고 기술을 훔치는 게 너만 할 수 있는 일이라고 생각하면 오산이다! 윤무 · 귀갑폭렬!"

할아범이 할망구가 내쏜 눈보라를 부채로 쳐내고, 기 같은 공격으로 응수했다.

글래스가 쓰던 귀갑 쪼개기라는 스킬과 비슷하군.

그나저나 이거 엄청나게 수준 높은 싸움인데.

그러고 보니 변환무쌍류는 무기를 가리지 않는 무술이라더니, 정말 그랬었군.

같은 무기로 다양한 기술의 응수가 수도 없이 펼쳐졌다.

"굉장해요! 다른 유파의 기술을 즉석으로 도입해서 새로운 기술을 만들어 내다니! 역시 사범대리님이세요!"

글래스를 비롯한 유파의 제자들이 초롱초롱한 눈으로 잡아먹을 듯 뚫어지게 전투를 지켜보는 모습이 인상적이었다.

"흐음……. 이번에는 이 정도에서 끝내 주마."

"흥. 다음에는 결판을 내 주지."

최종적으로, 시합은 넝마가 되다시피 한 할망구와 할아범 간의 악수를 끝으로 마무리 되었다.

참고로 결과만 말하자면, 할망구의 질타 덕분에 할아범도 고민을 해소한 모양이었다.

별 단순무식한 고민 해결 방법도 다 있군.

"실력이 제법이구나! 내 제자로 인정해 주지. 앞으로 열심히 변환무쌍류를 연습하거라."

"나이가 좀 많긴 하지만, 습득 속도가 제법 빠른 걸 보니 열심히 단련하면 우리 유파의 면허개전에 다다르는 것도 어렵지는 않겠구나."

""열심히 연습해야 해!""

말은 안 통하는데 마음이 통하는 걸 보니 어째 재수 없는 녀석들이군.

무엇보다 할아범의 표정이 어쩐지 후련해 보이는 게 짜증 났다.

"기분은 좀 풀렸어?"

"그렇다."

"그럼 본론으로 들어가지. 아까 네가 안내해 주려던 곳은 이미 다 조사해 보고 왔어."

우리는 봉구전에서 발견한 물건들과 기술에 대해 할아범과 할망구에게 설명했다.

"흐음……. 그렇게 대단한 기술이라면 실전된 변환무쌍류 기술과 겹치는 것도 있을지도 모르겠군요. 실제로 꼭 한 번 보고 싶구려."

"흐음, 글래스. 실전된 우리의 기술을 보여 주거라."

그 말에 따라 실디나와 글래스가 신탁을 통해 빙의해서 잔류사념에 깃들어 있던 다양한 기술들을 할아범과 할망구에게 선보였다.

중간중간 어떤 원리로 만들어진 건지 이해가 가지 않는 기술들이 등장해서, 내가 지금 갖고 있는 기술은 아직 벼락치기 수준에 불과하다는 걸 실감했다.

그리고 그렇게 실디나와 글래스가 실전되었던 기술들을 찬찬히 보여 주니, 할망구와 할아범은 마치 어린아이 같은 초롱초롱한 눈으로 그 기술들을 잡아먹을 듯 쳐다보았다.

글래스 패거리도 그렇고, 여기는 전투 마니아밖에 없는 거냐?!

"기의 흐름이 제법 재미있구나! 이런 식으로 하는 건가? 아니……."

"흥! 이런 춤에 프라나의 흐름을 만들어내고, 힘을 가공해서……."

이번에는 신탁 상태의 글래스가 선보이는 기술을 할망구와 할아범이 각각 흉내 내기 시작했다.

새로운 기술을 봤으니 빨리 익히고 싶어서 저러는 건가?

"저희보다 요점을 제대로 파악하고 계시네요. 습득하는 건 시간문제겠어요."

"그러게 말이야. 그런 후에 할망구와 할아범에게 전수받으면 빨리 익힐 수 있겠지?"

일단 할망구는 가르치는 데 소질이 있는 편이라고 했다.

내 경우는 방어에만 치우쳐 있어서 독학에 가까웠지만 말이지. 세인에게 잠깐 배운 게 전부였다.

라프타리아 말마따나…… 우리보다 훨씬 빨리 기술의 형태가 갖추어지는 것 같아 보였다.

스킬로 익히면 고생이 적긴 하지만, 기술로도 사용할 수 있는 편이 훨씬 유리하다는 건 당연한 이치다.

무효화 공격 같은 성가신 공격에 대해 대처할 방법이 그만큼 늘어나는 셈이니까.

앞으로의 역경을 이겨내기 위해서 반드시 필요한 일이다.

그렇게 우리는 할망구와 할아범의 해석을 기다리면서, 우리도 우리 나름대로 기술 습득에 힘을 쏟아 부었다. 그리고 다시 성으로 돌아갔다.

성으로 돌아온 우리는, 기술 연구의 결과를 통해 밝혀진 기술을 아군 전원에게 가르쳤다.

리시아와 에스노바르트는 물론, 이츠키도 그 훈련에 군말 없이 참여했다.

라르크는…… 원래부터가 무인 체질이라 싸우는 걸 좋아하는 듯, 할망구와 할아범에게 실전 형식의 훈련을 받으며 어쩐지 뿌듯한 표정을 지었다.

그런 표정을 짓는 한편으로, 테리스를 나에게 빼앗기지 않을까 하는 걱정을 하고 있다는 걸 생각하면 은근히 짜증이 솟구쳤다.

나도 제법 바쁜 놈이란 말이다!

할망구는 물론 할아범도 성에 오게 되고…… 성안 훈련장에는 할망구와 할아범의 제자들이 쑥쑥 늘어났다.

변환무쌍류의 이세계 문화 침략이라는 표현이 머릿속을 스쳤지만…… 신경 쓰지 말고 넘어가기로 했다.

아, 그리고 키즈나는 아니나 다를까 이런 기의 사용법이나 기술 사용법 같은 건 어중간한 수준으로 습득하고 있었다.

렌이나 이츠키, 모토야스 정도로 나태한 건 아니지만, 파도가 발생하기 전에는 그냥 일반적인 모험을 했을 뿐이라고 했었지.

우리와 헤어진 뒤에도 낚시 같은 걸 즐기는 느긋한 생활 스타일에, 글래스의 훈련에 어울려 주는 정도가 고작이었다고 그랬던가.

"설마 에스노바르트가 항상 하던 훈련을 나까지 하게 될 줄이야……."

"제가 그랬잖아요. 놀지만 말고 단련을 쌓아야 한다고."

"나도 나름대로 열심히 했다니까—!"

"그게 열심히 한 거였다는 말인가요?"

아, 글래스의 눈매가 상당히 싸늘하다. 어지간히 놀았었나 보군.

"앞으로의 전투에서는 절대 피해 갈 수 없는 문제야. 앞으로도 꾸준히 훈련하도록 해."

"나오후미 너는 어떤데?!"

"나는 이쪽 세계에서 돌아간 뒤에 훈련해서 습득한 거야. 좀 거칠고 난폭한 방법으로."

라프타리아나 아트라와 같이 열심히 훈련했었지.

기의 개념을 인식하는 데 있어서 아트라의 공격이 큰 도움을 주었던 게 기억에 선하군.

"뭐…… 기를 습득한 뒤에 강화방법 중에 에너지 부스트라는 부류가 발견된 건 좀 마음 아프긴 했지만."

"강화방법 중에 있다면 굳이 익힐 필요도 없잖아~."

"닥쳐! 이쪽 권속기나 성무기에도 있으리라는 보장은 없어."

"맞아요. 이번 해석이 끝나면 사범대리님과 라프타리아의 스승님 밑에서 다 같이 훈련을 받았으면 좋겠어요."

글래스도 할망구의 실력을 보고 의욕이 샘솟은 모양이었다.

"글래스네 유파의 기술을 익히는 것도 좋겠지만, 변환무쌍류를 습득해 두는 게 제일이야. 성에 소속된 녀석들도 앞으로의 싸움에 대비해서 전원 다 습득하도록 해!"

"네!"

이렇게 해서, 그날 이후로 기술 연구는 우리의 일과가 되었다.

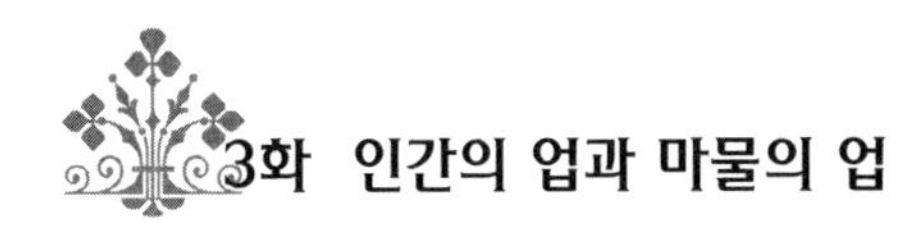

3화 인간의 업과 마물의 업

"드디어 나도 내 지배 영역에 돌아갈 때가 됐구나."

"부우~."

글래스가 속한 유파의 총본산에서 귀환해서 훈련을 시작한 지 며칠이 지났을 무렵.

아침에 나갔다가 밤에 돌아오곤 하던 마룡이 드디어 자신이 지배하던 지역 인근에 도착했다.

그래서 우리는 거룡화한 마룡의 등에 올라타고 하늘을 날아 목적지를 향해 이동하는 중이다.

마룡이 숨겨 두었다는 물건들을 회수하기 위해, 더불어 글래스의 계보를 조사하기 위해 마룡의 땅으로 향하고 있는 것이다.

멤버는 나, 라프타리아, 라프짱, 키즈나, 글래스, 크리스, 마룡, 필로, 범고래 자매, 그리고 말은 없지만 세인도 동행 중이다.

너무 마룡만 챙겨 준다면서 질투하던 필로도 동행을 원했기에 데려왔다.

이츠키, 리시아, 에스노바르트도 같이 오긴 했지만, 훈련 이야기며 고문서 번역 이야기며 숨겨진 암호 해독에 정신이 팔려서 우리 일행으로부터는 약간 거리를 두고 있었다.

라르크 등은 성 쪽에서 할망구와 함께 훈련 중이다.

녀석들도 우리를 따라오고 싶어 했지만, 방어를 허술히 할 수는 없었다. 비상시에 불러올 수 있도록 준비는 해 두었지만.

그나저나…… 엄청 많은데. 단체 소풍 느낌이 들 정도잖아.

"여기가 네 지배 영역이었다는 모양인데……."

제법 음습해 보이는 대지 쪽으로 시선을 옮겼다.

조금 전까지는 황야가 펼쳐져 있었는데, 뭔가 불똥 같은 게 튀는 바위가 떠 있는 모습이 인상적이었다.

독자적인 생태계를 가진 땅인 듯, 황야를 지나니 묘지의 비석처럼 십자 모양 나무들이 자라고 있었다.

처음 봤을 때는 돌인 줄 알았는데 나무라서 깜짝 놀랐다.

참고로 지도상으로 보면 제법 큰 대륙이란 말이지. 각국이 지배권 다툼을 벌이는 것도 이해가 갈 정도의 크기였다.

"어떠냐, 근사하지 않으냐? 여기는 죽음의 묘지라고 불리는 습지대다. 내가 마법으로 안개를 만들어낸 덕분에, 길 잃은 자의 습지대라고 불리기도 했지."

"여길 지나갈 때 엄청 고생했었지……. 쿄의 아지트처럼 상공까지 짙은 안개가 끼어 있어서 배의 권속기로도 갈 수 없었고."

키즈나가 감회에 젖은 목소리로 중얼거렸다.

뭐, 무슨 수로 통과했는지 굳이 물어볼 필요는 없겠지.

"여기를 지나서 그 너머에 있는 마그마 지대까지 넘으면, 거기에 내 성이 있었지."

"아, 그러셔? 생활을 너무 도외시한 거 아냐?"

"딱히 불편하다고 느낀 적은 없었어. 내 허가가 없으면 길을 잃을 일도 없고."

아아, 인증형 결계였다는 거군.

"쿠텐로의 결계 같은 거야?"

"흐음……. 방패 용사가 지내 온 궤적을 살펴보면, 그것과 유사하다는 건 분명해. 이 땅의 잔해를 재이용할 수 있었던 걸 봐도 그렇다는 추측이 가능하고 말이지."

"지배권을 둘러싸고 각국이 다툼을 벌이는 바람에, 이제 그런 결계 같은 걸 유지할 여유도 사라진 거냐?"

"한때는 사람들도 풀려나서 자유롭게 살 수 있게 됐었지만…… 패권 다툼에 휘말리기도 했어요. 결국 라르크가 앞장서서 이민자를 받아들이게 됐지만, 이 땅에 남은 분들도 계실 거예요."

아아, 키즈나 패거리는 삼용교처럼 어리석은 짓은 하지 않았다는 거군.

그나저나 이민이라……. 라르크도 참 단호한 결심을 했군. 어쨌거나 그 녀석도 왕은 왕이라는 거겠지.

"뭐, 내가 붕어하는 바람에 중간에 있는 도시들이 혼란에 빠졌던 모양이지만 말이지."

"부활 선언은 했고?"

"그건 성에 도착한 뒤에 해도 괜찮겠다고 판단해서 그냥 지나쳤어. 인간들이 어리석게도 통치에 실패하고 마물의 산하로 돌아온 것 같았으니까."

"그랬어……?"

내 질문에 글래스가 시선을 외면하며 고개를 끄덕였다.

"인간의 적은 마물이 아닌 인간이었다……. 키즈나가 사라졌을 때 여기 왔다가 그런 말을 들었어요."

"세상일이란 참 힘들다니까……. 다 함께 열심히 노력해 보자고 그렇게 굳게 다짐했었는데."

"키즈나, 우리의 여행이 헛걸음이 된 건 아니에요. 많은 사람들이 이민을 와 주었으니까요. 남고자 하는 사람들의 의지도 존중했구요."

"그랬구나……."

마물들의 노예가 되기를 자처한 녀석들 말이군.

타국의 침공이 워낙 거세어서, 원래 이 땅에 살고 있던 자들을 대표로 한 나라를 건국하는 데에는 실패했다.

침공해 온 녀석들도 내일의 적이 될지도 모르는 녀석들이 대두할 여건을 만드느니 차라리 모든 걸 없었던 일로 취급하고 지배하는 편이 유리하다고 생각한 거겠지…….

그런 낯모르는 이기주의자들에게 시달리느니, 차라리 지금까지 주인으로 모셔 왔던 마물이 낫다고 생각한 녀석이 있다 해도 이상할 건 없다.

인간에 의해 상처를 받고, 지금까지 마물들이 자신들을 지켜 준 거라는 생각에 다다르게 된 것이리라.

뭐, 커다란 변화가 생기면 큰 이득을 얻는 자가 생기게 마련이다.

하지만 이득이란 무한한 게 아니기에, 득을 보는 녀석이 있으면 그만큼 손해를 보는 녀석도 생기게 되어 있다.

"본론으로 돌아가서, 내 지배 영역에 그런 나라가 있었다는 건 놀라운 일이야."

글래스 패거리가 발견한 자료에도 등장하는 아마치하라는 나라의 존재에 대해, 마룡 본인부터가 고개를 갸웃거리고 있었다.

"기억 안 나?"

"그대는 용제의 구조를 알고 있지 않나? 조각을 모으지 못하면 사라질 건 결국 사라지는 수밖에 없어."

마룡은 뭔가 생각에 잠긴 표정으로 정보를 정리하고 있었다.

"그리고 나도 계속 이 땅을 지배했던 건 아니야. 오랜 세월을 살다 보면 지배 영역이 바뀌는 건 당연한 일 아니겠나?"

"흐르고 흘러 지금 이 자리로 오게 됐다는 거냐?"

"그런 셈이지. 물론 내가 기억하고 있는 범위 안에서는 어느 정도 추측도 할 수 있어. 어떤 때는 바닷속 깊은 곳에 도시를 이룩한 적도 있었지."

뭐, 시대마다 부활하는 마왕 같은 녀석이라는 건 이해할 수 있었다.

"그럼 이제 슬슬 유적이나 고유 식물을 조사해 보실까?"

"그렇게 해라, 방패 용사. 그대가 원한다면 나는 내가 가진 정보를 모조리 다 내놓겠다. 그 대신──."

"나에 대한 성희롱 좀 그만해. 애초에 너 말이야, 나한테 그렇게 들이대는 걸 보면 가엘리온의 침식을 받은 거 아냐?"

내 지적에 마룡은 소스라치게 놀라면서 시선을 외면했다.

자신이 침식을 당했다는 자각은 있는 모양이지?

"후……. 만에 하나 정말로 녀석 때문에 내게 묘한 감정이 깃들었다 해도, 방패 용사에 대해 호감을 품고 있다는 사실은 달라질 게 없어. 세계를 모조리 불살라 버리려 드는 그 증오의 감정에 일단 한 번 흔들리고 나면 반하지 않을 수가 없지."

"어련하시겠어."

이제 그런 감정 같은 건 없다고. 지금 있는 건 윗치에 대한 증오뿐이다.

그렇다고 해서 그 감정을 초월한 건 아니지만.

나는 아트라 덕분에 증오…… 분노를 의식하지 않게 된 것뿐이었다.

"그나저나 방패 용사여. 도의 권속기 소지자와 관계는 맺지 않는 거냐? 언제 할지 기대감에 가슴을 부풀리며 밤마다 창문으로 훔쳐보고 있건만."

"어이, 재수 없는 짓 하지 마!"

성희롱은 나한테만 해. 라프타리아까지 끌어들이지 말란 말이다.

"주인님 걱정 마! 필로가 항상 훼방 놓고 있으니까!"

그때 필로가 엄지를 척 세우며 내뱉었다.

아아, 요즘 들어 어째 밤마다 밖에서 정체불명의 공방전을 벌인다 싶더니, 그것 때문이었군.

무슨 아트라와 라프타리아도 아니고 말이지.

"후하하, 앞으로도 계속 방해할 수 있을 거라고 생각했다가는 오산일걸."

"부우~! 필로의 주인님인걸! 마룡 따위한테는 절대 못 넘겨."

"잘했어, 필로."

남몰래 변태를 쫓아내고 있었다니. 이건 칭찬해 줘야겠지.
“에헤헤~, 칭찬받았다~!”
“끄으응…… 앞으로는 내가 더 많은 칭찬을 받을 거다! 울분을 곱씹으며 구경이나 해.”
“부우~!”
말은 그렇게 해도 둘이 사이가 좋아 보인다는 생각밖에 안 들었다.
아, 라프타리아가 내 쪽으로 시선을 보내고 있잖아.
알아. 말 안 해도 아니까 그런 표정 좀 짓지 말라고.
“응? 나오후미랑 라프타리아 양은 아직 그런 거 안 했어?”
키즈나 네가 왜 물고 늘어지는 거냐!
“이 세계에서 라프타리아와 처음 재회했을 때도 이야기했었지만, 세계가 위기에 놓여 있는 동안에는 그런 거 안 하기로 했어.”
지금 안 하면 후회할 거라는 생각도 들긴 하지만, 그건 이것과는 별개의 문제였다.
“알고 있어요. 저도…… 저 같은 사람이 더 생겨나는 건 원치 않으니까…… 지금은 사명을 우선시할 생각이에요.”
“흐~응.”
“후후, 그렇게 여유 부리다가는, 내가 둘 사이에 끼어들 텐데?”
“닥쳐. 끼어들지 마.”
“으음…… 제가 판단하기에도, 함부로 전례를 만들었다가는 나오후미 님의 부담이 한층 더 커질 것 같았으니까요.”
라프타리아가 어째선지 사디나와 실디나 쪽을 쳐다보며 말했다.

"어머나?"

하긴, 나와 라프타리아가 선을 넘으면 이 녀석들은 자기들도 끼워 달라면서 지금보다 더 거세게 들이댈 것 같았다.

아니, 분명히 거세게 들이대서 마지못해 받아들여야 하는 사태가 벌어지겠지.

그뿐만이 아니라 마룡도 끼겠다고 나설 게 분명했다. 죽어도 상대 안 해 줄 테지만.

"안 그래도 나오후미 님은 매일같이 밤을 새 가면서 다양한 작업을 맡아 하고 계세요……. 그런 나오후미 님께 더 큰 부담을 드리기는 싫어요."

으……. 나도 이제 어느 정도는 스케줄에 여유를 두어야 하는 걸까?

요리에 세공, 거기에 동료들의 사기를 끌어올리기 위한 회의, 자체 훈련까지 하다 보면 라프타리아와 연애할 여유가 없어지고 말 것 같았다.

그렇게 구실을 생각하고 있으려니, 가슴을 쿡쿡 쑤시는 것 같은 감각이 느껴졌다.

……너는 라프타리아를 구입할 때 했던 생각을 잊은 거냐?

노예나 구입하는 놈이 착한 척을 하려는 거냐? 그런 녀석이 라프타리아와 연애를 해도 된다고 생각하나?

그런 나 자신의 목소리가 들려온 것 같은 느낌이었다.

"뭐랄까, 나오후미도 참 고생이 많네."

"키즈나, 당신도 나오후미처럼 열심히 좀 해 주세요."

"요즘에는 열심히 하고 있잖아! 이제 요리 연습도 하고 있고 훈련에도 참가하고 있다고! 소재 채취는 나오후미보다 내 쪽이 더 잘하고 말이야."

"하긴. 그건 사실이긴 하지."

인정할 건 인정해야 한다. 요리에 대한 부담이 상당히 줄어든 것도 사실이었다.

그만큼 세공에 노력을 기울일 수도 있게 됐고 말이다.

"글래스 양, 저희도 나오후미 님이나 키즈나 양의 일을 좀 더 도와드려야 한다고 생각해요."

라프타리아가 글래스를 타일렀다.

"그렇겠네요. 하긴 우리가 성무기 용사에게 너무 기대고 있다는 건 사실이에요. 무기의 소지자가 할 수 있는 건 싸움뿐만이 아닌데도 말이에요."

글래스도 적당한 선에서 물러섰군.

"저도 열심히 노력할 테니까, 키즈나, 낚시만 하지 말고 다른 일에도 힘 좀 써 주세요."

"우…… 알았어. 열심히 하면 될 거 아냐."

이런 분위기라면 키즈나도 농땡이 피우기 힘들 것이다. 적절한 선에서 정리된 셈이었다.

"자, 드디어 보이는구나. 저게 내 성이다!"

마룡이 거드름 피우며 말했을 때, 마그마 지대 너머에 무너진 성 같은 것이 눈에 들어왔다.

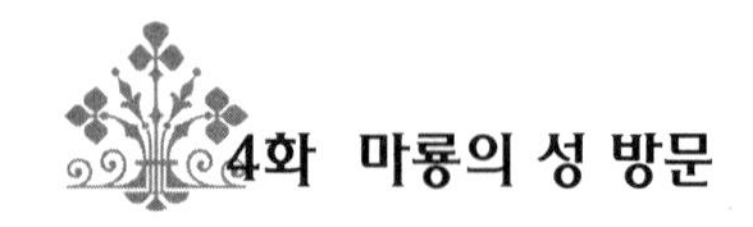

4화 마룡의 성 방문

“여기가 마룡의 성이란 말이지—.”

우리는 마룡의 등에서 내려서, 성터 같은 곳을 둘러보았다.

뭐랄까, 예전에 플레이했던 어떤 대작 RPG에 등장하는 마왕의 성이 쇠퇴하면 이런 느낌이 되지 않을까 싶은 곳이었다. 속편에서 그런 지역이 등장한다면 여기와 비슷할 것 같았다.

“마룡을 물리쳤을 때도 어느 정도 무너지긴 했지만, 이 정도로 심하게 무너졌었나?”

나는 그렇게 말하는 키즈나 쪽을 돌아보았다.

까놓고 말해서, 키즈나는 소환된 이후로 마룡을 처치할 때까지는 비교적 정석적인 모험을 해 왔던 게 아닐까?

꿈속에 빠져 있던 소환 직후의 나였다면 부럽게 느꼈겠지.

“원래 마룡의 마력으로 유지되던 곳이어서 그런 것도 있지만, 폭정에 시달리던 사람들에게 약탈당하거나 지배권 다툼의 전쟁에 직격을 당하기도 하는 바람에 이 지경이 됐다는 모양이에요.”

키즈나 일행이 마룡을 처치했을 때, 그 분위기를 타고 마룡의 성에 와서 날뛰어댄 녀석들이 있었다는 거냐.

대책 없는 놈들이군.

이런 만행은 인간의 본성에서 우러나오는 건가…… 하는 한탄이 절로 나왔다.

“흥. 어리석은 녀석들이 구제 불능의 만행을 저질렀군. 한심하다는 소리밖에 안 나오는 놈들이야.”

마룡이 업신여김을 담아 쏘아붙였다.

키즈나에게 당한 뒤에 자신이 이룩했던 본거지 성이 이렇게 무참한 꼴이 됐으니 언짢아질 법도 하겠지.

“어떠냐, 방패 용사. 이렇게 어리석은 짓을 하는 인간 놈들을 보니, 내 구애를 받아들여야겠다는 생각이 들지 않나?”

“또 그 소리라니, 질리지도 않냐?!”

한탄보다 나에 대한 유혹을 우선시하다니, 뭐 이런 황당한 놈이 다 있어?!

“그렇게는 못 해!”

필로는 필로대로 마룡과 눈싸움을 벌이기 시작했다.

“주인님은 필로 세계에서 정답게 지낼 거니까 신경 끄라구~!”

“그러고 보니 그쪽 세계에서 마룡의 지위는 어느 정도지?”

마룡과 같은 포지션인 가엘리온이 이미 있긴 하지만 말이지.

적어도 내가 알기로는 자신의 지배영역 밖에 있는 마물까지 지배하는 정도는 아니었다.

“리시아, 넌 아는 거 없어?”

“후에?”

우리 일행과는 별개로 이츠키 등과 함께 있던 리시아에게 물어보았다.

쓰레기만큼은 아니지만 지식 면에서는 제법 풍부한 녀석이니 물어보면 대답해 줄 것이다.

“으음, 마룡의 임금님인 용제가 세계를 지배하려 했다는 이야기는 많지만, 이쪽 세계처럼 명확한 조직 체계가 있다는 이야기는 들어 본 적이 없어요."

"그쪽 세계는 마물 간에 성가신 파벌이 있어 보였으니까 말이지. 종족 간의 통합이 불가능했던 거겠지."

짐작이 간다. 피트리아가 있었기에 드래곤 쪽 녀석들도 그렇게 강하게 자기주장을 하기는 껄끄러웠던 것이리라.

그리고 그 피트리아도 옛날에는 그리핀 등과 싸운 적이 있다는 이야기를 메르티에게 들은 적이 있었고……. 마물들의 세계도 참 복잡하단 말이지.

"마물과는 별개의, 악마라 불리는 종족들과의 공방전도 있고……."

"무슨 차이가 있는 거지?"

"이쪽에서는 상위 마물종을 일컫는 말로 쓰이는 말이다만."

키즈나 쪽 세계에서 쓰이는 악마라는 단어에 대해 마룡이 설명해 주었다.

게임 같은 것에서는 마물과 한데 묶여 나오는 경우가 많다 보니, 무슨 차이가 있는 건지 영 감이 안 잡힌다.

"마물문의 등록이 불가한 마물로, 어지간해서는 사람들 앞에 나타나지 않지만 일단 나타나면 상대하기가 쉽지 않은 적이라는 모양이에요."

리시아 쪽 세계…… 즉 우리의 담당 세계에서의 마룡은 마물과는 별개의 생물로 취급되는 모양이군.

얼핏 들어서는 잘 모르겠다.

그 점에 대해서는 원래 세계에 돌아간 뒤에 가엘리온이나 피트리아에게 물어보는 게 좋을 것 같다.

“이쪽 세계에서 조마(造魔)라고 불리는 녀석들이 갖고 있는 것과 비슷한 성질이군.”

마룡이 뭔가 짚이는 게 있는 듯 대답했다.

“녀석들은 마물이 아냐. 마물들 간의 언어도 안 통해.”

“무슨 차이가 있는 건지 감이 안 잡히는데.”

“그렇겠지. 어지간해서는 나타나지 않지만, 이 세계 어딘가에 분명히 있긴 해. 녀석들은 그런 존재다.”

불길한 복선 같은 소리 하지 마. 훗날에 상대해야 하는 일이 생기지 않기를 기도할 따름이다.

“흐음, 어쨌든 그쪽 세계 용제의 지배능력은 영 시원치 않은 모양이군.”

“뭐, 가엘리온이니까.”

최약체라 자처하는 아버지 가엘리온과, 정신은 완전히 어린애에 응석받이인 새끼 가엘리온이다.

그런 녀석이 마물의 임금님이라니, 설득력이 없는 이야기이긴 하다.

“녀석에 비하면 나는 어떻지? 방패 용사여, 파트너로서 더 적합한 건 나 아니더냐?”

“먼저 그 성희롱 짓부터 좀 그만둬.”

까놓고 말해서 카리스마가 없는 건 가엘리온이나 이 녀석이나 매한가지다.

“끄응……. 하는 수 없지. 그럼 내가 얼마나 훌륭한 왕이었는지를 똑똑히 보여 주는 수밖에.”

"포기할 줄을 모르는 녀석이네."

"그게 내 장점이다."

"자기 입으로 할 소리냐? 그리고 설마 우리가 여기 온 이유를 잊은 건 아니겠지."

"알고 있다. 내 보물창고 말이지? 더불어 이쪽 세계의 조정자 관련 물건들에 대한 수색도 있고."

제대로 이해하고 있잖아.

그리고 우리는 마룡의 안내에 따라 성의 폐허 안을 막힘없이 걸어갔다.

"나 자신의 봉인 해제도 필요하지만, 핵심적인 물건을 얻으려면 사천왕도 불러와야 해. 지금 상태에서도 보물을 감상하는 것 정도는 가능하지만 가져갈 수는 없을 거다."

"사천왕? 그건 이미 처치했는데? 나도 싸웠었고."

"당시의 사천왕 이야기겠지. 사천왕의 자리는 세습제다. 내가 죽은 후에도 마물 통치를 맡길 수 있도록 해 둔 거지."

의외로 꼼꼼하게 생각해 뒀군.

뭐, 숙적인 용사가 존재하는 이상 패배할 경우도 생각해 두는 게 왕의 역할이겠지.

"아들이나 딸에게 계승되는 친족 사천왕이냐?"

드래곤은 환경 오염이 심한 종족일 텐데. 어떤 생물이라도 지배할 수 있다는 점에서.

마룡에게도 아들이나 딸이 있었을 것이다.

가엘리온에게도 윈디아라는 양녀가 있었고, 듣기에는 아내와 자식들도 있었다고 했다.

거의 전멸했다는 모양이지만.

그렇게 생각하면, 아버지 가엘리온도 참 비참한 운명이군.

"고작 그 정도만 가지고 사천왕이 될 수는 없어. 내 자식이라는 게 제1조건이라면 마물들에 대한 통솔력에도 문제가 생기지 않겠느냐? 덧붙이자면, 나는 용제의 구조를 모방해서 지식이나 능력도 계승시킬 수 있지."

대대로 축적되어 온 힘을 통해, 일반적인 마물과는 차원이 다른 힘을 갖게 한다.

꼼꼼한 계획을 통해 구축된 체제라는 느낌이 들었다. 가엘리온도 참고할 수 있도록 이야기해 줘 볼까?

아니, 라프짱을 시켜서 사천왕을 만들게 하는 게 낫겠다.

"라프?"

모쪼록 라프짱이 내 세계의 마왕이 되어 주었으면 좋겠다.

"나오후미 님? 왜 라프짱을 응시하고 계신 거예요?"

"부우~! 주인님 또 이상한 생각 하고 있어~."

"후후…… 마왕 라프짱 계획."

"랏프프."

라프짱이 내 농담에 맞추어 사악하게 웃어 주었다.

분위기를 잘 맞춘다는 게 라프짱의 가장 큰 장점이라니까.

"그건 또 뭐예요?! 그런 거 하지 마세요!"

"일단 내 옥좌로 돌아가서 소집하도록 하지. 그러면 각지로 흩어진 사천왕들이 그 자리로 모일 거다."

내 불길한 생각을 어떻게든 돌려야겠다는 듯, 마룡이 재촉했다.

"성가신 소집 시스템을 만들어 놨군."

"아니, 사전에 불렀는데도 도통 모이지를 않아서 말이야. 마법을 사용할 때는 힘을 공급해 오면서 말이지. 정식으로 불러와서 이유를 캐물어 봐야겠어."

"뭐야 그게!"

"너, 진짜 카리스마가 있긴 했던 거냐?"

부르는데도 안 오는 부하가 무슨 의미가 있단 말이냐.

"이, 있었을 거다!"

아아, 나 원 참……. 어느 세계에서나 드래곤들은 왜들 이렇게 나사가 하나씩 빠져 있는 거람.

"뭐랄까…… 나오후미랑 같이 있으면 마룡도 귀여운 구석이 있구나 싶단 말이야."

"수렵구의 용사! 이 자식이이이이! 나를 우롱하는 건 용서 못 해애애애애!"

쓰레기 속성도 갖고 있다니 참 다채로운 녀석이군.

아, 라프타리아와 글래스가 한심하다는 듯 우리를 쳐다보고 있잖아.

그러면서 우리는 옥좌의 방 같은 곳으로 이동했다.

여기는 옥좌의 방이 1층에 있군. 내가 아는 성과는 내부 구조가 많이 달랐다.

뭐, 문의 높이 같은 것도 인간이 아닌 마물의 기준인 듯 쓸데없이 높고, 차이점을 찾자면 끝도 없겠지만.

그런데…… 어딘가와 비슷한 것 같은데? 이 성과 닮은 곳…… 어디였더라?

"그럼 바로 소집하도록 하마."

마룡이 옥좌의 방 한가운데에서 뭔가 마법을 영창하기 시작했다.

『나의 뭇 협력자들이여. 사천왕이여. 내 부름에 응하고 답하여, 집합하라! 나는 마룡, 이 성의 왕이니라!』

마법진이 펼쳐지고, 그 폭이 점점 확대되고…… 이윽고 사라져 갔다.

"이제 사천왕도 분명히 이해했을 거다. 곧 이리로 오겠지."

"흐~응."

"이제 붕괴한 내 보물창고로 가는 길만 찾으면 된다. 내가 여기에 온 이상, 야생 마물들도 방패 용사 일행에게 손대지 못하게 하겠다."

바로 그때쯤, 우리가 아닌 다른 누군가의 발소리가 이쪽으로 다가오는 것을 느꼈다.

"벌써 사천왕이 온 거야?"

"아니……. 그건 아닌 것 같아. 외부인인 모양이군."

와르르 성터 일부가 무너지는 소리와 함께, 모험가 행색을 한 자들이 폐허 그늘에서 나타났다.

"어머나?"

"어라—?"

사디나와 실디나가 내 옆구리를 쿡쿡 찔렀다.

아아, 저 녀석들도 파도의 첨병이라는 건가.

레벨 78

응? 뭐지? 그 밖에도 스테이터스가 표시되었지만, 이내 사라지고 말았다.

왜 저 녀석의 레벨과 스테이터스가 보인 거지?

물론 나는 아무것도 하지 않았다.

그리고 내 옆에 있는 마룡이 즉석에서 마력적인 조작을 한 것 같은 느낌이었다.

이 자식, 무슨 짓을 한 거지?

"먼저 온 손님이 있었나? 이런 곳에 사람이 있을 줄이야……."

모험가의 리더로 보이는 녀석은 몇 명의 여자들을 거느리고 있었다.

그중에는 강아지 귀가 달린 여자도 섞여 있었다.

아인종? 저런 녀석들도 있었군. 분위기상 뭔가 마물 같은 느낌도 들었다.

이쪽 세계에서는 흔치 않은 녀석들인데…… 여기는 마룡의 영역이라서 있는 건가?

아니, 일단은 리더 녀석부터 확인해 봐야겠지.

외모로 보아…… 20대 전반. 덩치는 나와 비슷한 정도.

야심이 느껴지는 자신만만한 표정이었다.

"너희는 누구지?"

"남에게 질문할 때는 자기부터 이름을 대는 게 예의 아닌가?"

예전에 글래스와 처음 만났을 때, 나도 글래스의 질문에 이런 식으로 되물었었지.

뭐, 이름 정도는 못 댈 것도 없겠지. 안 그러면 또 마음속에서 별명으로 불러야 할 테니까.

"우리는——."

『기다려라.』

키즈나가 자기소개를 하려 했을 때, 우리 머릿속에 마룡의 목소리가 울려 퍼졌다.

『용사의 경력은 아직 이야기하지 마라. 내게 계책이 있다. 여기는 내 영역이니, 분수를 모르는 어리석은 자들에게는 내가 직접 벌을 내려야겠지.』

으에엑, 귀찮아 죽겠네……. 그렇다고 해서 "너는 파도의 첨병이렷다!" 하는 식으로 먼저 공격했다가는 키즈나 패거리가 불평할지도 모른다. 다짜고짜 공격했다가는 녀석들과 똑같은 놈이 될 것 같으니 일단은 참는 수밖에 없다.

『수렵구의 용사여. 너는 대화를 선호하는 경향이 있지 않느냐? 당연히 다짜고짜 죽여 버리는 건 싫겠지? 그러니 녀석들에게 유예를 주마. 단, 녀석들이 네놈의 자비를 짓밟는다면 방패 용사의 방식으로 처리해 버리겠다. 그럼 불만 없겠지?』

마룡의 말에 키즈나가 미간을 찌푸린 채 고개를 끄덕였다.

방패 용사식 처리라는 건 또 뭐야? 키즈나 패거리도 어째선지 다 이해한 듯 고개를 끄덕이고 있고…….

나라면 우선 증거부터 잡으려고 들었겠지만, 주위 녀석들은 내가 다짜고짜 선제공격부터 할 거라고 생각했던 건가?

이런 인식에 대해서는 나중에 확실히 확인해 둬야겠군.

『그럼……. 좋아, 부채 용사가 대표로 나서서 모험가명을 대둬라.』

"……저는 글래스라고 해요. 이 사람들은 동행자들이에요."

마룡의 말이 합리적이라고 생각한 것이리라. 글래스는 군말 한마디 없이 마룡의 제안에 응했다.

"그래? 그래서, 너희는 왜 이런 곳에 있는 거지?"

그건 우리가 할 질문일 텐데. 왜 그렇게 거들먹거리는 거냐…… 하는 생각도 들었지만, 어차피 녀석도 파도의 첨병일 테니 기대해 봤자 소용없겠지.

"저에게는 자기소개를 시켜 놓고, 당신 자기소개는 안 하는 건가요?"

글래스의 지적에 이번 파도의 첨병은 울컥한 표정을 지었다가, 일단 심호흡을 해서 냉정을 유지하는 척을 하며 대답했다.

"이거 실례. 장소가 장소라서 말이지. 이런 위험한 곳에서 만난 녀석에게 이름을 댈 필요가 있을까?"

이 자식, 무슨 헛소리야? 우리에게는 이름을 대라고 한 녀석이 자기는 이름을 댈 필요가 없다는 소리를 지껄이다니 제정신이 아니군.

쿨한 척하는 바보…… 렌 2호라고 부르기로 하자.

참고로 렌은 자기소개 정도는 할 테니 좀 억울한 면도 있겠지만, 처음 만났을 때의 렌은 분명 이런 분위기였으니 임시로 그런 이름을 붙이기로 했다.

만약 말투가 온화했다면 이츠키 2호라고 불렀겠지.

뭐, 어찌 됐건 내가 이 녀석의 이름을 알 일은 없을 것 같다는 느낌이 든다.

"알겠습니다. 그럼 여러분은 왜 여기에 계신 거죠?"

"척 보면 모르겠어? 네놈들과 마찬가지로 그 유명한 마왕의 성에서 마물을 퇴치하고 보물을 찾으려고 온 거지.”

뭐가 마찬가지라는 건지……. 보물찾기라는 목적은 같다고 할 수 있을지도 모르지만, 그건 원래 마룡 거였으니까, 회수하러 왔다고 하는 게 옳을 것이다.

마물 퇴치 같은 건 할 생각 없다. 마룡의 휘하가 아닌 자들이 습격하면 처치하기는 하겠지만.

“굳이 말 안 해도 알겠지만, 우리는 강하다고.”

아, 그러셔. 그래서 뭐 어쩌라는 거냐.

그나저나 고작 레벨 78 가지고 용케도 그렇게 호언장담하는군.

스테이터스도 그 레벨 대의 사디나에 비하면 2분의 1 정도밖에 안 되던데.

『그냥 대충 흘려 넘겨라. 그래, 마물의 기척이 없으니 각자 흩어져서 탐색할 예정이라고 이야기해 둬.』

“……네, 그래 보이네요. 저희도 보물을 찾으러 이 마룡의 성에 온 거예요. 마물의 기척은 없는 것 같아서, 일단 흩어졌다가 뭔가 발견되면 다시 집합할 예정이에요.”

“흐응. 인원수가 제법 많군.”

“네. 혹시 괜찮으시면 동행하시겠어요?”

“아니, 미안하지만 쓸데없이 몰려다니는 건 질색이라서 말이지. 보물을 발견하더라도 자기 몫이 줄어들면 의미가 없잖아?”

심정은 이해하지만…… 얕잡아 보는 눈길로 우리를 쳐다보는 짓 좀 그만해.

“그럼, 이 넓은 성터 어딘가에서 만나거든 잘해 보자고.”

그런 말을 남기고, 렌 2호 일행은 사라져 갔다.

보내줘도 되는 건가?

"그나저나, 왜 저 녀석의 레벨과 스테이터스가 보였던 거지?"

『그런 거였군. 대충 알겠구나.』

내가 우두커니 지껄인 말에, 마룡이 이해했다는 듯 고개를 끄덕였다.

그리고 마룡은 그늘 쪽으로 연신 시선을 보내며 이야기하기 시작했다.

『저기서 훔쳐보고 있어. 우리가 흩어져서 조사한다는 이야기를 듣고 기회를 노리고 있는 거겠지.』

아니, 내 의문은 그런 뜻이 아니었는데.

『아마 녀석들은 그대들이 용사라는 걸 눈치채고 있을 거다. 우리가 강하다는 자만에 빠져서 단독으로 수색을 벌일 거라 생각하고 있겠지.』

"무슨 호러 영화처럼 한 명, 또 한 명, 정체불명의 습격자에 의한 희생자가 늘어나고, 결국 탐색대는 전멸당하고 말았다……. 그런 식의 전개를 노리고 있는 건지도 모르겠군."

"일이 그렇게 쉽게 풀리지는 않을 것 같은데요……."

"전생자 출신이라면 그리 생각하고도 남을 것 같아서 말이야."

녀석들은 대개 그런 음모나 비열한 방식을 좋아하니까.

우리 쪽에 빈틈이 생겼다는 착각에 빠져서 딱히 빈틈도 아닌 타이밍에 덤벼들기도 하고.

『이제 적의 그릇은 파악했다. 참으로 그릇이 작은 놈이구나. 저 정도 녀석이라면 굳이 방패 용사의 힘을 빌릴 것도 없어.』

"그렇다면 윗치 세력의 손길이 닿은 녀석들은 아닌가 보군."

녀석의 패거리가 속해 있지는 않은 것 같았다. 있었다면 포박해서 이것저것 자백시킬 생각이었는데 말이지.

어떤 원리로 전생자를 찾아내서 이렇게 보내는 건지 알 길이 없었다.

그걸 알아내면 고삐를 쥘 수 있을까?

……아마 안 되겠지. 보기에는 단순히 유도만 하는 것처럼 보이니까 상세한 지시까지는 불가능할 것 같다.

『방패 용사여, 해산을 명령해라. 그리고 각자…… 단독 행동을 해라. 혼자 있는 자를 공격하려는 꿍꿍이인 것 같으니까.』

"그런 일은 안 일어나면 좋을 텐데."

성선설을 믿는 키즈나다운 대답이군.

그렇다면 미끼 역할은 내가 맡는 게 좋겠지.

여기 있는 자들 중에 기습에 가장 강하고, 여차하면 라프짱을 불러들일 수도 있다.

내가 신호를 보내자 마룡은 고개를 가로저었다.

『방패 용사, 그대가 이 중에서 가장 귀중한 존재라는 걸 아는 건 우리뿐이야. 세상에 널리 알려지고, 그러면서도 녀석들 입장에서 먹음직스러운 무기일수록 미끼로서 효과가 좋을 거다.』

하긴, 나는 이 세계에서는 이번에 거울의 선택을 받은 자 정도로만 알려져 있을 테니까.

이세계에서 온 용사라는 소문은 있을지언정, 아직 이렇다 할 실적은 없었다.

반대로 키즈나 일행은 상당히 불리하던 전황을 뒤엎었고, 전생자에 대한 경계를 각국에 호소하기도 했고, 마룡을 퇴치한 실적도 있는 등 여러모로 유명할 터였다.

『그러니 권속기 소지자가 단독으로 탐색에 나섰다가 녀석들의 추적을 받은 자 이외에는 일단 집합하는 거다. 여기는 내 지배영역이니 녀석들이 어떻게 움직이는가 하는 것 정도는 단번에 파악할 수 있어.』

이곳의 주인인 마룡의 구역에 발을 들여놓았으니 함정을 파고 기다리는 녀석들을 반대로 함정에 빠뜨리는 것쯤은 식은 죽 먹기라는 뜻이겠지.

『추적당하는 자에게는 내가 연락할 테니 내 연락을 받지 않은 자는 일단 여기로 돌아오도록 해라. 그리고 내가 추적자들을 이중 미행하도록 하지. 방패 용사의 거울에 투영하면 중계도 가능할 거다.』

아아, 그러고 보니 요전에 해방시킨 거울에 들어 있던 중계경이라는 기능 덕분에 이동경(移動鏡) 등을 통해 이동 중인 위치의 모습을 비출 수 있게 되었다.

이미 마룡에게 거울을 준 상태이니, 내가 거울을 사용하면 중계도 할 수 있다.

"그럼 여러분, 탐색을 시작하세요. 해산."

우리는 저마다 흩어져서 마룡의 성안을 수색하기 시작했다.

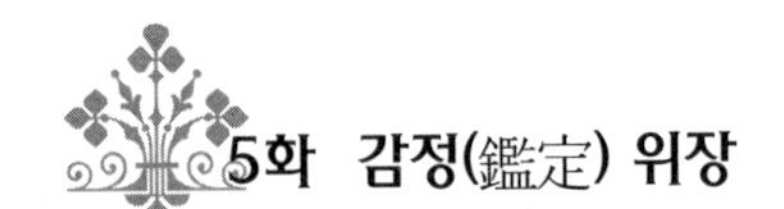

5화 감정(鑑定) 위장

나는 쓸데없이 넓은 폐성 안을 천천히 돌아다녔다.

그나저나…… 진짜 더럽게 넓은 성이군. 마물 기준으로 만들어졌기에 복도도 넓고 천장도 높았다.

역시 그 옥좌 뒤에 지하 미궁 입구 같은 게 있는 걸까?

그렇다면 완전히 헛걸음인데……. 그리고 게임 경험 때문인지 내 머릿속에 있는 마물의 성은 독으로 이루어진 늪지대나 정체불명의 배리어 지대 같은 함정이 있을 것 같다는 이미지가 있단 말이지.

응? 통로 저편에 뭔가 거대한 그림자 같은 게 있었다.

그 그림자는, 내 얼굴을 보고는 꾸벅 고개를 숙이고 떠나가 버렸다.

얼핏 보기에…… 커다란 뿔 두 개가 달린 거한 형태의 마물 같았는데…… 마룡의 부하인가?

동물과도 좀 다른 느낌이었다. 굳이 비슷한 생물로 비유하자면, 근육질 양이라고나 할까?

뭐지, 저건?

이 성의 모습과 방금 그 마물을 보니 마치 실트벨트의 성안을 걷고 있는 것 같은 착각에 휩싸였다.

아아, 어딘가와 비슷하다 싶더니, 바로 실트벨트였구나.

인간의 말을 이해하고 대화가 통하는 마물이라면, 그 마물은 수인과 비슷한 분류에 속하려나?

그렇다면 거의 실트벨트와 비슷한 셈이 된다.

이 세계에서는 수인처럼 인간의 형태에서 많이 떨어진 녀석들을 마물로 분류하는 건지도 모르겠다.

*캇파처럼 생긴 것도 있었고 말이지. 키즈나 이야기로는, 그건 동물에 속한다고 했었다.

그런 자들의 왕이 내게 호감을 가져서 나도 손님으로 환대를 받게 됐다는 거군.

어쩐지 허탈한 기분이 드는군.

다시 불현듯 인기척이 느껴져서 고개를 돌렸다.

"……."

예상했던 대로, 거기에는 세인이 있었다.

이건 거의 호러 수준이잖아. 있다면 있다고 말을 하라고.

형식상으로나마 해산한 상태니까 좀 떨어져 있어.

어쩌면 나는 한동안 혼자 있기는 힘들 것 같다.

그런 고뇌에 휩싸인 채, 나는 약속대로 다시 옥좌의 방으로 돌아갔다.

모두 예정대로 돌아와 있었지만…… 글래스가 안 보이는군.

오오, 제법 본격적으로 호러 분위기가 나잖아.

『좋아. 부채의 소지자 이외에는 모두 모인 모양이군. 방패 용사여, 중계를 부탁한다.』

어디선지 모르게 마룡의 목소리가 들려왔다.

"그래, 알았어, 알았어."

"글래스는 무사한 거야?"

『걱정 마라. 녀석들은 비밀리에 부채의 소지자를 추적하고 있을 뿐이니까.』

나는 부유경을 생성해서 거울 너머가 보이도록 조정했다.

---

* 캇파(河童) : 물속에 산다고 전해지는 일본의 상상 속 동물.

그러자 마룡이 갖고 있는 거울을 통해 선명하게 중계 영상을 볼 수 있었다.

글래스가 은근슬쩍 주위를 경계하며 폐허 안을 걷고 있었다.

보아하니…… 여기서 제법 멀리 떨어진 곳 아닌가?

적어도 우리가 이야기하는 목소리는 들리지 않았다.

"타아아아아아아아아아아아아아앗!"

별안간, 구석진 곳에서 아까 그 일행 중에 섞여 있던 강아지 귀 여자가 글래스를 향해 달려들었다.

"핫!"

글래스가 아름다운 몸놀림으로 강아지 귀 여자의 공격을 피하고 부채 모서리로 후려쳤다.

"꺄앙! 아파아아아아아아!"

엉덩방아를 찧으며 머리에 손을 대는 강아지 귀 여자. 무지 약삭빨라 보이는 건 내 착각인가?

"다짜고짜 왜 공격하는 거냐!"

바로 그때 등장하는 렌 2호 일행.

"그건 제가 할 말이에요. 다짜고짜 살기를 내뿜으면서 달려들다니, 이게 뭐 하는 짓이죠?"

"무슨 헛소리를 하는 거야. 그건 내가 할 소리다!"

"응! 저 사람이 나를 때렸어!"

우와……. 표정 하나 안 변하고 거짓말을 해대는 강아지 귀 여자의 태도에 구역질이 나오는군.

만에 하나라도 필로가 이런 짓을 하면 그 즉시 내다 버릴 거다.

……모토야스를 걷어차지 않았냐고? 그건 상황이 다르잖아.

애초에 필로는 거짓말을 한 적이 없었다. 물어보지 않아서 이야기하지 않았던 것뿐이다.

사실이 발각되자 순순히 대답해 주기도 했고 말이지.

“주인님, 필로 생각하고 있는 것 같아. 필로는 저런 말 안 하는걸.”

“알아. 거짓말은 용서 못해.”

“응.”

순순히 고개를 끄덕이는 필로의 머리를 쓰다듬어 주었다.

“에헤헤~, 기분 좋다.”

“당연한 일이에요. 필로, 저런 거 따라 하면 못써요. 메르티도 화낼 거예요.”

“나도 알아~. 그런데 왜 저런 짓 하는 거야?”

“글래스를 공격할 명분을 세우려는 거겠지. 아마 위험한 곳이라서 구별이 안 갔다는 식으로 변명할 꿍꿍이일 거야.”

일단 영상부터 확인해 둬야겠다.

“말장난은 작작 좀 해 주셨으면 좋겠네요.”

글래스가 언짢은 표정으로 렌 2호와 그 일행에게 부채를 겨누었다.

“이거 실례. 장소가 장소이다 보니 우리도 신경이 날카로워져서 말이지. 마물인지 인간인지 통 분간이 안 가거든.”

우와, 내가 대충 내뱉은 변명을 그대로 써먹다니.

이런 바보들이 하는 소리를 예상할 수 있게 됐다니, 어째 기분이 찜찜하다.

“아무리 공격을 받았다고 해도 실력에서 차이가 나는 걸 알면서도 반격하는 건 좋지 않다고 생각하는데. 사죄해 줘야겠어.”

“사죄는 먼저 공격한 당신들이 해야 하지 않나요?”

“사과했잖아. 그러니까 너도 사과해.”

저거 완전 깡패 아니야? “어휴 미안하네.”라는 한마디로 사과를 끝낼 생각인 모양이다.

“이거 실례. 이제 됐나요?”

“아파아아아아아! 나 죽네에에에에에! 나죽네나죽네나죽네!”

글래스가 상대와 똑같이 사과하기가 무섭게, 아까 얻어맞은 강아지 귀 여자가 기다렸다는 듯이 발광을 하기 시작했다.

그냥 좀 빨개진 것뿐이잖아.

“괜찮아?! 어이! 절대 용서 못해!”

“빨리 회복마법이나 부적, 아니면 약이라도 사용하는 게 어떤가요?”

글래스가 황당해하는 기색을 감추지 않고 지적했지만, 렌 2호는 귀담아들을 생각이 없어 보였다.

“권속기의 용사라면 이런 짓을 해도 된다고 생각하는 거냐? 너는 권속기를 가질 자격이 없어!”

“당신의 동료가 기습한 것과 권속기 운운하는 게 무슨 관련이 있는지 이해가 안 가는데요.”

나 역시 글래스의 의견에 찬성이었다.

기습을 당해서 반격한 것뿐이지 않은가. 게다가 부상을 당했다고 할 만큼 큰 상처를 입은 것도 아니었다.

자해 공갈단이 따로 없다.

그런 녀석에게 권속기 소지자의 자격이 없다느니 하는 소리를 들었으니 글래스가 황당해할 만도 하다.

그리고 그 이전에, 글래스는 애초에 자기가 권속기 소지자라는 걸 밝히지도 않았는데 말이지.

렌 2호 패거리는 당장에라도 글래스에게 달려들 기세로 일제히 무기를 꺼내 들었다.

어리석음이란 이런 걸 표현하는 단어가 아닐까?

“너 같은 녀석은 절대 용서할 수 없어.”

굳이 표현하자면, 불 속으로 뛰어드는 부나방 같은 느낌이지만 말이지.

“저게 뭐야, 죽겠다고 발광을 하던 녀석도 전투에 참가하려는 모양이잖아.”

“황당해서 말도 안 나오네요.”

실랑이를 지켜보고 있던 이츠키가 씁쓸한 얼굴로 중얼거렸다.

“후에에에에에…….”

“명분을 만드는 방법이 조악하네요. 자기만 아는 규칙에 저촉했다는 게 전부일까요?”

“동료가 다쳤다는 명목으로 싸움을 건 거겠지.”

선제공격을 했다가 역습당한 걸 가지고 용서를 못하겠다니, 무슨 모토야스도 아니고.

아니, 모토야스도 저런 짓까지는 안 했었는데 말이지.

글래스 역시 황당함과 분노 때문에 부채를 쥔 손에 점점 더 힘이 들어가고 있었다.

"엉뚱한 짓은 그만하고, 제가 황당해하고 있는 틈에 어서 떠나세요. 아직 늦지 않았어요."

"닥쳐. 내 동료를 다치게 만들어 놓고 거만한 말대답을 하는 녀석이 무슨 자격으로 그런 명령을 하는 거냐!"

렌 2호가 검을 뽑고, 패거리 여자들과 함께 글래스를 향해 돌격해 왔다.

글래스는 물 흐르듯 유려한 동작으로 렌 2호의 검을 부채로 쳐서 궤도를 틀었다. 그리고 매끄럽게 빠져나가면서 부채 모서리로 후려쳐 연계 공격을 시도하는 여자들과 강아지 귀 여자를 때려눕혔다.

"으끄아아아아아아아!"

"꺄아아악!"

"아파—!"

그리고 후방지원 담당으로 보이는 자가 부적으로 마법을 구축해서 불덩이를 던져 오자, 부채로 그 불덩이를 막아내고 되받아쳤다.

"우와! 마, 마법을 되받아치다니끄아아아아아아아아악!"

"뭐, 뭐야?! 우리한테 손을 대려는 거냐? 용사 주제에 성격 너무 거친 거 아냐?!"

"불똥이 튀면 끄는 게 당연하지 않나요? 그 무례한 행동…… 작작 좀 하세요! 안 그러면 목숨으로 대가를 치르게 될 거예요."

글래스도 황당한 듯, 더 이상의 유예는 없다고 선언했다.

그러나 렌 2호는 아직도 승산이 있다고 생각하는 듯, 웃음 띤 얼굴로 지껄여댔다.

"이제는 그런 소리 못할걸! 잔말 말고 그 무기를——."

그런 헛소리와 함께 달려들기 직전, 마룡이 거울을 잘 보이는 각도에 놓고 글래스와 렌 2호 일행 사이에 사뿐히 착지했다.

그 광경을 넋 나간 얼굴로 지켜보는 렌 2호와 그 일행들.

"내 성에서 허튼 짓거리는 적당히 하는 게 좋을 거다."

"어—— 방금 말을——?!"

경악으로 물드는 렌 2호 일행의 표정. 강아지 귀 여자는 마룡이 노려보는 시선만 보고도 얼어붙어 버렸다.

"부채의 권속기 소지자여, 물러나 있어라. 예정대로 내가 상대하마."

"……."

글래스는 마지못해서 마룡으로부터 멀찍이 떨어졌다.

"이 자식, 밑도 끝도 없이 이게 무슨 짓이냐!"

"아까 이야기하지 않았느냐. 여기는 나의 성안……. 이 정도 이야기했으면 무슨 말인지 알아들으리라 믿으마. 솔직히 네놈 같은 하등한 녀석에게 말을 거는 것 자체가 성가시지만, 내 매력적인 모습을 선보여야 해서 말이지."

누구한테 그런 모습을 선보여야 하는데? 하고 지적하고 싶은 심정이었다.

"당신도 많이 달라지셨네요."

"그게 나의 장점이지. 이건 변한 게 아니라, 성장한 거다."

그런 걸 성장이란 말로 간단하게 정리할 수 있는 거냐?
마룡과 글래스는 렌 2호를 무시한 채 문답을 주고받았다.
"서, 설마 마왕과 용사가 결탁하고 있었다는 거냐?! 모든 게 자작극이었다는 거잖아! 절대 용서 못해! 세계를 위해 한시라도 빨리 이 사실을 공표해야 해!"
기다렸다는 듯 렌 2호의 표정이 긴박감과 미소로 물들었다.
그게 뭐야. 강도 입에서 세계를 위한다느니 하는 소리가 나오다니.
"훗…… 용사와 마왕이 서로 싸움질이나 할 시대는 이미 지났다는 거다. 고작 그런 것도 모르다니 황당해서 말도 안 나오는군. 그 정도도 모르는 너 같은 놈은 절대 용사가 될 수 없어."
새끼 용 형태였던 마룡이 불끈불끈 형태를 변화시켜 가며 렌 2호 일행을 향해 쏘아붙였다.
마룡의 마법에 영향을 받은 건지, 폐허에 가까운 복도 벽이 꿈틀거리며 움직여서 복도를 홀로 변형시켜 나갔다.
이런 장치도 있었던 거냐.
"안심해라. 부채의 권속기 소지자가 싸움에 참여할 일은 없으니까. 대신 내가 부하와 함께 상대해 주마."
"헛! 네놈을 죽이면 우리가 용사가 되는 셈이고, 마왕과 결탁한 용사 놈들은 모두 다 죄인이 되는 거다! 얘들아! 이건 결전이다!"
"네!"
"반드시 이 전투에 승리를!"
"안 질 거야!"
렌 2호 일행은 이렇게 전의를 불태우고 있지만…… 그 실력이 얼마나 차이가 날지는 모르겠군.

문득 키즈나 쪽을 쳐다보니, 키즈나 역시 황당해하는 표정이었다.

"그냥 자비를 베풀어서 보내달라고 부탁하진 않을 거야?"

"못 할 건 없지만…… 나도 파도의 첨병들 때문에 하도 많은 고생을 겪어서……."

키즈나도 이제 슬슬 녀석들을 옹호하는 데 지친 모양이었다.

녀석들은 정말이지 대책 없는 구제 불능들이니까 말이지.

"마룡도 충분히 유예를 주고 싸우려 하니까……. 마룡과 싸우면 어떻게 된다 하는 소문 정도는 저 사람들도 들었을 텐데 저렇게 덤벼드는 거기도 하고……. 혹시 목숨을 구걸했다면 개입했을 거야."

"아아, 결의를 갖고 싸우는 자들을 말리는 건 좀 아닌 것 같다는 이야기군……. 어차피 놈들은 파도의 첨병인 것 같기도 하고 말이지."

범고래 자매도 단박에 간파했으니, 그런 녀석들을 굳이 옹호해 줄 이유는 없었다.

"대충 그런 거야. 단, 저건 용기가 아니라 단순히 무모한 게 아닐까 싶어. 적어도 지금의 마룡이 나와 싸웠을 때와 동등하거나, 그보다 더 강해진 수준인 건 분명하니까."

"그렇겠지. 무모하다기보다는 욕망에 지배당한 것 같은 느낌이지만."

그리고 마룡이 손을 들자, 아까 나에게 인사했던 마물이 어둠을 휘감은 채 모습을 드러냈다.

"마룡 사천왕의 일원, 대지의 다인부르그가 당신의 부름을 받들어 이렇게 달려왔습니다……."

뭔가가 왔군. 저게 사천왕인가.

그리고 첫 번째 사천왕에 이어 두 개의 그림자가 동시에 출현했다.

"마룡 사천왕의 일원, 불의 크림레드가 당신의 부름을 받들어 이렇게 달려왔습니다……."

"마룡 사천왕의 일원, 물의 아크보르가 당신의 부름을 받들어 이렇게 달려왔습니다……."

그들은 저마다 마룡에게 고개를 조아린 다음, 렌 2호 쪽으로 돌아서서 전투태세를 취했다.

어이, 사천왕. 네 번째는 어디 간 거냐.

"바람의 쿠필리카는 어디 갔지?"

"저희도 듣지 못했습니다."

"그렇군."

그렇군. 그런 말로 쉽게 끝내지 마. 약간 가라앉은 목소리가 애수를 자극하잖아.

"빈틈 발견! 으랏차아아아아아아아아아아아아아아아앗!"

마룡과 사천왕이 그렇게 대화를 주고받고 있을 때, 렌 2호가 마룡에게 달려들었다.

나 원 참, 이놈들은 왜들 이렇게 이런 타이밍에 공격하는 걸 좋아하는 거람.

마룡이 앞으로 손을 내뻗자, 렌 2호가 있는 공간에 마법진이 출현해서 렌 2호를 결박했다.

"꺄아아아아아아아아아아아악!"

비명 소리에 묻혀서 렌 2호의 이름이 제대로 들리지 않았다.

이 정도면 일종의 패턴이라고 해도 과언이 아니군. 아마 내가 녀석의 이름을 알게 될 일은 없을 것이다.

"아빠아아아아아!"

아, 강아지 귀 여자가 아빠라고 소리쳤다.

렌 2호 손에 자란 녀석인가 보군. 어쩐지 버르장머리가 나쁘더라니.

"대화 중에 덤벼들다니……. 나와 친한 자의 말을 들려주마. 그건 빈틈이 아니다. 자기 주제를 모르는 만행이라고 하는 거다, 전생자여."

"끄아아아아악?! 뭐, 뭐야?!"

"당장 풀어 주지 못해?!"

"하아아아아아아아앗!"

"에이이이이이이이이이이이이잇!"

렌 2호의 동료 여자들이 달려들었지만, 마룡 사천왕 중 세 마리가 그 앞을 막아섰다.

척 보기에도 승산은 손톱만큼도 없을 것 같군.

"그, 그걸 어떻게?!"

"네놈의 정체는 이미 알아냈다는 소리다. 아직도 모르겠느냐? 설마 자기 정체가 들킬 리가 없다고, 자기는 특별한 존재라고 생각했던 거냐?"

"크……. 그게 뭐 어쨌다는 거냐! 우리가 너 같은 놈에게 패할 리가 없어!"

아주 자신만만하게 지껄이는군.

아, 마룡이 렌 2호의 결박을 풀어서 여자들 쪽으로 내던졌다.

"끄악!"

렌 2호는 나동그라지면서도 낙법을 취해서 전투태세를 유지하려 애쓰고 있었다.

지금이 도망칠 수 있는 마지막 기회일 텐데……. 뭐, 굳이 우리가 구해 줄 이유도 없고, 어차피 자업자득이겠지.

마룡이 어떻게 요리할지 기대하면서 지켜보기로 하자.

"으음……. 뭐랄까, 기분이 썩 좋지는 않네."

그런 광경을 바라보며, 키즈나가 미간을 찌푸린 채 중얼거렸다.

"하지만 전생자 놈들은 흑막이 선정한, 설득 자체가 불가능하다시피 한 놈들이니 말이지. 그놈들과 친해질 수 있는 건 윗치 같은 쓰레기녀뿐이야."

대화가 통하는 녀석이었다면 이런 상황에 이르지도 않았을 것이다.

세인의 언니 세력처럼 쓰레기녀를 이용하면 길들일 수 있으려나?

안 될 것 같은 느낌이 들었다. 칭찬은 고래도 춤추게 한다지만 그것도 한도라는 게 있을 테니까.

"그래도 말이야, 어쩌면 우리 이야기를 듣고 엉뚱한 야망을 버려 줄지도 모르잖아."

이 박애 정신은 용사로서 올바른 것이라 생각한다.

그러나 키즈나의 이런 박애 정신에 파고드는 것이 바로 녀석들, 파도의 흑막에게 현혹된 전생자들인 것이다.

그 때문에 키즈나 일행은 한때 궁지에 내몰리기도 했고 말이다.

그런 경험이 있었기 때문인지, 글래스나 라르크는 이제 키즈나만큼 무르지 않았다.

"대화를 하려다가 뒤통수를 얻어맞거나, 묘한 작전에 걸려들거나 해서 대가를 치르는 건 우리라고. 애석하지만 저런 녀석들을 동정하고 있을 여유는 없어."

"그래도 말이야—!"

함부로 외면하고 싶지 않다는 기분 자체는 이해가 간다.

녀석들이 설득 가능한 녀석들이라면 말이지.

하지만…… 쿄를 비롯해서 타쿠토나 미야지, 다른 전생자 놈들과 이야기를 해 보면 할수록, 정체불명의 약육강식론만 늘어놓고 우리 이야기는 귀담아들을 생각도 하지 않는다는 것만 뼈저리게 실감할 뿐이었다.

그러면서 우리 쪽에서 힘을 과시하면 온갖 비겁한 방법을 다 동원한단 말이지.

자기가 패배했을 때 순순히 굴복하기라도 한다면 그나마 약육강식 논리에 충실한, 신념이 있는 녀석이라고 할 수 있을지도 모른다.

그러나 녀석들은 지더라도 절대 굴복하지 않고 갖가지 트집을 잡으며 날뛸 뿐이다.

까놓고 말해서 구제 불능인 녀석들이었다. 상대에게만 강요하는 약육강식이 어디 있단 말인가.

지금까지 그런 녀석들과 싸운 게 몇 번이었나? 예외를 기대할 시기는 이미 지난 것이다.

"만에 하나 우리의 설득을 귀담아듣고 진심으로 우리 편이 된다고 해도…… 머리가 폭발해 버리지 않을까 싶은데."

"그럴 수도 있겠네요."

내 말에 이츠키가 동의하듯 고개를 끄덕였다.

그렇다……. 녀석들이 스스로 정체를 밝히려 하면 혼까지 통째로 폭발하는 식으로 입막음을 당한다는 것이 밝혀진 상태다.

파도의 흑막인 신을 참칭하는 자 입장에서 불리한 일이 일어나면 발동하게 되어 있는 폭탄 같은 거겠지.

그 폭탄이 발동하지 않으리라는 보장도 없고, 복종하는 척했다가 배신하지 않으리라는 보장도 없다.

노예문…… 이 세계 식으로는 노예부를 사용한다고 해도 말이지.

키즈나와 그런 언쟁을 벌이고 있으려니 마룡과 렌 2호의 싸움에 변화가 발생했다.

"아직 안 끝났어. 고작 이 정도 공격으로 우리를 물리칠 수 있을 거라고 생각했다면 오산이라고!"

정말이지 분수를 모르는 끈질긴 놈이군……. 뭔가 이유라도 있는 건가?

나는 마룡을 포함해서 네 마리나 되는 괴물들을 상대하면서도 승리를 확신하는 렌 2호의 태도에 의문을 느꼈다.

다른 동료들 역시 의문을 느낀 모양이었다.

사실 지금은 누가 봐도 녀석들이 불리한 상황이니까 말이지.

"애들아! 이 녀석들은 겉보기에만 그럴싸한 놈들이야! 우리의 지금 실력이라면 충분히 이길 수 있어!"

전생자들이 생전에 어떤 녀석들이었는지는 모르겠지만, 세 용사들이 그런 것처럼 평소에 즐겨 하던 게임 속 지식을 갖고 전생하는 건가?

그 게임 속에서 마룡 퇴치 퀘스트 같은 걸 한 적이 있어서, 이 녀석들의 스테이터스를 알고 있다거나 하는…….

그렇게 생각하면 납득이 가긴 하지만, 네놈 정도의 스테이터스로는 마룡 한 마리도 못 당할 텐데?

마룡은 키즈나가 걸어 놓은 사역부 시스템을 조작해서 자신이 얼마나 많이 성장했는지 나에게 과시한 적도 있었고, 가엘리온이 해제한 성장보장 가호를 내게 받아서 레벨업&클래스업까지 충실하게 수행한 상태다.

변신하는 것보다 더 큰 폭으로 능력이 상승했다면서 자랑하기도 했었다.

지금의 마룡은 전투에 적합한 성체 형태다.

가엘리온과의 차이점은 언제든지 마법을 영창할 수 있도록 두 발로 서 있다는 점 정도다.

"흐음……. 이렇게 무시를 당할 줄은 몰랐군……. 하지만 그러는 것도 당연하겠지."

마룡은 대충 이해가 갔다는 듯 렌 2호 패거리에게 말했다.

"전생자여. 여기서 죽게 될 너에게 최소한의 자비를 베풀어 가르쳐 주마. 용사라 불리는 성무기와 권속기 소지자들은 해석에 대한 내성이 있다. 우격다짐으로 들여다봐도 기껏해야 레벨 정도밖에 알 수 없겠지. 상세한 사항까지 보는 건 불가능하다고 생각하는 게 좋을 거다.”

“……엉?”

무슨 소리를 하는 거지?

하지만 한편으로는 아까 렌 2호의 스테이터스가 보였던 현상의 원인이 어느 정도는 납득이 갔다.

“게다가 네놈은 용사의 정보를 들여다보는 데 시간이 꽤 걸리더군. 그래서 이렇게 수를 써 뒀지.”

딱 하고 마룡이 손가락을 튕긴 직후, 뭔가가 터지는 것 같은 현상이 일어났다.

그러자 렌 2호의 얼굴이 점점 파랗게 질리고, 녀석은 별안간 등을 돌리고 동료들에게는 눈길도 주지 않은 채 내달렸다.

“어?”

“하아?”

“무, 무슨 일인데 그래?!”

여자와 강아지 귀 여자들이 저마다 렌 2호에게 말을 걸었다.

“작전이다! 얘들아! 시간을 벌어 줘!”

그 지시에 따라 무기를 든 채 달려드는 여자들. 강아지 귀 여자도 섞여 있었다.

“잠깐! 나도 같이 갈게!”

그렇게 말하면서 렌 2호의 뒤를 쫓으려 하는 여자가 하나.

어쩐지 윗치와 비슷해 보이는 얼굴을 가진, 제일 마음에 안 드는 녀석이 렌 2호를 따라갔다.

“이거야 원……. 다짜고짜 동료들을 버리고 도망치려 들다니……. 한심해서 말도 안 나오는군."

마룡이 여자들의 공격을 마법으로 막아내고 손을 들자, 렌 2호가 도망치던 통로 앞쪽의 바닥이 솟구쳐서 벽으로 변했다. 그와 동시에 사천왕이 움직여서 렌 2호 앞을 막아섰다.

"전생자 일행은 도망쳤다. 하지만 길이 막히고 말았다."

"으음……. 나오후미 님, 그냥 일어난 일을 그대로 읊으시다니, 그게 뭐죠?"

"랏프?"

라프타리아나 라프짱도 이런 것까지는 이해 못 하는 모양이군.

뭐, 보스와의 싸움에서 도주는 힘든 법이지. 뭐랄까, 전통적인 의미에서.

"나오후미, 이 상황에서 웃기지도 않은 농담은 좀 자제해 줬으면 좋겠는데."

"아니……. 여기서 도망치는 것 자체가 농담처럼 들리잖아."

"왜 느닷없이 도망친 걸까?"

"대충 알 것 같아. 아마 녀석은 상대의 능력을 감정하는 힘을 갖고 있는 거 아냐?"

"뭐?!"

아까 살짝 스테이터스가 보였던 건, 거울이 지닌 반사의 특성 때문 아닐까.

"크…… 막지 마! 아, 맞아! 귀로의 사본!"

거울 속에 보이는 렌 2호가 품속에서 탈출용 아이템을 꺼냈다.

이쪽 세계에서는 전이 도구가 양산돼서 판매되고 있으니까 말이지.
"마룡의 대륙에서는 못 쓸 텐데?"
아, 키즈나가 곧이곧대로 태클을 걸었다.
어딘가에 용각의 모래시계가 있어서 사용을 제한하고 있는 거겠지.
"말도 안 돼! 비싼 돈을 들여서 특수 주문한 귀로의 사본이 작동 안 하잖아?!"
아아……. 독자적으로 만든 특수한 귀로의 사본이었군.
"끝까지 황당한 짓만 하는 녀석이군. 마물을 다스리는 내 앞에서 그런 물건이 통할 거라 생각했느냐?"
그리고 귀로의 사본은 마룡 앞에서도 봉쇄당해서 사용 불능 상태가 되는 모양이었다.

"나중에 마룡한테 달라고 해서 분석해 보는 것도 괜찮겠는데."
"타국에 있는 용각의 모래시계까지 전이할 수 있는 귀로의 사본이 있으면 너무 위험할 텐데요."
이츠키 등과 이야기하고 있던 에스노바르트가 중얼거렸다.
맞는 말이다. 위험한 물건인 만큼, 더더욱 꼼꼼하게 대책을 세워 둬야만 한다.

"자, 동료들에게 가르쳐 주는 게 낫지 않겠나? 무슨 수를 써도 당해낼 수 없는 적이라고."

마룡은 쓰레기라도 쳐다보는 것 같은 눈으로 렌 2호를 쳐다보며 느긋하게 현실을 들이댔다.

"허, 헛소리 마!"

"그렇게 말하기 싫다면 내가 네 비결을 까발려 주도록 하지. 녀석은 남몰래 상대의 능력을 볼 수 있는 힘을 이용해서 상대에게 이길 수 있을지 없을지를 판단하고, 이길 수 있는 싸움만 골라 해 온 거다."

역시 그랬었군. 대충 예상했던 그대로였다.

"상대가 가진 능력의 크기를 측정하는 능력이 존재한다는 이야기는 들은 적이 있어요. 해석이라고 부르기도 하고 감정이라고 부르기도 하죠."

이츠키의 세계는 초능력자가 존재하는 세계니까. 그런 녀석이 있다고 해도 이상할 게 없겠지.

"게임처럼 스테이터스를 확인하는 식으로?"

"그런 식으로 보이는 사람도 있지 않았을까 싶어요. 그건 어디까지나 개인차니까요."

이능력에도 다양한 특징들이 있다고 했었지.

"능력뿐만이 아니라, 그런 마법도 있어요."

아아, 삼용교 사건 때 이츠키의 동료가 그걸 이용해서 검문을 했었지.

"그래서 나는 녀석이 가진 해석의 눈을 속여서, 우리가 약해 보이도록 한 거다. 그 결과, 녀석은 어떻게 했지?"

분수도 모르고 글래스에게 생트집을 잡아서 덤벼들고, 마룡이 정체를 드러낸 뒤에도 이길 수 있다는 착각에 빠져 있었다.

자기 눈에 보이는 능력만 믿고, 마룡이 빈껍데기만 요란한 녀석이라 생각한 것이다.

하지만 그건 마룡의 함정이었다. 마룡이 마법을 해제해서 능력치를 제대로 보여 주자, 당해낼 수 없다는 걸 깨달은 렌 2호는 동료를 미끼로 던지고 내뺐다는 이야기다.

한심하기 짝이 없는 놈이군. 자기만 살아남을 수 있으면 동료들은 알 바 아니라는 거냐?

"말도 안 돼……. 거짓말이죠?"

"다 거짓말이지? 우리가 힘을 모으면 이길 수 있는 거지?"

"으…… 그, 그래! 최선을 다하면 이길 수 있어! 하지만 내 새로운 기술을 쓰려면 시간이 걸려. 그러니까 그동안 너희가 시간을 벌어 줘."

렌 2호가 말문이 막힌 탓인지, 동료 여자들도 사태를 파악한 모양이었다.

하나같이 얼굴이 파랗게 질려 있었다.

"또 똑같은 짓을 하다니 한심하구나. 고작 그 정도 실력으로 용사에게 맞서다니…… 웃기는 노릇이군."

"저는 속은 것뿐이에요! 저는 아무 죄도 없어요! 이분들을 제물로 바칠 테니까, 제발 저만은 풀어 주세요."

이윽고 후방지원을 맡던 마법 담당이 윗치처럼 목숨을 구걸하기 시작했다.

양손을 모으고 기도라도 하듯 마룡을 향해 말했다.

"날 배신하는 거냐?!"

"배신? 틀렸어요. 저는 마룡님께서 부활하신 걸 알고 있었어요. 그래서 제물로 바칠 당신들과 함께 여기까지 온 거라구요."

어디서 본 적이 있는 것 같은 태세 전환이군.

중계를 지켜보던 우리는 황당함을 금하지 못했다.

"이런 여자들이 너무 많은 거 아냐? 라르크나 글래스한테서도 들은 적이 있었는데."

"그러게 말이야……. 이세계에는 저런 윗치 같은 여자들이 많은 건가?"

자기 살 궁리만 하느라 비열한 짓을 하는 녀석들이 뭐 이렇게 많은 건지.

모험가에게 있어 이것이 일상다반사라면, 모험가 같은 건 되기 싫다는 생각이 들었다.

"저리 꺼져라, 하찮은 놈. 나와 나의 절친한 동료는 네놈 같은 녀석을 제일 싫어하니까."

"너무하세요! 오해예요! 그러니까——."

퍽 하고, 마룡이 쓰레기녀의 얼굴을 꼬리로 후려쳐서 날려 버렸다.

"꺄아아아아아아아아아아악—— 아윽……."

목숨을 구걸하던 쓰레기녀는 나선 회전을 하며 렌 2호의 발치에 나동그라졌다.

"닥쳐라. 또 한 번 그 오물 같은 목소리를 내면 그 즉시 없애 버리겠다. 조금이라도 더 오래 살아남고 싶거든 그대로 닥치고 있어."

의식을 잃은 듯 축 늘어져 있는 쓰레기녀를 무시하고, 마룡은 렌 2호에게로 시선을 돌렸다.

완전히 고양이 앞의 쥐 같은 꼬락서니군.

“절대로 놓치지 않을 테니 있는 힘을 다해 맞서도록 해라.”

마룡은 펄럭 하고 날개를 펼치며 제왕의 품격이 가득 깃든 목소리로 말했다.

이건 누가 봐도 나에게 자기를 선전하는 행위로군. 자기가 얼마나 강한지를 과시할 꿍꿍이다.

“크…….”

뭐. 렌 2호의 시점에서 보자면 인생이란 게임의 배드 엔딩이겠지.

녀석들의 모험이 지금까지 어느 정도 진행된 건지는 모르지만, 적어도 마왕이라 불리는 존재가 앞을 막아서고 있는 상황인 건 분명하다. 단순한 이벤트 전투로 치부하기에는 너무 안 좋은 선택지를 고른 것이다.

“후후후……. 이 상황에서 성무기나 권속기 없이 나를 이긴다면 네놈은 말 그대로 용사로서 이름을 떨치게 되겠지. 어디 한번 제대로 실력을 발휘해 보거라. 내가 호의를 품고 있는 자는 절망적인 실력 차가 있는 상황에서도 굴하지 않고 실력을 선보였고, 결국 나를 없애는 데 공헌했어.”

“그야…… 용사니까 그렇게 할 수 있었던 거겠지!”

아마 렌 2호는, 이게 키즈나가 마룡을 처치했을 때의 이야기라고 생각한 거겠지.

마룡이 호의를 가진 상대가 키즈나라고 생각하는 게 분명했다.

"잘 들어라. 녀석은 용사가 아냐. 용사가 위기에 처했을 때, 자기 몸을 돌보지 않고 전투에 공헌했지. 나는 지금껏 그렇게 용감하면서도 존경할 가치가 있는 강자를 본 적이 없었다."

마룡이 이야기하고 있는 대상이 누구인지, 나는 알 수 있었다.

저쪽 세상에서 마룡과의 싸움에 참전했던 자라면, 그게 누구인지 곧바로 떠올릴 수 있으리라.

아트라……. 그때 너는 분명 내 지시에 따라 뛰어 나갔었지.

물론 나는 충분히 승산이 있을 거라 생각하고 내보낸 거였지만, 그래도 용감하다고 불리기에 충분한 행동이었다.

내 능력을 통째로 얻은 마룡을 궁지에 몰아넣은 것이다. 이 점은 의심의 여지가 없었다.

"자, 이건 시련이다. 용사로서 칭송받고 싶거든 의지를 보여라. 상대가 강자라 해서 등을 보이고 도망치는 자에게 성무기나 권속기가 미소를 지어 줄 일은 없어."

그건…… 리시아가 선보였던 위업이군.

이츠키도 눈치챘는지 리시아를 쳐다보고 있었다.

"뭐, 너처럼 자기밖에 모르는 한심한 놈에게 기적이 찾아올 리는 없겠지만."

"개, 개소리 마! 내가, 이 내가 고작 이딴 곳에서 죽을 리가 없잖아! 얘들아, 가자!"

렌 2호는 바들바들 떨면서 마룡을 향해 고함을 지르고 동료 여자들을 향해 소리쳤다.

하지만, 동료 여자들이 그 목소리에 고개를 끄덕였느냐 하면, 꼭 그렇지만은 않은 것 같았다.

여기서 싸우지 않으면 유린당한 끝에 죽을 뿐이니 하는 수 없이 전투태세에 들어간 정도로만 보였다.

그 뒤로 벌어진 싸움은 차마 눈 뜨고 볼 수도 없을 지경이었다.

여자 하나가 나가떨어져서 실신하자, 렌 2호는 아까 그 윗치 같은 여자처럼 동료들을 바칠 테니 제발 목숨만 살려달라고 애원해 대기도 하고, 정기적으로 인간을 제물로 바칠 테니 용서해 달라고 애원하기도 했다. 심지어는 바로 조금 전에 자기가 생트집을 잡아 죽이려 했던 글래스에게까지 목숨 구걸을 해 대지 뭔가.

글래스도 마룡을 제지하려 했지만, 상대가 지금껏 적대해 왔던 자들과 비슷한 자들이었기에 반응이 늦어지고 말았다.

하여튼 녀석들에 대해서는 구질구질한 삶이었다는 인상밖에 남지 않았다.

마룡의 렌 2호 일행 유린은 눈 깜짝할 사이에 마무리되었다.

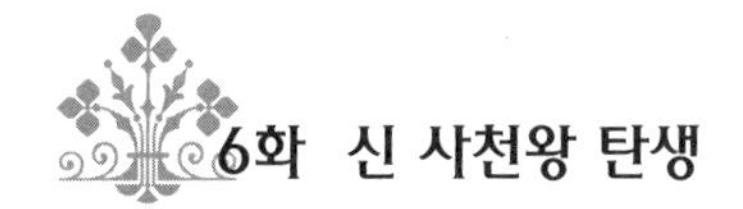

6화 신 사천왕 탄생

"그러고 보니…… 곰은 먹잇감을 죽인 다음에 먹는 게 아니라나 봐. 산 채로 먹어치우니까, 먹잇감들은 더 비참한 최후를 맞는다더군."

"으……."

다시 일행과 합류한 글래스가, 내가 중얼거린 이야기를 듣고 입을 틀어막았다.

"왜 여기서 그런 토막 상식을 이야기하는 건데?!"

키즈나의 예리한 태클에 라프타리아도 고개를 끄덕였다.

"아니, 이번 싸움은 그런 싸움이었구나 싶어서."

아, 녀석들의 몸은 비교적 말끔한 상태로 나뒹굴고 있다.

몸은 말이지.

마룡은 녀석들의 혼을 끄집어내서 산 채로 잡아먹었을 뿐이다.

전에도 그렇게 한 적이 있었지만, 그건 내가 확인을 위해 혼을 끄집어내도록 명령했기에 끄집어낸 김에 겸사겸사 먹은 것뿐이었다. 원래는 라프짱 같은 식신을 장착해야만 혼을 볼 수 있는 법인데, 거울로 관전할 때는 어째선지 혼이 선명하게 보였다.

그래서 결국 스피릿인 글래스는 마룡의 식사 장면을 현장에서 똑똑히 목격하는 신세가 되고 말았다.

"방패 용사여. 어떠냐, 내 싸움을 본 소감은!"

"짐승같다는 생각밖에 안 들던데."

"그게 내 장점이지!"

"너, 그 대사에 꽂히기라도 한 거냐? 자기의 상징 대사로 쓰려는 모양이지만, 꿈 깨라고."

장점은 무슨 장점! 매력에 아무런 보탬도 안 된단 말이다!

"하여간에 참 한심한 놈들이었다. 저런 자들이 이 세계에 존재한다는 것만으로도 구역질이 날 지경이야."

"그건 부정 못 하겠군."

죽기 싫다는 심정은 이해하지만, 자기를 믿어 준 동료들을 제물로 바쳐 가면서까지 살아남으려 드는 건 이해하기 힘들었다.

누명을 뒤집어쓴 직후의, 아무도 믿지 못했던 나였다면 그런 짓을 했을지도 모르지만…… 그건 경우가 다르지 않은가.

적어도 지금껏 고락을 함께해 온 동료를 희생양 삼아서 도망치는 짓은 절대 못 한다.

"그나저나 마룡, 너……."

"후……. 나는 원래 나를 없애는 데 공헌한 자는 어느 정도 인정하는 성격이야. 그중에서도 눈 먼 호랑이는 특히 더 높이 평가하고 있지."

역시 그건 아트라 이야기였군.

게다가 이러니저러니 해도 키즈나 패거리에 대해서도 인정하고 있다는 뜻이잖아.

"너한테 인정받아 봤자 아트라가 기뻐하지는 않을 것 같은데."

"그건 모르는 일이다. 같이 그대의 방패 안에 있던 사이인 만큼, 서로 같은 마음을 갖고 있다고 생각하니까. 그대에 대한 마음은 오히려 그 눈먼 호랑이에게서 감염된 건지도 몰라."

"네가 변태가 된 것까지 아트라 탓으로 돌리지 마. 잔말 말고 좀 닥쳐."

더 이상 이야기하는 것도 귀찮았다.

"어디 보자……."

나와의 대화를 마친 마룡은, 렌 2호 일행의 시체를 향해 뭔가 마법을 영창하기 시작했다.

이윽고 렌 2호 일행이 공허한 표정으로 벌떡 일어섰다.

"후에에에에에에에에에에에?!"

리시아가 절규했다. 나도 소스라치게 놀랐다.

뭐야, 마물명까지 나타났잖아.

우리가 렌 2호 일행을 가리키자 키즈나가 미간을 찌푸린 채 고개를 끄덕였다.

"마룡에게 패한 가엾은 모험가들은 저렇게 좀비가 돼서 공격해 오곤 해."

우와아……. 어떻게 보면 효율적이라고 할 수도 있겠지만, 정말 괜찮은 거냐?

"안심해라. 침입자를 공격하도록 한 건 아냐. 녀석들에게는 성의 수리를 지시했다."

다시 말해 녀석들의 몸은 티끌이 되어 사라질 때까지 마룡의 성을 수리하는 신세가 됐다는 건가.

뭐랄까……. 정말 마룡을 아군 전력으로 받아들여도 되는 건지, 진심으로 헷갈리기 시작했다.

뭘 보고 안심하라는 거야?

"나오후미, 마룡이란 원래 이런 존재예요. 알겠어요?"

"으음……."

확실히 여러 가지 의미에서 가엘리온보다 훨씬 더 위험한 녀석이다.

머릿속이 연애 감정으로 가득 차도 마왕은 마왕이라는 거겠지.

"녀석들은 약육강식의 논리를 들이대지 않았나? 분수도 모르는 도전자의 말로 따위를 신경 써서 어쩌자는 거지?"

마룡의 말도 일리가 있긴 했다. 결국 패자가 모든 것을 잃는다는 점은 마찬가지니까…….

마물과 인간의 차이점에 있어서, 우리는 인간이니 인간 편을 들게 마련이다.

아무리 그래도 세계가 위기에 빠진 마당에 자신만이 정의라고 떠들면서, 용사를 죽이려 드는 파도의 첨병에 대해 동정할 생각은 없지만.

"인간 중에도 그런 마법을 쓰는 녀석들이 있잖아?"

게임 속에서 네크로맨서라는 직업을 본 적이 있었다.

"잘 알고 있구나, 방패 용사."

"쿄도 비슷한 짓을 했었으니까."

예전 거울의 권속기 소지자도 시체를 조종하는 능력을 갖고 있었고……. 그게 꼭 나쁜 일이라고만 하기는 힘들겠지만, 우리 쪽에서 해도 될 일인가 하면, 좀 판단하기 애매하단 말이지.

"참고로 말하자면, 마력의 농도가 높은 곳에서는 그냥 가만히 내버려 둬도 저절로 좀비로 변하게 돼 있어. 시체를 묻어도 마찬가지지. 이 땅의 좀비들은 주인인 내 명령에 절대적으로 복종하게 되어 있지."

아아, 그런 현상도 있단 말이지? 이세계의 부정적인 자연현상을 목격한 것 같은 기분이었다.

"그렇다고 해서 시체를 농락할 이유는 없잖아."

"흥. 애초부터 네놈들이 이해할 거라곤 생각하지도 않았다."

마룡과 키즈나가 눈싸움을 벌이기 시작했다.

"그런 싸움은 파도 문제가 정리된 뒤에나 해. 일단은 그렇게 넘어가면 될 거 아냐?"

"역시 방패 용사로구나. 딱 잘라 선을 긋는 그 태도, 마음에 들어."

"어련하시겠어. 키즈나도 이 성의 현재 몰골을 안타까워했었잖아? 인간이나 마룡이나 피차일반이라고 생각하고 포기하도록 해."

인간들 역시 마룡이 토벌된 뒤에 영지를 얻으려고 여기서 쓸데없는 싸움과 약탈을 벌였으니, 꼭 어느 한쪽만 옳다고는 할 수 없다. 인간들 간에 어리석은 싸움을 벌이는 경우도 존재했을 것이다.

어차피 규칙이란 그 자리에 있는 자들이 정하는 거니까.

이의가 있거든 그에 상응하는 힘으로 제시하면 된다. 규칙에 따를지 거스를지는 그 시간을 살고 있던 자의 의지에 달려 있는 것이다.

방패 용사를 박해하던 메르로마르크가 이제는 방패 용사를 용사로 인정하게 된 것처럼.

"하아……. 포기하는 수밖에 없는 건가."

"조금씩 시야를 바꾸어 가는 수밖에 없어요, 키즈나."

한탄하는 키즈나를 글래스가 다독였다.

원래 이렇게 정의를 추구하는 건 이츠키가 자주 하던 일인데…… 이번에는 이렇다 할 반응이 없군.

그런 생각에 이츠키를 쳐다보니, 어째 심란한 표정이었다.

"무엇이 옳은 것인지……. 참 어려운 문제네요. 그렇죠, 리시아 씨?"

"후에에에에에에……."

이츠키는 리시아에게 말을 걸었지만, 리시아는 아직 렌 2호 일행에 대한 충격으로부터 회복하지 못한 상태였다.

"그럼…… 쓸데없는 소동이 있긴 했지만, 당초 예정대로 일을 진행하도록 하지."

마룡은 그렇게 말하면서 사천왕들을 쳐다보았다.

아아, 마룡의 보물 창고나 쿠텐로에 있던 것 같은 물건들에 대한 조사 말이지?

사천왕 중에 이 자리에 모인 세 마리가 마룡에게 경례하고 있었다.

"비록 용사이긴 하지만, 이 녀석들은 손님이다. 알고 있겠지?"

"……네!"

"내키지 않을지도 모르지만, 용사들과 손을 잡지 않으면 세계의 멸망을 막을 수 없다. 사태의 엄중함을 똑똑히 인식하도록."

"분부 받들겠습니다."

어쩐지 사천왕들이 떨고 있는 것처럼 보이는 건 단순한 착각일까?

"자…… 그럼 어디 한 번 물어보자. 내가 이 땅에 왔을 때, 왜 내 소집에 응하지 않은 거지?"

사천왕들은 하나같이 겁에 질린 얼굴로 움찔 놀랐다.

"그, 그건……. 주군의 기운이 여러 개 느껴져서, 어느 쪽이 진짜 주군인지 판단을 내리지 못하고 있었습니다."

마룡의 기운이 여러 개? 하긴 녀석은 용제이니, 키즈나 일행이 부순 핵석이 사람들 손으로 넘어가고, 그 핵석이 다시 용제로서 눈을 떴다고 해도 이상할 건 없다.

어느 정도는 키즈나 일행이 보관하고 있었던 모양이기도 하고.

"그랬단 말이지……. 네놈들의 변론도 어느 정도 일리가 있군. 하나——."

마룡이 손을 들자, 사천왕들의 몸이 번개라도 맞은 듯 일제히 확 젖혀졌다.

"끄아아아아아아아아아아아아아아아아악?!"

"으아아아아아아아아아아아아아아아아악?!"

경련하고 있는 사천왕들을 경멸 어린 시선으로 바라보며, 마룡은 또다시 마법을 영창했다.

"이번 사천왕들은 나를 얕보고 있는 것 아니냐? 네놈들의 힘을 준 게 누구이고, 누가 뒷일을 맡긴 건지, 그 몸으로 똑똑히 이해하도록 해라!"

아, 제법 화가 난 모양인데. 핏대가 보이잖아.

마룡이 화를 낸다고 해서 딱히 무서운 건 아니지만, 노기 때문에 주위의 자기장에서 불꽃이 튀는 게 눈에 띌 지경이었다.

"게다가 바람의 쿠필리카는 내 소집에 응하지도 않다니……. 나를 얼마나 실망시킬 셈이냐!"

"마, 마룡님! 부, 부디 자비를 베풀어 주십시오!"

마룡에게 목숨을 구걸하는 사천왕들.

딱히 우리에 대해 적의가 있는 건 아닌 것 같고, 대지 녀석은 나한테 인사를 하기도 했으니 어느 정도 구원의 손길이라도 내밀어 줘야겠다.

"마룡의 기운이 여럿으로 나뉘어 있단 말이지? 작살의 권속기 소지자 패거리가 마룡의 조각으로 뭔가 실험을 하고 있는 건지도 몰라. 정말 그렇다면 최악일 텐데."

머릿속에 떠오른 불길한 상상을 언급하자, 마룡은 사천왕 고문을 멈추고 내 쪽을 쳐다보았다.

"하긴. 그런 괴상한 마물을 만들어낸 자들이 내 조각으로 못된 장난질을 치고 있으니까. 충분히 가능성 있는 일이야."

"어디까지나 가능성일 뿐이지만 말이지."

"최악의 사태를 상정하고 대비하는 게 좋겠지. 흐음……. 알았다. 이번 불상사는 관대하게 봐 주마."

"마, 마룡님의 자비에 감사드립니다."

사천왕들은 일제히 일어서서 경례했다.

"단, 내 부름에도 얼굴조차 보이지 않는 바람의 쿠필리카에게는 처분을 내리겠다. 비록 이미 죽은 상태라 해도, 반응 정도는 충분히 가능했을 터. 의도적으로 오지 않는다는 건, 나를 업신여기고 있다는 증거가 분명해. 당대 바람의 쿠필리카는 사천왕에서 제명하겠다."

마룡이 그렇게 선언하고 옥좌에 대고 마법을 영창하자, 빛나던 네 개의 마법진 중 하나가 깨지고 마룡의 손에 커다란 수정이 나타났다.

"옙—!"

사천왕들이 일제히 고개를 조아렸다.

"묘한 저항을 하는군. 하지만 이 힘을 구축한 건 나다. 쉽게 맞설 수 있을 거라고 생각하면 오산이야. 나는 마법의 극에 달한 용제다. 고작 그 정도로 도망칠 수 있으리라는 생각은 접어

두는 게 좋을 거다."

그게 무슨 뜻이지? 바람의 쿠필리카라는 녀석은 어떻게 된 거야?

이윽고 용제는 한바탕 일을 마친 후련한 표정으로, 한 손에 든 수정을 바라보았다.

"흐음…… 이걸 어쩐다……? 그래, 그게 좋겠군."

그리고 턱에 손을 짚은 채…… 필로 쪽으로 시선을 돌렸다.

"방패 용사의 필로리알…… 지금은 허밍 페어리였었지. 이름은 필로."

"뭐, 뭔데?!"

수상한 분위기를 감지한 필로가 경계 태세를…… 아니, 내 뒤에 숨었다.

"예전에 내 제물이 되었을 때, 경험치를 돌려달라면서 저쪽 용제와 싸웠었지?"

"으, 응. 그게 뭐 어쨌는데?"

불온한 분위기는 나 역시 감지하고 있었다.

"마침 좋은 기회다. 그때 진 빚을, 이자까지 붙여서 갚아 주도록 하마."

마룡이 필로를 향해 수정을 던졌다.

"네놈은 앞으로 마룡 사천왕 중 한 마리, 바람의 필로가 되어 마음껏 힘을 발휘하도록 해라!"

"싫어~! 주인님 살려줘!"

"어이어이어이! 지금 무슨 짓을——."

나는 거울을 들어서 마룡이 힘차게 던진 수정을 막으려 했다.

하지만 수정은 흩어져서 나에게 명중하고—— 내 안의 무언가를 타고 이동했다.

직후, 내 뒤에 있던 필로의 몸이 홱 젖혀졌다?!

"아아, 방패 용사의 가호를 경유해서 전달하다니. 역시 나는 유능하구나!"

"싫어어어어어어어!"

미세한 빛과 함께 필로가 쪼그려 앉았다가…… 일어섰다.

"부우~!"

"필로! 괜찮아!"

"부우~! 아프진 않지만 뭔가 몸속에서 부풀어 오르고 있어~!"

"후후후, 방패 용사여. 걱정할 것 없다. 이건 방패 용사에게 보내는 나의 진심이기도 하니까. 한번 잘 확인해 보거라."

그 말을 듣고, 나는 필로의 스테이터스를 확인해 보았다.

아, 종족명이 허밍 코카트리스에서 바람의 사천왕으로 바뀌었잖아.

사천왕이라는 건 종족이었단 말인가. 참고로 스테이터스도 두 배 이상 증가해 있었다.

이 세계의 필로는 필로리알 보정이나 바보털 가호가 없어서 능력 면에서 은근히 불안한 면이 있었는데, 이 정도 수준이라면 제법 믿음직해 보인다.

"바보털의 파워업 같은 느낌이군."

"부우~! 필로는 이 털 마음에 안 드는걸."

아, 싫어하는 건 여전한가 보다.

피트리아가 준 바보털은 이제 필로의 매력 포인트로 자리 잡았는데 말이지.

"아아, 아직 마물의 모습으로 변하지 않는 게 좋을 거다. 자리를 잡을 때까지 좀 더 기다리도록."

"부우~!"

"방패 용사여, 안심해라. 사천왕에 임명하기는 했지만 다른 사천왕들처럼 손쉽게 벌할 수는 없게 해 두었다. 나는 방패 용사에게 호감을 품고 있으니까. 이건 자비이자 헌상품이기도 하다."

"부우~!"

"힘을 충분히 자기 것으로 만들면 나처럼 모두를 등에 태우고 날 수도 있게 될 거다. 지금까지는 무거워서 못하지 않았더냐?"

"정말~?! 부우~!"

필로는 웃었다가 이내 화를 냈다.

좋아하거나 화내거나, 둘 중에 하나만 하라고.

"어…… 정말 괜찮을까요?"

라프타리아가 의문을 품는 것도 당연하겠지.

사디나나 실디나는 경계하는 표정으로 상황의 추이를 살펴보고 있었다.

이츠키와 리시아는 놀란 채 굳어 있군.

에스노바르트는 눈을 찡그린 채 언제든지 싸울 수 있는 태세를 취하고 있었다.

"마룡, 계속 그렇게 멋대로 행동하면, 우리도 진짜로 화내는 수가 있어."

"멋대로 행동하다니 뭘 말하는 거지? 나는 그대들에게 힘을 보태기 위해 신경을 써 주었을 뿐인데."

"좀 더 객관적으로…… 하아, 그만하자."

"부우~! 그만하면 안 돼!"

필로가 계속 부우부우 떠들어대는 바람에, 대화의 진도가 영 나가질 않았다.

"그래서, 왜 이런 짓을 한 거지?"

"앞으로 찾아올 고난을 이겨내는 데 필요하지 않겠느냐? 그리고 여유가 있을 때를 활용해서 내가 개발한 마법을 용사들에게도 습득시킬 생각이다."

"그거 혹시, 강화된 마룡의 무기에서 개화한 걸 말하는 거야?"

"그렇다."

진 · 마룡의 거울에는 용마법 자질 개화라는 해방 보너스가 있었다.

마룡은 그 마법을 우리한테 가르쳐 주겠다는 건가?

"그대들에게 개화한 것은 나의 마법식……. 방패 용사 일행이 알아듣기 쉽게 말하자면, 아무리 먼 곳에서도 힘을 빌릴 수 있는 용맥법 같은 것이다. 강력한 마물과 계약을 맺음으로써 마법을 더 강력하게 사용할 수 있게 되지."

"과거의 기록에서도 본 적이 있어요. 이 세계에는 현재로선 일부 마물밖에 사용할 수 없는, 마룡에게서 유래된 마법이 있다는 이야기를요."

"그렇다. 정확히 표현하자면 어리석은 인간 놈들이 사용할 수 없도록 과거의 용제가 봉인한 마법이지. 그 규제를 풀겠다는 거다."

고대 마법 같은 분류에 들어갈 것 같은 마법이군.

에스노바르트가 부러움 가득한 표정으로 듣고 있잖아.

걱정 마. 너도 배울 수 있을 테니까.

"흑마술적인 마법 같아 보이는데. 마룡과 계약하는 것 같이."

"그러게 말이야."

"수렵구의 용사 일행은 시급히 익히도록 해라. 그걸 돕도록 사천왕을 소개해 주겠다. 마음껏 계약을 맺도록."

키즈나 일행에게 독자적인 마법을 주겠다는 이야기군.

"우리 쪽은?"

마법 체계에 차이가 있지만, 우리라고 해서 배우지 못하는 건 아닌 것 같았다.

"확장된 용맥법이라고 생각하면 된다. 감각적으로 비슷하니까. 가호를 주고 있는 내 부하에게 힘을 내놓으라고 부탁하면 될 거다."

호오……. 다음에 우리 세계로 돌아가거든 한번 시험해 봐야겠다.

"물론 나는 힘을 빌려줄 거다. 방패 용사의 영창을 보조해 주지."

"그래그래."

마룡의 불쾌한 어조는 무시해 두었다.

"방금 뭔가 은근슬쩍 엄청난 말을 들은 것 같은 느낌이 드는데?"

키즈나가 당혹스러운 표정으로 말했다.

"테리스라면 당장 쓸 수 있을 것 같은데."

"으음. 녀석이라면 할 수 있겠지. 다른 자들도 최대한 빨리 익히도록 해라."

"우……. 좋은 일인 것 같지만 어째 힘들 것 같네."

키즈나가 공부를 싫어하는 학생처럼 말했다.

새로운 과제들이 여럿 생겨났다. 제대로 안 하면 죽는 만큼 과제보다 더 고된 셈이다.

"좋아……. 그럼 당초 예정대로 내 보물창고와 다른 물건들이 있을 법한 곳을 꼼꼼히 수색해 보도록 하지."

이렇게 해서 우리는 마룡의 안내에 따라 마룡의 성안에 있는 보물창고를 찾아갔다.

그리고 사천왕들은…… 마룡의 명령에는 절대복종이라는 듯 따르고 있었다.

반기를 들 생각을 하지 않는 것만 봐도 마룡의 카리스마가 얼마나 대단한지 짐작이 가는군.

연애에 환장한 성희롱 드래곤에게 어떤 카리스마가 있다는 건지 좀 의문이지만……. 아니면 그저 거스를 수 없어서 따르는 건가?

그렇게 생각하며 나는 마룡의 성안 보물창고로 이동하는 중에 사천왕 중에 한 녀석…… 이름이 뭐였더라? 아아, 대지의 다인부르그라는 녀석에게 말을 걸었다.

"이봐, 너는 왜 저 녀석을 따르는 거지? 꽤 험한 꼴을 많이 당하는 것 같은데."

"아, 아닙니다……."

내 질문에는 반드시 대답하라는 명령을 받은 듯, 대지의 다인

부르그는 쭈뼛거리면서 내 질문에 대답했다.

"으음……. 이계의 용사님들은 이해하지 못하시는 것 같으니 대답해 드리자면, 마룡님께서는…… 전보다 훨씬 더 강한 힘을 갖고 부활하셨습니다. 저 흉흉한 힘을 어디서 얻었는지 전율을 느낄 정도로."

호오……. 뭐, 우리의 강화방법을 통해 강해진 거지만.

그렇게 생각하며 앞서 걷는 마룡을 쳐다보니, 흘깃 이쪽을 흘겨보며 포즈를 취했다.

……그냥 싱거운 녀석으로 보일 뿐이라고.

"그러니 저희는 마룡님의 결정에 이의를 제기할 생각 따위는 추호도 없습니다. 이것도 언젠가 찾아올 인간과의 결전에 대비한 초석이겠지요. 그리고 파도를 극복하는 게 선결 과제임은 당연한 사실이니……."

참 대단한 충성심이군.

"그나저나…… 마룡님의 마음을 사로잡은 것이 이계의 용사였을 줄이야……. 저희로서도 충분히 이해가 가기는 하는군요. 당신은 마에 속하는 게 어울리시는 분입니다."

뭐가 이해가 간다는 건지, 나는 도통 이해가 안 가는데.

입에 발린 칭찬……이겠지?

그러고 보니 실트벨트 녀석들도 그런 이야기를 했었지만, 나에게는 뭔가 묘한 기운이 깃들어 있다는 모양이다.

척 보면 단번에 알 수 있다느니 하는 소리를 들은 기억이 있다.

그것도 방패의 성무기에 깃든 힘 같은 건가? 마물이나 동물의 호감을 쉽게 얻는 능력 같은 것 말이다.

에스노바르트도 은근히 나를 잘 따르는 걸 보면 뭔가가 있긴 있을 것 같다.

"흐음. 여기다."

그렇게 말하는 동시에, 마룡은 성안의 복잡하게 뒤얽힌 통로 끝에 있는 잡동사니들을 마법으로 날려 버려서 비밀 계단을 드러냈다.

계단 끝에 있는 커다란 문을 여니, 거기에는…….

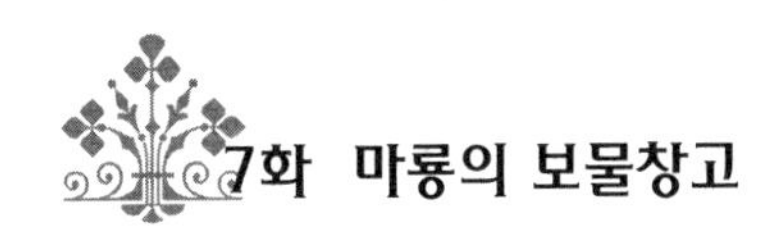

7화 마룡의 보물창고

"우와아…… 여기가 보물창고? 지하 동굴 같기도 하지만. 되게 예쁘네."

키즈나의 말에 나도 반사적으로 동의했다.

지하의 종유굴 같은 느낌이었지만 햇빛이 들어오고 주위의 벽에 노출된 보석이 그 햇빛을 난반사해서 동굴 안을 비추고 있었다.

그런 지하 동굴 한가운데에, 금으로 만들어진 괴악한 취향의 사당 같은 게 서 있었다.

"저건……."

"그래. 이 성안에 있는 용각의 모래시계다."

그리고 사당의 마당에는…… 식물이 엉겨 붙은 용각의 모래시계가 들어앉아 있었다.

막연한 느낌이지만, 쿠텐로에 있는 용각의 모래시계와 비슷한 디자인이군.

"그럼 나와 사천왕들이 힘을 합쳐 봉인을 풀도록 하지."

마룡이 그렇게 말하고 마법을 영창했다.

"부우~ 강제로 마법이 영창되고 있어~."

필로는 아까부터 언짢은 기색이었다. 본인의 뜻과 무관하게 협력을 강요당하고 있는 모양이었다.

사당을 덮고 있던 결계 같은 것이 사라진 것을 확인하고, 우리는 천천히 그쪽으로 다가갔다.

용각의 모래시계에 얽혀 있는 식물부터 확인해 보았다.

동백 같은 식물이군. 다만 색깔이 어째 좀 섬뜩해 보였다.

사악해 보인다고나 할까?

"사악한 느낌이긴 하지만, 앵광수와 비슷하네요."

"그래. 아마 이게 이 세계의 앵광수……. 동백이니까 춘광수(椿光樹)쯤 되겠지. 그런데……."

"여기는 내 마력이 가득 차 있던 곳이니까. 좀 특이한 변이를 일으킨다고 해서 이상할 건 없겠지."

아니, 그게 말이 되는 소리냐……. 그리고 왜 은근히 득의양양해하는 건데?

"앵천명석(櫻天命石) 같은 물건은 찾을 수 있을 것 같아?"

"그건 일단 찾아봐야 알 수 있겠지만…… 그건 원래 오랜 세월에 걸쳐 앵광수에서 생성되는 거라고 들었어요."

"그냥 땅속에 묻혀 있는 건 줄 알았는데."

변이된 춘광석에서는 나오기 힘들다는 이야기군.

이 세계에서의 앵천명석 같은 물건은 현재로서는 존재하지 않는 모양이다.

"글래스 양, 이리로 와 보세요. 완전한 재현은 안 되겠지만 천명의 의식을 시험해 봐요."

"이런 식물이 용각의 모래시계에 얽혀 있어도 괜찮은 건가요?"

글래스가 라프타리아에게 이끌려 용각의 모래시계 앞에 섰다.

어쨌거나 글래스는 멸망한 나라의 천명 같은 포지션에 있던 가문의 후예일 가능성이 높으니까.

사디나와 실디나가 쿠텐로에서 하던 의식을 기억하고 있어서 그럴싸하게 재현할 수 있었다.

하지만…… 용각의 모래시계도 춘광수도 이렇다 할 움직임은 나타내지 않았다.

아주 미약한 반응 정도는 보이는 것 같기도 한데…….

"실패야?"

"반응이 좀 약하네요……. 인식은 하고 있는 것 같은데……."

라프타리아는 춘광수를 어루만지며 고개를 갸웃거렸다.

천명의 힘에 대해 호환성이 있는 모양이군.

"으음…… 이 나무에 그런 일화가 있는지는 몰랐구나."

라프타리아의 기술에 흥미를 느낀 마룡이 해석을 해 가며 중얼거렸다.

"그러고 보니 방패 용사의 부하와 부채의 권속기 소지자가 합체할 수 있게 되지 않았더냐? 한번 시험해 보는 건 어떻겠느냐?"

"아아, 그것도 괜찮겠네. 실디나, 글래스와 힘을 합쳐 봐."

"응."

조금 전까지 존재감이 희박했던 실디나가 앞으로 나서서 글래스에게 손을 내밀었다.

글래스가 실디나와 손을 잡고, 신탁을 발동해서 합체했다.

그랬더니 춘광수에서 흘러나오던 빛이 별안간 확 밝아졌다.

글래스와 실디나 주위에 꽃잎이 모여들어서, 마법진을 형성했다.

라프타리아의 앵진결계(櫻陣結界)와 모양이 비슷한 마법진이로군.

"아…… 뭔가 힘이 흘러들고 있어."

"그러게요. 잔류사념의 기억이 갱신된 것 같아요."

글래스와 실디나가 뭔가 자세를 잡았다.

"춘진결계(椿陣結界) 전개."

두 사람의 목소리에 호응해서 마법진이 고정되었다.

"술식의 상세한 부분까지 호환되는지까지는 모르겠지만……."

쿠텐로에서 했던 의식을 기억나는 범위 안에서 최대한 재현하자 춘광수는 계속 빛을 내뿜고…… 그 빛은 이윽고 흩어져 사라졌다.

보아하니 제대로 성공한 모양이군.

"쿠텐로 식으로 따지면…… 일단 이것으로 천명 취임이 종료된 셈이긴 한데요……."

실디나가 신탁을 해제하고, 글래스는 자기 몸을 확인했다.

"조금 전까지 쓸 수 있던 힘을 못 쓰게 됐어요."

"실디나와 합체 중에만 쓸 수 있다는 건가?"

"그런 것 같아."

으음…… 은근히 사용 조건이 까다로운데.

"어쨌거나 춘광수가 있다는 건 반가운 일이야. 영지 내에 잘 심기만 하면 경험치가 상승될 테니까."

"그런 효과도 있는 거야?"

"그래. 내 쪽 세계에서는 그랬어."

이것의 존재 유무는 은근히 큰 차이를 만든다.

지금은 앵광수 번식에 무사히 성공해서 메르로마르크 앞에서 제법 많이 볼 수 있게 됐다.

"그런데 왜 글래스 혼자 시도했을 때는 춘광수가 반응하지 않았던 거지?"

"라프타리아 양과의 차이를 생각해 보면 되지 않을까?"

"으음, 라프타리아는 쿠텐로라는 나라에서 사랑의 도피를 한 왕족의 딸이었다는 게 나중에 밝혀졌었지."

"글래스는 멸망한 나라의 후예였었지?"

"너무 먼 혈연이라 반응하지 않은 거 아니냐? 개조의 잔류사념을 추측해서 신탁을 통해 인증을 속인 거겠지."

마룡의 지적에 모두 입을 다물 수밖에 없었다.

충분히 가능한 이야기였다. 라프타리아와 글래스 간에는 여러모로 많은 차이가 있다는 건가.

글래스가 손을 들자 라프타리아가 움찔 반응했다.

비슷하게 보이던 자들이 실은 많이 달랐다……라는 식의 분위기에 어색해진 모양이다.

"으음……. 저는 별 신경 안 쓰니까 마음 쓰지 마세요."

"아, 네."

"뭐, 일단 등록한 이상, 피가 흐려도 조절은 가능하겠지. 뭔가 훈련이라도 해 보는 게 어때? 라프타리아처럼 혼자서도 사용할 수 있게 될지도 모르잖아?"

"그렇겠네요……. 한번 열심히 해 볼게요. 우리는 이 세계에 대해 다 알고 있다고 생각했었지만, 실은 전혀 이해하지 못하고 있었던 것 같네요."

"하, 하여튼! 조정자의 무기 재료가 있으면 앞으로 찾아올 역경을 이겨내기 쉬워질 거라고 나오후미가 그랬잖아? 일단 그걸 찾아보자."

"그러지. 그럼 춘광수 가지를 채취해서, 심을 수 있는지 나중에 시험해 보도록 하지."

용각의 모래시계에 대한 조사를 마치고, 이번에는 마룡의 보물창고 안을 뒤지기 시작했다.

하지만 보물창고에서 나온 것은 희소한 보물, 그리고 각종 마법 관련 도구들뿐이었다.

"오? 이거 재미있는 물건이 나왔구나! 이리 와서 한번 보거라!"

마룡이 보물창고 안에 있던 잡동사니 속에서 권총 같은 걸 꺼내서 내게 내보였다.

"사전에 탄환형으로 제작한 부적을 쏠 수 있게 만들어진 무기다. 재미있는 발상 아니냐?"

"제법 편리해 보이는데."

"그렇지? 하지만 이건 마력을 담아서 쏴야 제대로 위력을 발휘하게 돼 있어. 마력을 담지 않고 쏘는 건 마법을 영창하지도 않은 채 부적을 던지는 거나 다름없지."

그거 그냥 쓰레기 아냐?

"차라리 우리 쪽 세계에 있는 권총 쪽이 그나마 운용의 폭이 넓겠네요. 탄환에 불꽃을 담거나 할 수도 있으니까요. 사거리도 제법 길고."

활의 용사 이츠키가 조용히 말했다.

"이 총기에 사거리를 기대하느니, 차라리 화살촉에 부적을 감아서 쏘는 게 더 멀리 날아갈 거다. 이 무기는 총알을 멀리 날릴 만큼의 충격을 가하면 폭발하니까 말이지."

"총 형태의 마법도구에 불과하다는 거군."

어설프게 마법으로 만들기보다 물리적인 가공을 하고 싶은 기분은 충분히 이해가 갔다.

나도 용사가 되기 전에는 오타쿠였으니까.

"그렇다. 솔직히 말해서, 좀 특이한 무기 정도에 불과한 장난감이지."

이런 식의 특이한 물건들이 끝도 없이 튀어나왔다.

돈이 될 법한 것들은 제법 많지만, 지금 사용하고 있는 무기보다 나은 대체품은 좀처럼 안 나오는군.

엉뚱한 예술품 같은 건 필요 없다.

"술."

"명주."

범고래 자매가 술 창고를 발견해서 환호하고 있잖아! 농땡이 피우지 마!

"후후, 내가 수집한 명주들을 여기 다 모아 두었지. 방패 용사, 같이 마시지 않겠느냐?"

"너만 술에 떡이 될 텐데?"

나도 내 주량을 잘 알니까.

"좋다. 얼마든지 술 대결을 펼쳐 주지!"

"나오후미 님! 상대하시면 안 돼요! 보나 마나 취한 척하면서 덮치려고 들 거예요!"

"라프~."

"부우~!"

"그렇겠지……. 그래도 요리 강화를 통한 경험치 쌓기에 좋을 것 같으니 조달은 해 두겠지만……."

한 모금만 마셔도 마력이 전부 회복되는 넥타르나 암리타 같은 술이 있으면 무시하긴 힘들 것이다.

"술이다—! 나오후미—! 이 술 정말 맛있어—!"

"야호—! 여기까지 온 보람이 있어—!"

범고래 자매는 벌써부터 술을 퍼마시기 시작했다. 실디나가 만취 모드에 들어갈 정도로 흥에 겨운 모습이었다.

"어떠냐, 방패 용사! 내 조각상이다."

그렇게 떠들어대는 범고래 자매를 무시한 채, 마룡이 자랑하기 시작했다.

금으로 만든 마룡의 조각상, 아무런 의미도 없는 쓰레기일 뿐이다.

쓸데없이 공들여 닦았는지…… 번쩍번쩍 빛나는 게 여간 짜증 나는 게 아니었다.

"녹여서 금으로 만들어!"

"흐음, 하는 수 없지. 대신 방패 용사의 조각상을 만들도록 하는 수밖에. 그것만 있으면…… 후후, 당분간은 만족할 수 있겠구나.”

“만들면 죽일 줄 알아. 내 조각상으로 뭘 하려는 거냐.”

이렇게 보물창고 안을 조사하던 우리는, 괴상한 사당의 낡은 벽에 석판 같은 게 박혀 있는 걸 발견했다.

꽤 여러 장 박혀 있는데, 이건 마룡의 취향인가.

……아니, 잠깐. 이거 어디서 본 적이 있는데.

“이거 용사 문자가 새겨진 석판 아냐?”

쿠텐로에 있었던 녀석이다. 그것과 비슷해 보였다.

새겨진 글자를 손으로 더듬어 보니 어렴풋한 빛을 내며 반응하는 걸 알 수 있었다.

“성무기 강화방법 같은 게 적혀 있으면 편할 텐데.”

나중에 마룡의 나라를 순회하면서 석판을 찾아 볼 예정이었는데, 여기서 발견한 이상 조사해서 손해 볼 일은 없겠지.

“은근히 글자가 많잖아……. 애초에 나는 못 읽겠는데?”

이상하네. 내가 있던 세계에서는 일본어로 적혀 있어서 읽을 수 있었는데 말이다.

역시 세계가 다르면 이런 물건도 다른 모양이다.

“아아, 그거 말이지? 내 군대가 나에게 대들던 종교의 총본산에서 몰수해 온 거다. 듣자니 종말의 파도가 왔을 때 소환될 용사의 예언이 적혀 있는 비문이라더군.”

“네? 우, 우리 쪽 세계의 사성교회에도 그런 게 안치돼 있다는 이야기를 들은 적이 있어요.”

어째선지 이 대목에서 리시아가 반응했다.

"그런 게 있었어?"

그 거대한 교회에 말이지……. 그런 정보가 있으면 바로 알려줬어야지.

왜 언제나 그런 정보는 이렇게 더 이상 쓸모없게 된 뒤에야 내 뒤에 들어오는 건지 모르겠다니까.

"네. 포브레이의 사성교회에는 용사와 주교만이 들어갈 수 있는 비밀의 방이 있다고 들었어요."

왜 그런 이야기를 지금에야 처음으로 듣게 되는 건지 원.

"그럼 나중에 가서 확인해 봐야겠군."

"그게…… 타쿠토가 내란을 일으켰을 때, 전승에 흠집을 냈다고 격노하는 사성교회에 힘을 과시하겠다면서 타쿠토 파벌이 그 비석을 부숴 버리는 바람에……."

뭔가 짜증이 울컥 솟구쳤다. 이제 못 읽는 거냐.

타쿠토 녀석, 죽여도 성에 안 차는군!

그 세계 녀석들…… 아니, 첨병들은 전승 파괴를 참 좋아한다니까. 이 정도면 의도적인 행동이라고 봐도 좋을 것 같다.

우리를 유리하게 만들어 줄 수 있는 건 모조리 부숴 버리고 있다는 건가.

"키즈나."

"응……."

키즈나가 석판 앞에 서서 손을 뻗었다. 글자가 많이 닳은 것 같은데…….

그러자 낚싯대 형태를 한 마크가 나타나고, 석판의 글자들이 떠올랐다.

“어디 보자……. 이 문자를 빛나게 만드는 유일한 용사. 수렵의 기쁨을 아는 자여. 정해진 제약 속에서 발버둥 치는 자여. 파도의 끝에 있는 자를 인간이라 생각지 마라. 수렵의 의미를 마음에 새겨라. 달을 향하라……. 그렇게 하면 그대는 신마저도 사냥하는 결말에 이르게 되리라. 이렇게 적혀 있어.”

“전반부는 무슨 소리를 하는 건지 잘 모르겠지만, 제법 요점을 잘 찌르는 지적이긴 하군.”

우리의 적은 파도를 일으키는, 신을 참칭하는 자라는 존재인 모양이니까.

“수렵의 의미? 내가 수렵의 의미를 잘못 생각하고 있다는 뜻인가?”

“글쎄. 그나저나, 달을 향하라는 건 또 뭐지? 우주에라도 가라는 건가?”

“으음…….”

더 알기 쉬운 공략 정보를 원하는 건 너무 지나친 거겠지.

“달이라……. 그러고 보니 과거의 용제에 깃들어 있던 기억 중에 태곳적에는 달로 갈 수 있는 탈것이 있었던 것 같구나.”

이 타이밍에 마룡이 대화에 끼어들었다!

이 세계는 대체 어디까지 판타지 노선을 유지하려는 건지.

“마룡은 달까지는 못 날아가는 거냐?”

내가 알고 있는 대작 RPG에 소환수로 등장하는 드래곤은 대기권 밖에서 브레스를 쏘기도 했었는데?

“아무리 나라도 달까지는 못 가. 도서토여. 옛날에 그대들의 원류는 달에 있었다고 전해지지 않았더냐?”

마룡이 에스노바르트에게 말을 걸었다.

하긴, 도서토는 토끼니까. 달에서 떡방아를 찧는 생물이라는 이미지가 있다.

그리고…… 본래 배의 권속기 소지자였던 걸 생각하면 달에도 갈 수 있을 것 같다.

"그런 이야기가 있었나요? 오랜 역사 속에서 소실된 이야기일지도 모르겠네요."

당사자는 전혀 모르는 모양이었다.

"흐음…… 하는 수 없지. 계속 조사하는 수밖에."

"그래. 뭔가 단서가 있을 것 같으니, 계속 조사해 보면 뭔가 나오겠지."

일단 반응을 보이는 석판은…… 이것뿐인가?

그렇게 생각하며 주위를 둘러보니, 석판 하나가 어렴풋이 빛나고 있는 게 보였다.

그 석판에는…… 네 개의 무기가 그려져 있고, 수렵구와 부적 마크가 들어가 있는 행이 강조되듯이 떠올라 있었다.

"키즈나가 읽었던 석판의 경우를 참고해 보면, 이건 부적의 용사만 읽을 수 있다는 뜻이겠지? 설마 이 근처에 부적의 권속기 소지가 접근하고 있다는 건가?"

반사적으로 모두가 경계태세를 취해다. 이 멤버를 기습할 수 있는 건, 세인의 언니 세력 정도밖에 없을 터였다.

그렇게 생각하며 주위를 경계했지만, 아무런 일도 일어나지 않았다.

무슨 일이 일어나기는커녕, 소리 하나 안 들리는데?

"내 성안에서 내게 들키지 않고 여기까지 오는 건 불가능하다고 장담할 수 있다만."

"녀석들은 그런 것까지 가능한 놈들이었잖아."

"흐음……. 어찌 됐건 상대방이 나올 기색이 없다면 이 석판을 조사해 보는 수밖에 없지 않느냐?"

"하긴 그렇지. 키즈나, 일단 부탁할게."

"으응……. 어라? 이건 아까 내가 읽은 거랑 뭔가 좀 다른데?"

"뭐라고?"

키즈나의 말에, 나는 수렵구와 부적 마크가 그려진 석판의 글자들을 살펴보았다.

척 보기에도 일본어는 아니었다.

에스노바르트가 석판으로 다가가서 문자를 손으로 어루만졌다.

"아주 오래된 문자이긴 하지만, 이 세계의 문자인 것 같아요. 다만…… 디자인이 달라서 읽기가 힘드네요. 리시아 양, 뭐 좀 모르시겠어요?"

"아, 알 것 같아요."

오오, 우리의 조사 담당 리시아가 활약을 선보이는 건가.

역시 이런 지능 담당이 있으면 편리해서 좋다니까.

"아, 문자는 읽을 수 있을 것 같아요……. 저기, 그렇게 디자인이 특이한가요?"

"특정한 사람만 읽을 수 있게 돼 있는 건가?"

"나는 못 읽겠다만."

에스노바르트와 마룡은 읽을 수 없는 모양이었다.

"마룡은 읽을 수 없도록 장치가 되어 있는 건지도 모르지. 하여튼 리시아, 읽어 봐."

"아, 네."

리시아가 비석에서 떠오른 문자를 읽어냈다.

"이 석판은 소환될 용사 후보자를 기록해 놓은 것 같아요. 읽을 수 있는 부분에 그렇게 적혀 있어요."

"파도 때 소환될 용사 후보자에 관한 내용이라……."

그러고 보니 아트라와 오스트를 만났을 때, 성무기의 정령들이 그런 소리를 했던 것도 같다.

소환될 용사는 오랜 옛날부터 정해져 있는 건가?

아니면 예언자 같은 녀석이라도 있었던 걸까?

"방패 안에서 들은 적이 있어. 소환 후보라는 게 있다는 모양이야. 키즈나는 몇 번째인지 한번 살펴보자고."

"왜 하필 난데? 싫어."

자기가 낮은 순위라면 비참할 테니까.

듣자 하니 나는 방패 정령의 지명 1순위였다고 했고, 어차피 여기에는 적혀 있지도 않을 테니까 굳이 찾아볼 필요도 없다.

"저기……."

리시아가 나도 알아볼 수 있도록 석판을 가리켰는데…… 수렵구 부분이 말끔히 깎여나가 있어서 읽을 수가 없었다.

참고로 마룡이 약탈하는 과정에서 흠집이 난 것 같지는 않았다. 오랜 세월을 거치며 풍화된 것 같았다.

"칫!"

"나오후미, 나 갖고 장난 좀 그만 쳐 줬으면 좋겠는데."

"맞아요. 키즈나의 어디가 그렇게 불만인데요?!"

키즈나와 글래스가 미간을 찌푸리며 불만을 토로했다.

"나오후미 님, 도가 지나친 장난은 자제하시는 게 좋을 것 같은데요……."

라프타리아가 내게 주의를 주었다.

라프짱까지 내 머리 위에 올라타서 머리를 콩콩 때릴 정도이니, 내 장난이 좀 지나치긴 했던 모양이다.

하긴, 나도 요즘 괜한 소리가 너무 많은 게 아닐까 하는 생각을 하긴 했었다.

"알았어, 알았어. 내가 잘못했어."

"그럼 읽을 수 있는 부분, 부적 부분을 읽어 볼게요……. 실트벨트의 문자와 비슷한 특징이 있네요."

리시아가 글자를 눈으로 좇으며 소리 내어 읽기 시작했다.

"――에서 태어난―― 집행하는 역할을 짊어진 자를 대신해 생명을 얻고, 어떤 기술이든 재현할 수 있는 자여. 그 역할로부터 벗어나, 자유를 찾아 세계를 넘어 헤엄쳐 나간 자여. 그대에게는 부적의 성무기가 깃들리라……라고 적혀 있어요."

처음 부분은 깎여 나가서 읽을 수 없었고, 게다가 문장 자체도 제법 길었다.

리시아는 읽을 수 있는 부분만 소리 내어 읽은 것 같고…….

"부적의 용사는 그런 출생이었어?"

"글쎄……. 적어도 내가 만났던 부적의 용사는 게임 좋아하는 학생 같은 느낌이었는데?"

으음……. 뭐, 사람들에게는 저마다 사정이 있는 법이니까.

깊은 속사정까지 남에게 털어놓는 사람은 얼마 없겠지.

"그나저나, 실디나."

"어라—?"

잡동사니 속에 남아 있을지도 모르는 잔류사념에 대해 조사하던 실디나에게 말을 걸었다.

"이 석판에서 잔류사념 같은 걸 끄집어낼 수는 없어? 강력한 의지가 깃들어 있으면 목소리가 들린다고 했잖아?"

"으음……. 그런 건 안 남아 있어서 읽을 수도 없어. 그래도 마법의 구조가 굉장하다는 것 정도는 알 거 같아."

뭐, 이렇게 글자가 떠오르는 걸 보면 굉장하긴 하겠지.

"이건 그냥 모종의 이유로 반응한 것뿐인 모양이군. 오작동한 거겠지."

"그러려나—?"

"그렇게까지 연연할 가치가 있는 물건은 아닐 것 같은데. 적혀 있는 내용만 봐도, 소환될 용사의 내력에 관한 것밖에 없고."

어차피 필요한 때가 되면 소환되게 되어 있을 테니, 이미 죽고 없는 녀석에게 기대한들 무슨 소용이 있겠는가.

별 도움도 안 되는 그런 기록보다는 좀 더 중요한 내용을 알고 싶단 말이다.

예를 들어 성무기 강화 방법 같은 게 어딘가 적혀 있다면 좋을 텐데.

키즈나가 읽을 수 없다면 어차피 당장은 별 소용이 없다.

"일단 보물찾기를 재개하자고!"

"""오—!"""

이렇게 해서 우리는 마룡의 보물창고를 샅샅이 조사했다.

결과를 정리해 보면, 그럭저럭 쓸 만해 보이는 무기나 특이한 도구, 마법도구며 재료 등을 건지는 데 성공했다.

경위가 어찌 됐건 필로도 파워업했고 하니, 제법 많은 수확을 건진 셈이다.

더불어, 마룡의 명령에 따라 마룡의 부하들과도 동맹을 맺을 수 있었다.

결전에 대비한 포진이 착실하게 갖추어져 가고 있는 느낌이었다.

그리고 사천왕들에게도 한계돌파 클래스업——이 세계에서는 전직이라 불리는 작업을 실시해서, 한층 더 강화시키는 데 성공했다.

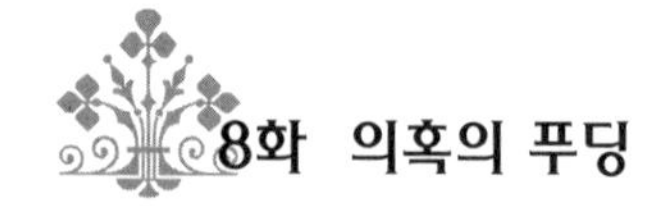

8화 의혹의 푸딩

마룡의 성을 탐색한 다음 날…….

"세, 세상에 이런 진미가 있었을 줄이야아아아아아아아아아!"

라르크의 성 주방에 절규가 울려 퍼졌다.

"누구냐, 음식 훔쳐 먹는 게……. 뭐야, 너 마로잖아!"

작살의 권속기 소지자를 상대하기 위한 작전 회의를 앞둔 시간.

회의에서 제공할 요리의 시제품에 대해 어떻게 냄새를 맡았는지 세이야 반점 소동에서 난리를 피웠던 노인, 마로가 음식을 훔쳐 먹으며 난리를 피웠다.

"이거 굉장하구나! 진하고 여운이 깊으면서도 산뜻한 목넘김, 그러면서도 손이, 입이, 혀가, 온몸의 세포가 갈망하지 않을 수 없을 만큼의 중독성을 갖고 있는 한편으로, 온몸의 독소가 빠져나가는 것 같은 감각……. 척 봐도 알 수 있겠어! 이걸 먹기만 해도 모든 질병이 다 치유되고, 강인한 육체에 다다를 수 있다는 것을! 우오오오오오오오."

마로가 별안간 근육을 팽창시키며 입고 있던 옷을 찢어발기고 포즈를 취했다.

왜 이렇게 재수 없는 짓만 해 대는 거냐!

"이 자식, 뜬금없이 나타나서 뭐 하는 짓이야?!"

조리에 집중하느라 소리를 질러댈 때까지 모르고 있었다.

"미, 미안하게 됐다! 성에 도착하자마자 갑자기 뛰쳐나가는 바람에……."

그때 츠구미가 나타나서 깊숙이 고개를 숙였다.

"갑자기 왜 저러나 싶었는데…… 네가 주방에 있으면 소동이 끊이질 않는군."

요모기도 동행하고 있었던 모양이다. 마로를 보고는 황당하다는 듯 미간을 찌푸렸다.

그리고 내가 늘어놓고 있는 시제품들을 보더니 점점 얼굴이 굳어졌다.

"쿄가 연구하고 있던 공방도 이렇게 갖가지 물건들이 늘어서 있었지. 옛날 생각이 나는군."

"지금 자기가 비교하지 말아야 할 상대와 비교하고 있다는 건 알고 있는 거냐?"

그런 녀석과 비슷하다는 소리를 들어 봤자 기쁠 리가 없다.

그래도 요모기 입장에서는 그리운 기억인지 추억에 잠긴 기색이었다.

뭐, 내가 연구하고 있는 건 조합과 요리니까…… 비슷한 느낌이 나는 건 당연하겠지.

"거울 형, 안녕!"

"야호—."

세이야 반점 소동 때 나를 쟁반 형이라고 불렀던 꼬맹이와 그 여동생이 츠구미 뒤에서 같이 인사를 건넸다.

"뭐야, 쟁반 꼬맹이잖아. 왜 너희가 여기 있는 거지?"

키르 2호라는 별명을 붙일까 하는 생각도 했지만, 나를 쟁반 형이라고 불렀던 것에 대한 벌로 쟁반 꼬맹이라 부르고 있었다.

"우리가 라르크 왕의 작전 회의에 참가할 예정이라고 했더니, 너를 만나러 가고 싶다고 하기에 데려온 거다."

"아, 그러셔……. 어찌 됐건 마로를 붙잡아 둬. 음식을 훔쳐 먹고 있잖아."

나는 괴상한 포즈로 굳어 있는 마로를 가리키며 지적했다.

"세이야의 요리를 연구하는 거냐?"

"마로가 비슷한 포즈를 취하고 있다고 해서 똑같이 취급하지 마. 그냥 마로의 반응이 이상한 것뿐이니까."

마로는 말이지…… 뭐랄까, 오버스러운 리액션 전문 개그맨을 연상케 하는 구석이 있다.

내 음식을 먹고 마물처럼 뿔이 생기기도 했었고……. 그냥 체질이 좀 이상한 것뿐이기를 바랄 따름이다.

마법으로 묘한 연출까지 해 대는 거라면 짜증이 솟구칠 것 같다.

"네가 만든 음식 때문에 그렇게 된 건가?"

츠구미가 기다렸다는 듯 물었다.

내가 마로와 같은 속성이라는 이야기라도 하려는 거냐?

"그렇게 궁금하면…… 시험 삼아 츠구미에게라도 먹여 보든가."

"이 자식……!"

츠구미가 눈썹을 치켜세우며 나를 향해 살기를 내뿜었다.

알 게 뭐야.

불온한 기운을 감지한 쟁반 꼬맹이…… 그리고 그 여동생이 불안 섞인 표정으로 츠구미를 쳐다보았다.

"그, 그런 표정 지을 거 없어. 걱정 마."

"정말?"

"그래, 싸우러 온 게 아니니까. 자, 부탁해 봐."

"응?"

뭐지? 츠구미가 쟁반 꼬마의 등을 떠밀어서 내 앞에 세웠다.

"형이 만든 요리를 보고 싶어서……."

쟁반 꼬맹이가, 내가 만든 요리를 맛보고 싶어 하던 마을 녀석들 같은 표정으로 나를 쳐다보았다.

"하아……. 알았어. 나중에 보여 줄 테니까 마로를 똑바로 감시하고 있어. 마로가 뭐라고 하거든 내 부탁으로 감시하고 있는 거라고 해."

"응!"

고분고분해서 좋군.

참고로 세인도 항시 대기하면서, 마로 옆에서 와구와구 음식을 먹어대고 있었다.

어쩌면 마로보다 이 녀석이 더 성가신 녀석 아닐까?

내가 만든 시제품을 은근슬쩍 먹어치우면 어쩌자는 거냐.

"무슨 일인데 이렇게 시끄러워?"

이때, 소동을 들은 라르크 일행이 나타났다.

라프타리아나 키즈나 등과 같이 회의 준비를 하고 있을 줄 알았는데.

"이야기는 대충 들었지만…… 무슨 일이 있었던 거지?"

"아아, 츠구미가 이 녀석들을 데려와서 말이야. 마로는 음식을 훔쳐 먹고 괴상한 포즈를 취하고 있고."

"참 못 말리는 놈이군, 테리스."

"네, 명공님의 작품을 먹은 벌을 주겠다는 거지, 라르크?"

"그게 아냐! 테리스, 나오후미 꼬마랑 관련되면 맹해지는 것도 작작 좀 해!"

라르크와 테리스는 여전히 고생이 많아 보이는군.

"뭔데뭔데? 무슨 일인데?!"

"잠시 눈을 뗀 사이에 또 소동인가요?!"

거기에 키즈나와 라프타리아까지 나타났다.

"타이밍 좋게 다들 모였군. 기왕 이렇게 된 김에 바로 회의를 시작하지."

결국, 라르크가 설득해서 테리스는 마로를 마법으로 공중에 띄워서 쟁반 꼬마 남매와 함께 다른 방으로 연행했다.

그리고 이내 작전 회의, 혹은 경과 보고회가 시작되었다.

모두가 각자의 자리에 앉고, 회의를 열어서 앞으로의 행동 방침을 결정해 나가기로 했다.

이제 슬슬 준비도 갖춰져 나가고 있으니, 공세에 나설 때가 됐다고 판단한 것이다.

참고로 인원이 너무 많다 보니, 각 세력의 대표가 나서서 이야기할 예정이었다.

예를 들어 키즈나 파벌 동료들의 대표는 당연히 키즈나와 글래스.

각국 수뇌진의 대표는 라르크와 테리스.

고문서 같은 물건에 대한 지식 담당은 리시아와 에스노바르트.

이런 식으로 각 입장을 정리하기 쉽도록 대강의 대표를 정하는 식이었다.

물론 이세계 용사들의 대표는 나와 라프타리아가 맡았다.

이츠키는 리시아의 보좌 역할에 전념하려는 듯, 대화에 낄 생각이 없어 보였다.

그리고…… 마물의 대표로는 마룡이 있었다. 일단 억제를 위해 필로도 참가하고 있었다.

사천왕도 이번에는 우리 쪽 소속으로 되어 있으니까.

"그럼 회의를 시작할 텐데…… 무슨 이야기부터 하지?"

"작살 녀석들은 뭘 하고 있지?"

쓸데없는 잡담이나 하는 것도 좀 내키지 않았기에, 처음부터 본론으로 들어가기로 했다.

“각국에 보낸 밀정들의 이야기에 따르면, 어제쯤부터 수상한 움직임이 발견됐다는 모양이에요.”

글래스가 상황을 설명했다.

“어떤 수상한 움직임인데?”

“활발하게 움직이기 시작했다는 모양인데…… 그게 우리 쪽에 쳐들어오려는 움직임인지 어떤지는 불확실해요.”

“애매한 정보군…….”

“적도 일단은 권속기의 용사이다 보니, 잠입시킨 밀정도 완벽하게 추적할 수는 없어요. 지나치게 접근했다가는 우리 쪽에 정보를 전달하기도 전에 입막음을 당할 수도 있고, 수상한 움직임을 보이는 경우도 많아서 추측이 힘들다나 봐요.”

하긴…… 교활하다는 점에서는 타의 추종을 불허하는 놈들이니까.

느닷없이 국가에서 관리하는 용각의 시계탑에서 나타난다 해도 이상할 게 전혀 없는 놈들이니까. 게다가 세인의 언니 세력과 윗치 패거리도 얽혀 있을 테고.

상상도 못할 작전을 쓸 거라 생각해도 좋을 것이다.

“경계를 강화해 둬. 전쟁 준비도.”

전생자들의 사고방식으로 미루어보아, 타쿠토와 마찬가지로 ‘내 작전만 있으면 전쟁에서 이기는 것쯤은 식은 죽 먹기지!’ 라는 식으로 생각하고 있을 테니까.

쿄의 경우는 조금 더 복잡한 작전을 썼었던가?

역으로 세인의 언니나 윗치 패거리가 작살 녀석을 함정에 빠뜨려서 권속기를 빼앗았다! 같은 전개도 있을 수 있다.

어찌 됐건 세인의 언니 세력 쪽의 두목과는 아직 한 번도 못 만났으니 말이지.

요전에는 그저 말을 건 녀석을 데려온 식으로, 살짝 집적거려 본 정도에 지나지 않았다.

"어딘가에 틀어박힌 채로 요상한 작전을 동원하는 식으로 나오지 않을까? 쿄처럼 말이지. 아예 자폭을 각오한 자살 공격으로 덤벼들 수도 있고."

"……."

요모기의 표정이 떨떠름해 보였다. 뭐, 반쯤은 놀리려고 한 말이기 때문이니 그럴 만도 하지만.

"혹시 우리를 제압할 수 있다고 판단했다면 직접 쳐들어올 수도 있겠죠……."

모든 건 다 시간과의 싸움이다.

어느 쪽이 먼저 힘을 축적해서 강해질 것인가, 출동했을 때에 승리할 것인가, 그런 문제인 것이다.

이런 감각은 전국시대를 무대로 한 국가 쟁탈 게임과 비슷한 면이 있군.

지팡이 용사인 쓰레기의 주특기에 해당하는 분야다. 억지로라도 이쪽으로 데려올 걸 그랬나?

"지금까지 우리의 행동 패턴으로 미루어 보면, 소수 정예로 녀석들의 나라에 쳐들어가는 게 정석이겠지."

까놓고 말해서 마룡과 필로, 이 두 마리에게 거울을 주고 적의 세력 범위 안으로 돌진하기만 하면 이동은 식은 죽 먹기다.

그 뒤로는 녀석들의 기지로 쳐들어가 작살이건 윗치건 세인의 언니건 적과 최종 결전을 치르는 게 우리의 행동 패턴이다.

"그래! 난 마음에 들어! 그 작전."

얼마든지 싸워 주겠다는 듯, 라르크가 주먹으로 손바닥으로 탁 치며 말했다.

"그 작전을 쓰자면, 적의 거점이 어디인지를 발견하는 게 선결 과제겠네요."

"맞아……. 거점을 찾지 못하면 곧바로 해결하기는 힘들겠지."

윗치 근처에 스파이가 잠복하고 있다던데, 우리 쪽에 정보를 유출해 주지는 않으려나? 녀석들의 잠복 위치로 돌격해서 냉큼 섬멸해 버리고 싶은 심정이다.

"저기, 명공님."

그때 테리스가 손을 들고 입을 열었다.

"왜 그러지?"

"작살의 용사 주위에 정인이 있을까요? 그렇다면 묘안이 있습니다만……."

마룡을 되살리는 등 항상 합리적인 작전을 고안해 내는 테리스의 생각이란 말이지……. 들어 볼 가치는 충분하다.

키즈나와 글래스 쪽을 쳐다보았다.

"현재까지의 경향으로 미루어보아 스피릿, 혹은 정인이 없을 리는 없을 거예요."

"용사 주위에는 없더라도 국가의 중진 중에라도 있기만 하다면, 그것만 가지고도 효과가 있을 거예요. 은근슬쩍 접근하기만 해도 정보를 얻어낼 자신이 있어요."

라르크가 어쩐지 쓸쓸한 표정으로 테리스를 쳐다보고 있었다.

불길한 예감이 들었다.

“그런데 명공님, 저에게 줄 액세서리를 제작하고 계셨던 것 같은데, 뭔가 진전은 좀 있었나요?”

“아아……. 일단 완성은 했어. 그 대신 이령(二靈)의 부적은 돌려줘.”

나는 테리스를 위해 상당히 공들여 만든 액세서리를 준비해 온 주머니에서 꺼냈다.

“으윽…….”

그저 꺼내기만 했는데도 테리스가 눈부시다는 듯 눈을 가렸지만, 딱히 그런 효과는 없는데?

사성수의 수호인(守護印)
『성염(星炎)』 (사성수의 가호, 모든 능력 증가(대), 마법 위력 향상(특대), 반짝임의 힘, 정령의 선율, 반혼(反魂))
품질 : 최고 품질

라르크의 성에서 발주했던 소재를 모아다가 지나치지 않을 정도로 구축해 낸, 아뮬렛에 가까운 물건이었다.

테리스가 맡겼던, 부서져 버린 오레이칼 스타 파이어 브레이슬릿의 보석 부분에 할아범의 봉구전에서 발견한 치카에시노타마를 가공해서 박아 넣고, 그 주위에 작은 보석들을 박았다.

그러자 한가운데의 결정 부분에 불이 들어오듯 불꽃이 들어오고, 그 안에 별이 떠올랐다.

디자인은…… 나름대로는 봐 줄 만하게 세공하려고 노력했지만, 약간 유치한 것 같은 느낌도 들었다.

"누, 눈부셔요……. 명공님, 다시 보따리에 넣어 주세요."

테리스의 눈에는 엄청난 빛을 내뿜는 듯 보이는 모양이었다.

뭔가 압박감이라도 받고 있는 건지, 힘들어하는 것 같았다.

"굉장한 물건이라는 건 제가 봐도 알겠어요."

글래스도 눈이 부신 듯 미간을 찌푸리고 있었다.

"역시 스피릿에게도 효과가 있는 건가?"

소재로 사용한 물건의 특성 때문인지도 모르겠다. 치카에시노타마는 스피릿에 대해 효과가 있는 것 같으니까.

"네, 용사가 아닌 다른 사람이 사용하더라도 경이적인 무기가 되겠어요."

"명공님의 기대에 반드시 부응할게요!"

"그래, 알았어, 알았어. 그리고 이건 어제 벼락치기로 만든 거야. 이츠키, 방울도 무기로 쓸 수 있는 것 맞지?"

사성수의 수호인 『성염』을 보따리에 집어넣고, 대신 마룡의 성에서 얻은 물건들을 조합해서 대충 만든 물건을 제출했다.

"네."

"액세서리로도 쓸 수 있어. 시제품이니까 이츠키가 복사하고 나면 테리스가 사용해 봐."

마룡 사천왕의 방울 (마룡 사천왕의 가호, 4속성 마법 위력 상승(대), 어둠과 혼의 힘)

품질 : 최고 품질

마룡이 사천왕들에게 각자의 소재를 헌상하도록 지시한 덕분에 만들 수 있었던 방울이다.

선대 사천왕의 뿔이며, 마력 덩어리를 결정화시킨 것 등등.

기왕이면 이츠키도 쓸 수 있도록 하려고 방울로 만들고 장식했다.

이번에는 나 혼자 만든 게 아니라, 일단은 성의 장인들도 도와주기는 했다.

방울 부분을 만드는 게 제법 귀찮아서 말이다. 최종적인 조합은 내가 했다.

"꺄아?!"

테리스가 느닷없이 의자에서 굴러떨어져 나뒹굴었다.

"테, 테리스?! 괜찮아?!"

라르크가 황급히 달려갔지만, 테리스는…… 동공이 풀린 것 같은 눈으로 벌떡 일어서서는 잡아먹을 듯 방울을 응시했다.

상당히 섬뜩하다. 솔직히, 무섭다.

"괜찮아, 라르크……. 굉장해. 불길하면서 한편으로는 성스럽기도 해……. 자칫 잘못하면 길을 엇나갈 것만 같아."

넌 꽤 오래전부터 길을 엇나간 것 같은 느낌도 드는데 말이지.

그나저나, 방금 그거 좀 위험한 소리 아냐? 섣불리 줬다가는 타락해 버릴 것 같아서 무서운데…….

"뭘 좀 아는구나. 역시 방패 용사야. 내가 제공한 소재로 이 정도 수준의 물건을 만들어 내다니."

마룡이 마치 자기 일인 양 가슴을 쫙 펴며 말했지만, 내 알 바 아니다.

나름대로 그럴싸하게 만들어 보려고 애썼지만, 아직 마무리가 시원찮은 느낌이 들었다.

액세서리 상인이라면 아마 이걸 보고 문제점을 지적해 주겠지.

소재가 좋아서 좋아 보이는 것뿐이라는 식으로 말이다.

"나한테 액세서리 제작을 가르쳐 준 녀석이 보면 문제점을 수도 없이 찾아낼 법한 물건이라고."

마룡과 그 부하 사천왕의 소재로 만들어졌기 때문일까.

상성이 좋았다. 그 상성의 도움을 받아 만든 물건일 뿐이라, 제대로 교육만 받으면 누구나 만들 수 있는 정도의 수준이었다. 이미아가 만들었다면 더 많은 부여효과가 붙었을 것이다.

"그래도 악기로서는 제법 괜찮은 무기가 될 것 같은데요?"

이츠키가 웨폰 카피를 마치고 대답했다.

"연주할 수 있는 곡이 좀 한정적이기는 하지만, 단순한 무기로서는 진 · 마룡의 무기보다도 우수한 수준이에요."

"그렇군. 그럼 만든 가치는 있었던 셈이네."

"게다가 해방 효과 중에 연속마법이라 할 수 있을 만한 것도 있네요. 검증이 필요하겠지만, 마룡의 복수 동시 마법을 재현할 수 있을지도 몰라요."

호오……. 제법 뛰어난 성능인 모양이군.

참고로 검증 결과, 예상대로 연속으로 마법을 발동시킬 수 있었다.

다만…… 그렇게 사용하면 마력과 SP 그리고 EP가 팍 줄어들고, 제자리에 서서 영창해야 한다는 문제점도 있었다. 더불어 합창마법이나 의식마법과는 상성이 안 좋다는 모양이었다.

"명공님…… 아니, 신이시여."

"신은 집어치워."

우리의 적 배후에 있는 흑막이 바로 신을 참칭하는 자로 밝혀지지 않았던가.

그런 녀석처럼 신 취급을 받는 건 질색이었다.

"저에게 작전이 있습니다. 그 작전을 위해 이 액세서리를 빌려주셨으면 합니다."

"테리스, 애초부터 이건 너 주려고 만든 물건이었어."

이제 눈이 적응됐는지, 테리스는 나에게서 사성수의 수호인과 마룡 사천왕의 방울을 받아 들고, 이령의 부적을 내게 돌려주었다.

"황공무지로소이다."

두 개의 액세서리를 장착한 테리스는…… 이령의 부적을 장착했을 때보다도 더 마력이 늘어났는지, 주위에 마법 구슬이 떠다니기 시작했다.

"호오…… 상당한 힘이 발현된 모양이군. 나에게는 미치지 못하겠지만, 용사의 정점에도 다다를 수 있을 만큼의 힘을 간직하고 있어."

"후후후, 마룡. 제가 마를 다스리는 왕의 옥좌를 빼앗는 건 시간문제일지도 모르겠네요."

"후, 마음대로 지껄여라."

"이것도 모두 명공님의 은혜, 반드시 기대에 부응할게요."

아아, 나 참…… 캐릭터가 완전히 달라져 버렸잖아.

이 정도의 돌변은…….

"모토야스 3호."

"나오후미 님? 방금 테리스 양을 보고 창의 용사님을 연상하셨죠?"

이런, 라프타리아가 내 생각을 완전히 다 알아챘다.

"어이, 나오후미 꼬마, 그게 무슨 소리야?! 테리스가 뭘 어쨌다는 거지?"

"모르겠어? 라르크, 네 여자 친구는 캐릭터가 완전히 변해 가고 있어. 빨리 원래대로 돌아갈 수 있도록 재활 운동을 하지 않으면 모토야스 3호가 되고 말걸."

"아니, 우리는 애초에 그 모토야스라는 사람이 누군지도 모른다고. 창의 용사라고 그랬나?"

지금까지 잠자코 있던 키즈나가 태클을 걸었다.

"싫어—!"

아, 필로가 비명을 질렀다. 누구 이야기를 하는 건지 알아챈 모양이었다.

"처음 만났을 땐 그냥 다정한 언니 같은 느낌이었는데 말이에요……. 어쩌다가 지금은 이렇게 된 건지……."

라프타리아의 한탄에 나도 동감이었다. 키즈나 일행도 테리스의 변화에 따라가지 못하는 것 같고 말이지.

이 정도 급변은 모토야스와 같은 수준이라 해도 이상할 게 없다.

"존대인지 하대인지 알 수 없는 말투로 변하면 강제로라도 액세서리를 몰수해. 그때 안 빼앗으면 되돌릴 수 없게 되니까."

"그런 저주가 깃들어 있는 물건인가요?"

"아니…… 그런 효과는 없어. 그나저나 테리스, 묘안이라는 게 뭐지?"

"모르시겠어요?"

"이것만 가지고 어떻게 알라는 거냐!"

테리스는 왜 모르겠다는 건지 이해가 안 간다는 표정이었다.

"어떻게 설명해야 할지……. 지금 저는 적국의 수도 근방을 걷기만 해도 정인을 통해 손쉽게 정보를 알아낼 수 있어요. 이 액세서리는 그만큼의 매력을 갖고 있으니까요."

"아, 그러셔……."

한마디로 액세서리로 정인을 낚아서 정보를 수집하겠다는 거군.

종족적 취향을 이용한 작전인가.

"만약 적의 수하 중에 정인이 있다면…… 후후, 손바닥 뒤집듯 우리 쪽으로 전향할 거예요."

절대적인 자신이 있는 것 같은 태도인데, 어디까지 통할는지.

"테리스는 독자적으로 활동하도록 하고, 별개의 작전도 동시에 전개하는 게 좋겠군."

"분부 받들겠습니다, 명공님."

"나오후미 꼬마! 테리스를 이대로 내버려 둘 작정이냐?! 말려야지!"

"라르크, 불만 있으면 네 사랑의 힘으로 테리스에게 제정신을 찾아 주라고."

"제법 멋있게 들리는 말이지만, 애초에 테리스를 이렇게 만든 건 나오후미잖아?"

알게 뭐야! 나 때문이 아니잖아. 라르크, 네 사랑이 부족한 거라고.

"나는 그저 라르크의 사랑이 테리스를 본래대로 돌려놓을 것을 믿고, 현실을 바라보며 싸울 수밖에 없어."

"그런 연재 중단된 만화의 마지막 화 같은 소리로 얼버무리지 마! 범인은 나오후미잖아!"

키즈나도 제법 오타쿠군.

"키즈나, 이 문제 이야기하다가 해 떨어지겠어요……. 일단은 우리가 힘을 모아 보조해 나가기로 하고, 다음 화제로 넘어가는 게 좋겠어요."

글래스는 말귀를 잘 알아들어서 좋다니까.

그래, 테리스 일은 내 책임이 아니란 말이다.

나는 모든 것을 이 세계의 장인과 미덥지 못한 라르크의 탓으로 돌리고 도망쳤다.

"일단 잠입은 마룡과 필로의 활약에 기대도록 하지. 현지에서 잠복하며 정보를 수집한 후에 싸우는 수밖에 없어."

"부우~!"

"흐음…… 방패 용사의 지시라면 하는 수 없지."

바람의 사천왕이 된 탓인지, 필로는 여전히 언짢은 기색이었다.

뭐, 아직 적응이 안 되었을 테니 어쩔 수 없는 일이다.

그리고 필로는 여전히 언짢은 기색으로 깃털 속을 뒤지더니 로미나가 개조해 준 모닝스타, 즉 볼라(bola)를 꺼내서 휘둘러댔다.

마물 형태일 때는 발로 잡고 공격하고, 교차하면서 던지는 등

전투에서 필로의 기동성을 살릴 수 있도록 만들어진 무기다. 손톱도 주면 더 좋을 텐데.

"또 기상천외한 공격을 해 올지도 모르니까, 강화는 출발 전에 최대한 해 두도록 해."

솔직히 우리는 아직 밝혀지지 않은 강화방법을 어떻게든 찾아내서 승리하는 수밖에 없는 상황인데…….

마법 강화를 할 수 있으면 좋으련만……. 세인의 언니가 지적했던 문제는 어느 정도 해결하기는 했지만 말이다.

무효화를 막아내는 방법은 일단 갖춰졌다. 타이밍만 맞으면 스킬을 통해서도 막을 수 있다.

기술 쪽 역시 할망구와 할아범이 연구해서 우리에게 전수해 주었다.

성공률은…… 대충 3분의 1 정도이니, 이제 단련을 거듭해 나가는 수밖에 없다.

"그리고…… 최근 연구를 통해서 너희가 원하던, 쉽게 입수할 수 있고, 너무 많이 먹을 필요가 없고, 그러면서도 효율 좋은 음식에 대한 연구가 끝났어. 최고나 궁극은 아니지만, 그래도 충분히 효율 좋은 음식이야."

"잘은 모르겠지만 뭔가 대단해 보이는데? 그런데 뭔가 잘못된 것 같은 느낌도 들어."

키즈나의 지적은 무시하기로 했다. 어쩔 수 없잖아. 적은 섭취량으로 효율을 끌어올리는 게 콘셉트니까.

나는 주방에 있는 요리를 가져오도록 지시를 내렸다.

마로는 진한 맛의 시제품을 먹고 포즈를 취했었다. 이번에 가져오도록 한 것은 맛을 희석시킨 완성품이었다.

얼핏 보면 초코 쿠키처럼 보일 것이다.

내 세계…… 이세계 쪽이 아닌 지구에서의 음식명은 블러드 푸딩이다.

북유럽 쪽에서 먹는 요리로, 재료를 알고 먹어도 딱히 그 재료의 맛이 느껴지지는 않아서 고개를 갸우뚱거리는 사람이 많다.

그리고 이름을 이야기하면 이 녀석들은 안 먹을 게 분명하다. 이럴 때는 성무기 등의 번역 기능이 성가시단 말이지.

그래서 음식 이름은 언급하지 않기로 했다. 먼저 먹어 보고 판단하게 할 생각이었다.

팬케이크 같은 식감으로 만드느라 제법 고생했다.

"초코 케이크? 그런 것치고는 색이 좀 진해 보이는데."

"자, 일단 잠자코 시식이나 해 봐. 뭔가 곁들이고 싶으면 취향에 따라 시럽 같은 걸 끼얹어서 먹어도 되고."

구워서 적당한 크기로 자른 블러드 푸딩이 일동 앞에 놓였다.

"나오후미 꼬마가 만든 거잖아? 먹어 보나 마나 맛있을 게 뻔하니까, 일단 먹어 보자고."

라르크를 필두로 해서 시식회가 시작되었다.

그런 가운데, 필로는 냄새를 맡아 보고는 접시 위에 놓인 음식을 보며 미간을 찌푸렸다.

"주인님……."

가리는 거 없이 뭐든 다 잘 먹는 필로가 이렇게 노골적으로 미간을 찌푸리다니……. 뭐, 그만큼 호불호가 갈리게 마련인 음식이니까.

"라프~."

"펭."

라프짱과 크리스가 접시에 놓인 블러드 푸딩의 냄새를 맡아보고는 나를 쳐다보고…… 아아, 알아챘나 보다. 역시 라프짱. 필로와 같은 반응이군.

그런데도 먹는 게 커다란 차이점이지만.

"하긴, 말씀하신 대로 효율이 참 뛰어나네요. 무엇보다 아주 합리적이에요. 게다가 이만큼 맛있게 만들 수 있다니…… 솔직히 감탄스러운 일이에요."

에스노바르트도 재료를 대충 짐작하고는 납득한 듯 먹기 시작했다.

그런 주위의 반응을 본 라프타리아는 머뭇머뭇 조금씩 시식해 나갔다.

"나오후미 님, 믿어도 되는 거죠?"

"당연하지. 이것만 먹으면 앞으로의 싸움을 이겨낼 수 있어."

적어도 요리 강화를 통해 얻는 이득만 따지면 이보다 뛰어난 것을 찾기가 힘들 터였다.

참고로 세인은 이미 자기 몫을 다 먹어치우고 추가 주문까지 한 상태였다.

"나오후미, 이 누나들은 조금 더 술안주에 적합하게 해 줬으면 좋겠는데."

"응. 소시지로 해 줘."

범고래 남매는…… 재료가 뭔지를 알지 못하면 할 수 없는 지적을 하고 있잖아!

역시 미각은 예민한 모양이군.

"나도 이 재료로 뭘 만들었어. 어때?"

실디나가 의기양양하게 부적을 들어 보이며 자랑했다.

너도 만든 거냐. 뭐, 재료는 뛰어나긴 하니까.

"아, 제법 맛있네……. 뭐야, 이거?! 경험치가 엄청 많이 상승했잖아?! 게다가 부여효과까지?!"

참고로 어느 정도의 효과가 있느냐 하면, 한 접시만 먹어도 내가 만든 엄청난 양의 요리를 배 안에 쑤셔 넣었을 때에 버금가는 능력 향상 보너스를 얻을 수 있다. 경험치는 그 정도에 못 미치지만, 토하도록 먹어야 할 정도는 아니다.

"게다가 맛은 있지만 자기도 모르게 엄청나게 먹게 될 정도는 아니고, 좋은 점밖에 없네."

"그러게 말이에요. 이 정도라면 매 끼니를…… 살짝 많은 정도로만 먹으면, 강화방법이 유출되더라도 넉넉하게 뒤집을 수 있을지도 모르겠어요."

"이거 끝내주는데! 살짝 짭짜름하긴 하지만, 효율이 장난 아닌 수준이잖아!"

"이렇게 훌륭한 음식을 만들다니…… 굉장해."

"그러게 말이야. 몸 속 깊은 곳에서 힘이 용솟음치는 것 같은 느낌이야. 밤을 새워서라도 싸울 수 있을 것 같아."

요모기와 츠구미도 놀라고 있다.

흐음, 전원 호평이군.

"나오후미는 정말이지 이런 쪽 일은 뭐든 다 잘하네."

"키즈나, 앞으로는 너도 배우거나 스스로 새로운 걸 개발해 가야 해. 나는 문제가 해결되면 원래 세계로 돌아갈 테니까."

아무것도 안 하고 사사건건 나한테만 기대는 성무기의 용사는 싸움밖에 못 하는 바보나 마찬가지라고.

이츠키도 식사할 때는 다른 곳에서 배워 온, 경험치 상승 효과가 있는 곡을 연주하고 있고 말이다.

소화를 촉진시키는 식신 탱고라는 곡과는 별개의 곡이었다.

"그건 나도 알지만 말이야."

그렇게 해서 이번에 만든 블러드 푸딩은 눈 깜짝할 사이에 사라졌다.

"뭐, 앞으로 이걸 계속 먹으면 앞으로의 역경을 이겨내는 데 충분할 정도의 강화가 될 것 같은데, 어떻게 생각해?"

"응. 괜찮지 않을까? 어설픈 레벨업보다 스테이터스 향상 폭이 큰 것 같은데."

"그래도 언젠가는 한계가 올지도 몰라."

보너스 배율이 일정 수치를 넘으면, 들어오는 수치가 변화하는 경우도 있지 않은가?

아마 언젠가는 일종의 벽에 부딪힐 가능성이 컸다.

"그런데…… 결국 이건 무슨 요리야? 얼핏 보면 팬케이크 같고 만들기도 쉬워 보이는데."

"후후……."

이때 마룡이 팔짱을 끼고 득의양양한 표정으로 날개를 펄럭여 날아올랐다.

그런 과시는 필요 없어.

키즈나는 웃음을 머금고 있는 마룡을 쳐다보고는, 내게로 시선을 되돌려서 말했다.

“혹시 마룡의 성에서 찾은 재료 같은 걸로 만든 거야? 그럼 엄청 희소한 재료로 만든 거 아냐?”

“희소하기는 하지만 입수 자체는 어렵지 않아. 안 그러면 조건을 충족할 수 없잖아. 이 자리에 있는 녀석들을 전부 다 먹일 수 있는 양이 필요하니까.”

“저기, 나오후미……. 이 요리는 대체 어떤 재료로 만든 건데?”

“약간 짭짜름한 초콜릿색 팬케이크 정도로만 보이는데요.”

“그러게 말이에요.”

이츠키와 리시아가 의문을 드러내며, 블러드 푸딩에 대한 감상을 이야기했다.

“맛은 초콜릿이 아닌 것 같은데? 이 색깔은 뭐지?”

어째 다들 하나같이 무시무시한 음식이라도 먹은 것 같은 표정을 하고 있었다.

그렇게까지 위험한 물건은 아니라고.

“효율 좋은 요리라고 했잖아. 독을 제거하는 게 좀 귀찮지만, 그 고생을 하면서 만들 가치는 충분했어.”

“응……? 방금 독이라고 그랬지?”

내가 제대로 대답할 생각이 없는 거라고 판단한 건지, 라프타리아를 비롯해서 그 자리에 있던 대부분의 녀석들이 필로 쪽을 쳐다보았다.

범고래 자매는 다 알면서 먹고 있으니 물어봐도 이야기해 주지 않을 거라 판단한 것이리라.

필로답지 않게 먹는 걸 거부했으니까 말이지.

독은 다 제거했다. 그런데도 다들 엄청 위험한 재료라도 들어 있다는 것처럼 쳐다보니 뭔가 심란한 심경이었다. 먹을 때는 다들 맛있다고 먹었으면서.

"아니, 잠깐, 나오후미, 이거……."

키즈나가 파랗게 질린 얼굴로 블러드 푸딩을 가리켰다.

"이봐, 키즈나……. 요리 재료를 모으고 동료들에게 요리를 제공해서 강화시키는 게임이 있다면, 어떤 재료로 만든 요리가 제일 효율이 높을 것 같아?"

"응? 그건……. 으음, 비밀 던전에서 발견된 재료나, 라스트 스테이지에서 얻은 재료 같은 거……."

퍼뜩 뭔가를 깨달은 키즈나가 득의양양한 표정을 하고 있는 마룡을 응시했다.

"정답이다. 블러드 푸딩. 일본어로 하면 피 푸딩. 재료에 마룡의 피를 섞어서 만든 거지."

"후에에에에에에에에에에에에에에에——."

말하기가 무섭게 라프타리아와 라프짱, 범고래 자매와 이츠키, 에스노바르트처럼 근성을 갖춘 자들을 제외한 전원이 구역질을 하며 회의장 밖으로 뛰쳐나갔다.

"뭐가 불만인데? 효율 좋은 음식이니까 제대로 먹어."

"나오후미 꼬마! 해도 될 일과 안 될 일 정도는 구분하란 말이다!"

라르크가 내게 볼멘소리를 했지만 알 바 아니다. 고작 이 정도

일에 일일이 놀라다가는 끝이 없지 않은가.

참고로 토하고 싶었지만 구토는 나오지 않았다는 모양이었다. 몸은 제대로 받아들였다는 뜻이군. 응.

"기껏 내가 제공해 준 식재료를 함부로 버리는 건 용납 못해."

마룡이 발끈해서 이의를 제기했다.

뭐, 태연하게 먹은 녀석들도 있으니까, 토하러 간 놈들이 잘못이다.

"용서 따위 필요 없어!"

"기껏 먹기 좋게 블러드 푸딩으로 만든 건데……. 그럼 범고래 자매가 좋아할 법한 블러드 칵테일 같은 걸로 만드는 게 나으려나?"

아마 피를 섞은 칵테일처럼 대놓고 넣는 편이 더 효율적일걸?

"그런 문제가 아니라고!"

"싸움에서 이기려면 정말 이 정도까지 해야 하는 걸까요?"

"애초에 내게서 나온 무기를 장비로 사용하는 네놈들이 그딴 소리를 해 봤자 설득력 따위 없어!"

"전에 마룡을 물리쳤을 때 얻은 소재로 우리도 이런저런 무기를 만들긴 했지만 말이야…… 아무리 그래도 이건 좀 아니지 않아?"

"딱히 다를 것도 없잖아? 마룡에게서 피를 채취하고, 마룡은 손실된 피를 식사와 회복마법과 약물로 보충하면 돼. 우리는 추출된 힘의 결정체라 할 수 있는 그 피를 음식에 섞어 먹어서 효율 좋은 경험치 상승을 도모하는 거고. 그러면 마룡에게 제공할 수 있는 식재료의 품질도 더 올라가겠지."

서로가 서로를 돕고 돕는, 그야말로 이상적인 관계가 아닌가.
의지하는 상대가 마룡이라는 게 싫다면, 다른 좋아 보이는 마물을 키우면 그만이다.
하지만 우리 멤버들 중에서는 마룡의 피가 식재료로의 변환 효율이 가장 좋아 보였다.
솔직히 다른 마물이 마룡 수준의 소재를 제공할 수 있을 것 같지는 않고 말이지.
타협안으로는 필로가 있겠군. 바람의 사천왕이니까.
필로를 쳐다보니 붕붕 거세게 고개를 가로저었다.
"싫어~! 필로의 뭘 갖다가 요리하려는 건데?!"
"모토야스라면 뭐든 다 먹을 텐데."
"뭘?!"
그건 말 못한다. 너무 천박하니까.
"키즈나 일행도 마음 놓고 먹을 수 있는 타협안이라면 닭 육수 정도가 되겠지. 그러려면 필로 너는 오랫동안 목욕을 하면서 살을 불려야 할 거고."
"싫어~!"
"필로가 목욕한 물…… 너무 마니악하잖아!"
모토야스라면 죽을 때까지 마셔댈지도 모른다. 사랑이란 참 무거운 거군…….
"그러고 보니 실트벨트에는 수인 여인에게서 짠 젖으로 만든 요리도 있었죠."
라프타리아가 뭔가 아련한 눈으로 중얼거렸다.
아아, 그런 요리도 있다는 모양이었지.

"하여튼 이 요리는 성능이 엄청 뛰어나. 안 먹을 거면 동료들의 발목을 붙잡지 않도록 혼자 죽으라고."

"그런 식으로 나오는 거냐, 나오후미 꼬마?!"

맛에 대해서는 호불호가 갈리지만, 현재 만들 수 있는 요리 중에서 최고의 효율을 발휘할 수 있는 요리라는 건 틀림이 없었다.

"영양 드링크라고 생각하고 먹어."

요모기와 츠구미의 감상도 그런 식이었고 말이지.

원치 않은 야근을 해야 하는 기업 전사들이 복용하는 음료 같은 느낌으로 먹으면 된다.

"빌어먹을……."

"나중에 마룡을 말려 죽여서 처분하면 돼."

"어디 할 수 있으면 해 보거라!"

마룡도 아주 신이 난 기색이었다.

"갈 데까지 가 버린 느낌이네요……. 나오후미 님다우세요."

라프타리아는 모든 걸 체념한 모양이었다.

"수단 방법을 가리지 않고 최선을 다하지 않으면…… 앞으로 겪게 될 싸움을 이겨낼 수 없을지도 모르니까요……."

글래스도 라프타리아와 마찬가지였다.

끝까지 발악하는 건 키즈나와 라르크뿐이었다.

이런 식으로, 반강제적이긴 해도 거울 권속기의 강화는 순조로웠다. 책의 강화도 진행 중이다.

이제 남은 걱정거리는 미지의 성무기에 내포된 강화방법들이 얼마나 많은 차이를 만들어내는가 하는 점 정도겠군…….

레벨은 앞으로도 계속 올려 나가기로 하고…….

아무래도 어느 정도까지 올려야 하는 건지 미지수라는 점이 영 찜찜했다.

"음……?"

그때 마룡이 어째선지 미간을 찌푸리고 귀에 손을 대서 소리에 집중하는 포즈를 취했다.

"왜 그래?"

"내 영지에서 뭔가 이상한 기척이 접근하고 있어……."

이상한 기척? 또 렌 2호 같은 녀석이 온 건가?

그런 생각을 하기가 무섭게 전령이 회의실 안으로 들어왔다.

"긴급 연락입니다, 라르크 왕이시여! 그 나라의 군대가 우리나라를 향해 출격했다는 정보가 들어왔습니다!"

"우리 쪽에서 나서기 전에 녀석들이 선수를 쳤다는 건가."

"칫! 하는 수 없지! 우리도 연합군에게 전달해! 출전 준비를 갖춰!"

9화 만약을 대비한 확인

"적은 경이적인 속도로 진군하고 있습니다. 항구도시에서는 이미 교전 발생! 도끼를 든 강력한 적이 날뛰고 있다고 합니다."

키즈나 일행의 집이 있는 곳 말이군. 참 발도 빠른 놈들이다.

그나저나 도끼를 든 적이라니……. 갑옷남의 모습이 뇌리에 떠오르는군.

"제가 가야 할 곳은 정해졌네요."

이츠키가 연주를 멈추고 가만히 중얼거렸다.

"이츠키 님……. 네, 마르드 씨가 있다면 막으러 가야겠죠."

당연히 리시아도 동행할 생각인 모양이었다.

하긴 이 둘과는 인연이 있는 녀석이니까. 이츠키에게 있어서 갑옷남은 나에게 있어서 윗치와 같은 관계인 것이다.

"용각의 모래시계에 대한 방어는 두텁게 해 둬. 우리는 출격한다!"

라르크의 지시에 따라, 우리는 키즈나 일행 측 군과 함께 출격하기로 했다.

성무기나 권속기의 용사가 전쟁에 참전하는 게 썩 좋은 일이 아니라는 건 알고 있지만, 상대방 쪽에서 먼저 용사를 동원한 상황이니 우리 쪽에서도 물러날 수는 없는 노릇이었다.

아직까지는 단순히 상대가 출격했다는 것뿐이니 문제 해결 자체는 어렵지 않겠지만, 문제는 기동성인데…….

배의 권속기를 빼앗긴 상태라는 게 근심거리였다.

불행 중 다행으로 거울의 권속기가 가진 힘을 사용하면 전장이 될 법한 곳까지 순식간에 전이하는 게 가능하니, 이동에 여유가 전혀 없는 건 아니다.

단, 결국 등록된 거울이 없으면 이동할 수 없다.

게다가 거울이 부서져도 이동이 불가능해진다.

등록 가능한 수에도 제한이 있어서, 의외로 사용하기가 까다로운 스킬인 것이다.

"그런데, 마룡 쪽은 뭐지?"

"모르겠다. 은근히 침공 속도가 빨라. 성무기나 권속기와 비슷한 기운이야. 그 밖에…… 동족의 파장도 느껴지는군."

"이렇게 타이밍을 딱 맞춰서 오는 걸 보면 양면 작전인가?"

"아마 그렇겠지……. 녀석들은 어리석기에 움직임을 읽기가 힘들어. 어리석은 자들은 때때로 상상도 할 수 없는 짓을 저지르곤 하니까."

"그런데 마룡, 영지를 공격받으면 뭔가 곤란한 점이 있어?"

최근까지 마룡의 영지는 주인이 자리를 비우고 있었다.

게다가 권력 다툼 때문에 여러모로 피폐해진 상태였다.

땅을 빼앗는다는 의미에서는 지금이 침공의 적기일지도 모르지만, 딱히 눈에 띄는 이점은 없는 것이다.

적어도 내가 아는 지식의 범위에서는 이 정도 감상밖에 느낄 수 없었다.

"없다……. 다만, 녀석들이 왜 내 영지에 대해 관심을 가진 건지 궁금하기는 하군."

필요 없다고 버린 것이 실은 중요한 안건이었다……. 이런 식의 상황이 벌어지면 너무 꼴사납게 당하는 셈이다.

우리한테는 쓰레기라도 상대에게는 보물일 수도 있고.

"무슨 용사가 온 건지는 알 수 있겠어? 설마 작살은 아니겠지?"

"나오후미 꼬마, 작살 녀석이 이쪽으로 오지 않는다는 거냐? 보고는 이미 들어왔다고."

"적들에게는 미지의 기술과 권속기 소지자가 있잖아? 가짜를 보내는 것도 충분히 가능해. 권속기는 아직 빼앗긴 상태라는 걸

명심해."

타쿠토 소동 때의 여우녀가 좋은 예였다.

까놓고 말해서, 마법만 사용할 수 있으면 라프타리아도 그렇게 할 수 있을 것이다.

라프짱도 그렇고 말이지.

"네……. 솔직히, 이동 능력 면으로 따지면 배는 타의 추종을 불허하니까요."

에스노바르트가 확신에 찬 목소리로 말했다.

진군할 때나 퇴각할 때나 그 배의 기동력은 큰 도움이 되니까.

뒤집어 말하자면, 그 권속기를 적이 갖고 있는 상황에서 우리는 항상 선수를 빼앗길 수밖에 없다는 이야기였다.

"적의 의도를 모르겠군. 그걸 확인해 볼 필요가 있어. 거울만 있으면 우리도 금방 따라갈 수 있으니까 라르크 쪽은 먼저 이동하도록 해. 혹시 무슨 일 생기면 세인을……."

라르크 일행에게 보고하듯 지시를 내리려 했을 때, 세인이 떨떠름하기 그지없는 표정으로 내 소매를 붙잡고 항의 담긴 시선을 보내 왔다.

하긴, 뭔가 함정이나 방해 공작이 있으면 즉시 이동할 수 없을 가능성이 있으니까.

그런 것들 때문에 달려오지 못한 일도 지금까지 여러 번 있었으니, 떨떠름한 표정을 지을 만도 하겠지.

"하는 수 없지."

우리 힘만 가지고는 기동력 면에서 불리해지니 가능하면 세인에게 맡기고 싶었지만, 이렇게까지 떨떠름한 표정을 짓는데 강요할 수도 없었다.

정황상 리시아의 포털 스킬도 정찰용으로는 쓸 수 없었다.

애초에 마룡의 성은 마력적 자기장의 영향 때문에 기본적으로 전이 스킬 사용이 불가능하단 말이지.

나는 거울이 있으면 이동할 수 있지만, 다른 전이 스킬은 모래시계를 경유하거나 모종의 수단을 써야만 사용할 수 있다.

"라프짱."

"라프?"

"너는 항상 우리 상황을 어느 정도 파악할 수 있지?"

"랏프!"

내가 질문하자 라프짱은 경례라도 하듯 한 손을 들고 대답했다.

"그럼 부탁 좀 할게. 라르크 일행 쪽에 이상 사태가 발생하면 보고해 줘."

"라프~!"

라프짱이 종종걸음으로 라르크의 머리 위로 기어 올라가 손을 흔들었다.

"나오후미는 마룡의 성에 가려고?"

"혹시 모르니까. 마룡, 라프타리아, 필로, 세인은 나와 같이 가기로 하고, 다른 녀석들은 어떻게 할 거지?"

"이 언니들도 갈 거야—!"

"응, 갈래."

사디나와 실디나도 동행을 신청했다.

"저는…… 동료분들과의 추억이 담긴 곳을 지키고 싶으니까 라르크 일행과 동행할게요."

에스노바르트가 한 손에 책을 든 채 라르크 일행 쪽에 섰다.

항구도시는 키즈나 일행의 집이 있는 곳이니까 파괴당하는 건 싫은 만도 하지.

뭐…… 애초에 라르크에서 낫을 빼앗아 갔던 녀석의 공격을 받아서 제법 큰 피해를 받았다는 모양이지만.

"너희는 어차피 확인을 위해 가는 것뿐이잖아? 그럼 중요한 쪽을 우선시해야겠지."

츠구미와 요모기도 라르크 쪽에서 싸우려는 모양이다.

이렇게 해서 결국 대부분이 항구도시 쪽으로 가게 되었다.

참고로 변환무쌍류 할망구 등은 할아범과 함께 이미 출전한 상태라는 모양이었다.

"이제 키즈나와 글래스만 결정하면 돼."

"……."

키즈나는 어느 쪽으로 가야 좋을지 몰라서 고민하는 표정으로 글래스를 쳐다보았다가, 다시 내 쪽으로 고개를 돌렸다.

"이유를 알 수 없는 마룡 쪽이 궁금하긴 한데……."

"뭐, 만약에 대비한 확인이니까."

내가 거울을 등록해 놓은 곳에서는 교전이 벌어지고 있지 않은 모양이지만, 그래도 금방 달려갈 수는 있는 수준이다.

"단순히 확인만 하는 거라면 우리도 갈게. 어차피 우리는 전쟁에서는 지원밖에 못 하니까."

"네, 마룡의 영지에서 무슨 일이 일어난 건지는 모르지만, 잠깐 들르는 것 정도라면 그리 오랜 시간이 걸리지는 않겠지요."

자기들의 추억이 담긴 곳보다 적의 이해할 수 없는 행동을 우선시한 건가.

이건 어쩌면 뭔가가 있는 건지도 모르겠군……. 뭐랄까, 용사의 직감 같은 것 말이다.

"그럼 너희, 바로 출발해."

나는 거울을 향해 전이 스킬을 발동시켜서 항구도시로 가는 직통 통로를 전개했다.

"좋아, 싸워 보자고!"

"이 액세서리로 배신을 이끌어내겠어요!"

라르크와 테리스를 필두로 한 항구도시 팀이 일제히 목적지로 출격했다.

이렇게 항구도시 팀이 전원 출격을 마친 후, 나는 다시 거울을 사용해서 마룡의 영지에 두고 온 거울과 연결시켰다.

"우리도 가자!"

"응! 빨리 확인하고 동료들을 도우러 가자."

키즈나의 목소리에 맞춰 우리도 거울을 통해 이동했다.

마룡의 성 옥좌의 방에 있는 거울을 통해서 나온 우리는 주위를 둘러보았다.

"흐음……."

"어때? 근처로 나왔는데, 뭐 좀 알아냈어?"

"그래, 코앞까지 와 있군. 이미 성문 앞까지 도착했어. 바로 달려가면 성의 뜰에서 조우할 수 있겠지. 그런데 이 기운은……."

"그럼 일단 가서 확인해 보자고."

마룡이 뭔가를 영창하며 앞장서서 날아갔다.

그런 마룡을 쫓아서 이동하니 이내 마룡의 성 정원으로 나올 수 있었다.

거의 폐허나 다름없으니까. 시야는 충분히 트여 있었다.

그리고 우리는 확인하려던 대상…… 마룡의 영지에 침입해 온 자를 발견했다.

"어머어머어머."

"——."

세인이 가위를 움켜쥐고 엄청난 살기를 내뿜었다.

그도 그럴 만한 일이었다. 나도 마찬가지로 살기를 내뿜으며 거울을 앞으로 내밀고 경계태세를 취했다.

거기에는 세인의 언니는 물론…….

"나 참, 뭐 이렇게 끈질긴 놈이 다 있담!"

작살을 든 날카로운 눈매의 녀석과 그 동료로 보이는 녀석들을 거느린 윗치가 날아다니는 배에서 유유자적하게 내려서고 있었다.

"어머어머어머, 전력 분산은 생각보다는 많이 안 된 모양이네. 그러게 내가 뭐랬어. 여기는 이와타니와 함께 다니는 드래곤의 지배지이니, 뒤를 찌르는 작전은 안 통할 테니까 추천하지 않는댔잖아."

"시끄러워! 이런 상황에서 그런 냉정한 소리를 해서 어쩌자는 거야? 내 맘 알지? 나는 항상 당신 편이라구."

윗치가 간살맞은 목소리로 작살의 권속기를 든 녀석에게 말을 걸었다.

역시 아부하고 있었던 모양이군.

"맞아, 맞아! 역시 마르티 님! 이런 냉혹한 여자가 하는 말은 들을 필요도 없어!"

어째…… 윗치를 떠받드는 새로운 여자가 있군.

이런 여자가 또 있었던 거냐. 정말 끝도 없이 서식하고 있군.

여자2 2호 같은 느낌이었다.

"후후후."

아, 어째 윗치 기분이 좋아 보인다.

대충 알 것 같다. 지난번 여자2는 윗치의 환심 사기 경쟁에 패해서 쳐들어온 것이었던 모양이다.

그딴 거야 어찌 됐건, 작살을 든 녀석이 살기를 풍기고 있는 이유를 모르겠군.

"그래……. 하여튼 이 녀석들을 처치해 버리면 그만이야. 1분 1초라도 더 빨리!"

"그렇게 작업하듯이 우리를 처치할 수 있을 거라고 생각하면 큰 오산일 텐데?"

작살의 권속기 소지자 녀석, 어쩐지 여유가 없어 보였다.

이건…… 같이 있던 메이드가 죽었을 때의 타쿠토 같은 표정이군.

혹은 라프타리아가 노예라는 걸 처음 알았을 때의 모토야스 같기도 했다.

우리와의 싸움을 앞두고 의욕이 넘쳐 보이는 표정.

대체 뭔데 이러지? 보나 마나 한심하기 짝이 없는 이유겠지만.

이럴 때는 수다쟁이인 세인의 언니가 사정을 떠벌리도록 유도하는 게 제일이다.

세인의 언니를 빤히 쳐다보자, 그녀는 한숨 섞인 목소리로 이야기하기 시작했다.

"우리가 서둘러서 여기로 온 건 말이야, 작살 용사님의 동료가 마룡 때문에 당장에라도 죽을 것 같은 상태에 빠져서라는 모양이야."

"나 때문이란 말이냐?"

자기 이름이 언급되는 걸 들은 마룡은 고개를 갸웃거렸다.

뭐야, 정말로 짐작 가는 게 없는 모양이잖아.

하지만 이내 감을 잡은 듯, 마룡은 사악한 미소를 지으며 이야기하기 시작했다.

"그렇군. 먼 옛날, 나는 한때 열심히 공들여 저주를 깃들인 물건들을 세계 각지에 뿌려 둔 적이 있었지……. 그 저주를 풀기 위해 나를 섬멸하려는 것이렷다?"

게임에서 가끔 나오는, 던전에 저주받은 물건들을 놓아두는 식의 함정 말인가?

그런 건 역시 마왕 같은 존재가 만드는 것인 모양이군.

"너, 진짜 못된 일들만 골라서 했군."

"욕심 많은 자에게는 좋은 벌 아니더냐? 인간 따위 몇 놈이 죽건 내가 알 바 아냐."

워낙 근본적으로 이해할 수 없는 정신머리를 갖고 있다는 걸 확인하니 도리어 속이 후련할 지경이군.

키즈나 일행이 원한을 갖게 된 것도 이해가 간다.

"고작 그 정도 주술도 풀 줄 모르다니…… 네놈들의 기술력도 알 만하군."

"그게 아냐!"

작살의 권속기 소지자가 고함쳤다.

뭐가 아니라는 거지? 그럼 뭔데?

"네놈이…… 네놈 때문에 쿠필리카가 당장에라도 죽을 것 같은 지경이 됐단 말이다!"

작살의 권속기 소지자가 마룡을 삿대질하고는, 작살을 내던져서 선제공격을 날렸다.

"1식 · 유리 방패."

유리 방패를 출현시켜서 작살을 막아내자, 유리 방패는 쨍그랑 소리와 함께 깨져 나갔다.

작살의 소유자의 손으로 돌아가면서 파편도 같이 날아갔고…… 세인의 언니가 그 파편들을 요격해서 떨어뜨렸다.

"쿠필리카……?"

그건 또 누구야……? 아니, 뭔가 최근에 들어 본 적이 있는 것 같은데.

"쿠필리카의 마력을 발견했어! 저기 저 애가 갖고 있어!"

"뭐라고?!"

작살 권속기 소지자의 패거리 여자 중 하나가 필로를 가리키자, 작살의 권속기 소지자가 필로를 향해 살기를 내뿜었다.

"어~? 필로?"

필로는 왜 자신이 적의의 대상이 된 건지 이해하지 못하는 표정이었다.

"어제 마룡이 사천왕에서 제명한 분의 이름이에요."

내가 고개를 갸웃거리고 있으려니, 라프타리아가 그렇게 가르쳐 주었다.

"아아, 그 녀석이었군."

바람의 쿠필리카라고 했던가?

마룡의 소집에 응하지 않는 바람에 사천왕의 자리에서 끌려 내려간 녀석 말이지?

"무슨 소리를 지껄이는가 싶었더니, 이전 바람의 사천왕인 쿠필리카 때문에 쳐들어온 모양이군. 고작 그 정도 때문에 이 먼 길을 오다니."

마룡도 어느 정도 사정을 파악했는지 황당하다는 듯 날갯짓을 해서 날아올랐다.

"그래, 맞아. 어제 갑자기 쓰러졌거든. 이것저것 조사해 본 결과, 살아가는 데 필요한 힘과 마력을 모조리 빼앗겼다는 게 밝혀졌어. 그리고 그 유력한 가능성으로 언급된 게, 사천왕으로서 갖고 있던 힘을 빼앗겼기 때문일 거라는 거였지……."

아니, 행동의 이유는 알겠지만, 이 녀석들 그냥 바보 아닌가.

마룡은 원래부터 자기 부름을 무시하면 힘을 몰수해 버릴 만한 성격이잖아. 왜 무시한 거냐.

"우리는 쿠필리카의 모든 것을 되찾기 위해 여기 온 거다!"

사정을 이해한 마룡이 깊디깊은…… 탄식과도 같은 한숨을 내쉬었다.

"어리석은 것……. 그 힘은 내 마법으로 대대손손 사천왕들에게 전승되어 오면서 축적된 거라는 걸 모르는 거냐?"

"그게 뭐 어쨌다는 거냐! 그 힘은 쿠필리카 거야! 네놈 것이 아니란 말이다!"

"나의 사천왕이 된다는 건 나에게 절대적인 충성을 맹세한다는 것. 내 소유물이 되기로 스스로 결심한 자만이 계승의 자격을 갖는다. 그러니 그것은 쿠필리카의 힘이 아닌 내 것이다. 대단한 착각을 하고 있군."

마룡은 황당함을 감추지 못한 채 작살의 권속기 소지자에게 대답했다.

상황을 보아하니, 배신자에게 제재를 가했더니 배신자의 동료들이 염치도 없게 복수하러 나타난 거라고 해석해도 될 것 같군.

"딴마음을 먹는 자가 목숨으로 대가를 치르는 건 당연한 거 아니냐? 네놈들 중에는 마물을 사역하는 자가 하나도 없나? 명령을 위반하면 벌을 주는 게 당연한 거잖아? 그것과 같은 거다."

"시끄러워! 네놈 같은 놈 때문에 쿠필리카가 죽을 위기에 처했단 말이다! 절대로 용서 못 해!"

마치 이야기 속 주인공 같은 대사군.

이런 소리를 듣는 입장이 된 게 벌써 몇 번째였던가.

왜 우리가 악당처럼 규탄을 들어야 한단 말인가. 정말이지 구역질 나는 노릇이다.

"맞아! 저 녀석들은 절대 용서해선 안 된다구!"

윗치가 기다렸다는 듯 짜증 나는 대사를 퍼부어댔다.

눈이 웃고 있잖아. 동정 따위는 티끌만큼도 안 하는 게 분명하다.

"하하하, 그대의 용서 따위 필요 없다. 그래서…… 우리가 자리를 비운 동안 뭘 하려던 거지?"

마룡이 세인의 언니 쪽으로 시선을 보냈다.

"아아, 그게 말이야……."

그러자 세인의 언니는 지난번에 우리를 습격했을 때 사용했던 것과 같은 구슬 하나를…… 내던졌다.

"흐음…… 소환된 건가……. 갸아갸아."

그리고 그 구슬에서…… 상당히 커다란 자주색 마룡 같은 녀석이 모습을 드러냈다.

우리를 습격해 왔을 때 동원했던 인조 베히모스 같은 장식이 가슴에 새겨져 있고, 약간 기계 같은 모습의 날개도 붙어 있었다.

예전에 플레이했던, 전뇌 세계를 무대로 한 마물 육성 게임에서 본 것 같은 디자인.

이름을 붙이자면 메탈 매직 드래곤쯤 될 것 같군.

"내가 바로 진정한 마룡이다. 갸아갸아."

이번에는 말도 하는 모양이다. 이런 걸 두고 기술의 발전이라고 하는 거겠지. 뭐…… 우리가 강해졌으니 적도 강해지는 건 당연한 일이긴 하겠지만, 성가신 짓거리들을 해 대는군.

"우리가 독자 개발한 인조 마물 계획의 일환이야. 물론 지난번의 시제품과는 차원이 다르다는 것쯤은 말 안 해도 알겠지?"

지난번에 싸웠던, 성무기를 내포한 인공적 마물인 인조 베히모스의 발전형, 혹은 완성형인가?

아마 몸 속 어딘가에 성무기가 박혀 있겠지.

정말이지 이런 쪽 기술에는 유난히 공을 들인다니까.

내 영지에서 마물 연구를 하는 라트에게 가르쳐 줘서 모방하게 하는 것도 나쁘지 않을 것 같다.

뭐, 라트는 원래 다른 사람의 연구를 모방하는 데에는 관심이 없는 녀석이라, 협조하지 않을 가능성이 높겠지만.

"우리 동료인 새 마룡이 이 성을 이어받으면 쿠필리카가 빼앗긴 힘을 되찾을 수 있어! 그러니까 네놈들은 죽어 줘야겠어! 여기가 바로 결전의 땅이다!"

그걸 올바른 행동이라고 생각하고 있다니, 참 대단한 정신머리군.

그나저나 결전이라……. 어제도 비슷한 소리를 들었었다.

"작살 용사님의 동료가 갖고 있던 용제의 조각…… 마룡의 조각이라고 해야 하나? 그것과 각지에서 수집한 조각들을 모아서 구축한 거야."

"나는 강해지기 위해서는 수단 방법을 가리지 않는다. 그래서 이렇게 인간 놈들의 기술을 이용해서 정령의 힘을 손에 넣었지……. 이제 곧 새로운 시대가 찾아오는 것이다. 갸아갸아."

메탈 매직 드래곤이 마룡과 비슷한 말투로 지껄였다.

메탈 매직 드래곤은 일단 스스로에게 마법을 걸어서, 강철 날개를 매단 메카니컬 여인 같은 모습으로 변신했다. 그리고 작살의 권속기 소지자에게 기대며 그르르 소리를 내며 아양을 떨었다.

타쿠토의 용제 같은 짓을 하고 있군.

"한심하구나. 나와 비슷한 기운이 느껴진다고 생각했는데, 그런 감각까지도 부끄럽게 느껴지는군. 만약에 대비해서 쿠필리카와 그 부하에게 맡겼던 조각을 이런 식으로 이용하다니…… 분노 때문에 이성을 잃을 지경이야."

마룡도 부활을 위해 이런저런 잔꾀를 부려 두었던 모양이군.

우리도 알아챘어야 했다.

사천왕이라면 마룡의 조각을 소지하고 있을 가능성이 충분하지 않았던가.

작살의 권속기 소지자가 마룡의 조각으로 뭔가 꿍꿍이를 꾸미고 있을 거라고 생각했었으니까!

마룡은 메탈 매직 드래곤의 태도에 불쾌감을 느낀 듯 검은 아우라를 분출시켰다.

그와 동시에 메탈 매직 드래곤은 용 형태로 변신해서 마룡과 눈싸움을 벌이기 시작했다.

"성무기를 모독하는 자들에게 빌붙다니…… 어리석은 것도 정도가 있지."

"힘을 얻고자 하는 마당에 수단 방법을 가려서 어쩌자는 거냐? 과거의 네놈은 그런 한심한 태도 때문에 죽은 것 아니더냐. 시대의 변혁을 받아들일 때가 온 거다. 갸아갸아."

"닥쳐라. 네놈이 나에 대해 왈가왈부하는 게 얼마나 어리석은 짓인지……. 그건 왜소한 용제라 해도 이해할 수 있을 만큼의 만행이라는 걸 알란 말이다."

그거 혹시 가엘리온 이야기를 하는 건가?

아아, 확실히 비슷한 구조이긴 하군.

타쿠토의 용제와 싸웠을 때, 가엘리온은 타쿠토의 용제보다 적은 양의 핵석을 가진 채로 싸웠었다.

지금의 마룡은 키즈나 일행으로부터 마룡으로서의 핵석을 거의 다 돌려받은 상태다.

상대편 마룡은 마룡이 쿠필리카라는 녀석에게 맡긴 마룡의 조각.

“무슨 사람들이 이렇게 주절주절 말이 많은가 몰라? 후딱 싸워야 한다고 생각하지 않아?”

“입만 열면 거짓말인 놈이 뭘 지껄이는 거지?”

“뭐가 어째? 감히 마르티 님께 무슨 소리를 하는 거야?!”

여자2 2호가 윗치의 역성을 든답시고 깍깍 시끄럽게 구는군. 피라미 주제에 짜증 나게 끼어들지 말란 말이다.

귀찮다. 이 녀석들은 무시해야겠다.

“네놈들의 비열한 책략을 우리가 깨부숴 주마!”

고작 이런 일 때문에 적들이 돌격해 올 줄이야. 세상일이란 참 예측할 수가 없다니까.

하여간 이 녀석들의 행동은 딱히 계획적인 건 아닌 모양이다.

현재 가능한 수단을 긴급하게 동원한 느낌이다.

“부우~! 어쩐지 이대로 지면 필로가 끔찍한 꼴을 당할 것 같아.”

“뭐…… 완전히 엉뚱한 화를 뒤집어쓸 것 같은 상황이긴 하지.”

상대방 동료의 힘을 필로가 그대로 이어받은 상황이니까 말이지.

질 생각은 추호도 없지만, 만에 하나라도 지면 이번에는 필로가 쿠필리카와 같은 신세가 되겠군.

역시 필로 입장에서 이 세계는 고난의 땅인 모양이다.

“어머, 무슨 일이 일어날지 예상이 안 되는걸. 안 그러니, 실디나?”

“응.”

범고래 자매는 어쩐지 소외되고 있는 느낌이면서도, 언제든지 싸울 수 있도록 채비를 갖추고 있었다.

키즈나 일행도 제대로 의욕을 낼 수 있도록 교섭을 완전히 결렬시켜 버려야겠군.

이런 녀석들의 발상은 이미 잘 알고 있다.

한 번쯤은 이런 식으로 말해 보고 싶었기도 하고 말이지.

"그럼 교섭부터 해 보자. 쿠필리카라는 녀석의 목숨이 아깝거든 순순히 작살의 권속기를 해방하고 협력자들과의 동맹을 해소해. 그렇게만 하면 쿠필리카라는 녀석의 목숨은 보장해 주지."

"너 같은 사악한 놈의 말을 무슨 수로 믿으라는 거냐!"

예전의 모토야스 같은 대답. 예상을 벗어나지 않는 반응이었다.

"사악하다고? 용사 놀이는 재미있냐, 전생자?"

"……윽."

전생자라는 단어에, 작살 권속기 소지자의 눈에 주저가 드러났다.

이놈들은 핵심을 찌르는 말 한마디에 본색을 드러낸단 말이지.

"보아하니 정곡을 찔렀나 보군. 미안하지만 이 세계는 네놈의 장난감이 아냐."

"시끄러! 우리가 이기면 다 해결될 문제야! 강하면 무슨 짓을 하건 상관없어!"

나왔다—! 일방적인 약육강식론. 나중에 지면 또 엉뚱한 소리를 해 댈 거면서.

더 이상은 이 녀석들에게 유예를 줄 생각도 없었다.

대화를 해서 화해에 성공했던 적도 없으니, 차라리 죽이는 게 빠르다.

위험한 발상이라는 건 나 스스로도 자각하고 있지만 하는 수 없다.

세상에는 대화만 갖고는 해결되지 않는 싸움도 있는 법이니까.

"후후후후……. 쿠필리카도 참 가엾구나. 아무래도 녀석이 충성을 맹세한 자는 어떤 희생을 치러서라도 녀석을 구하겠다는 기백이 없는 것 같으니까."

마룡도 내 작전에 편승해서 부채질했다.

"닥쳐! 사악한 마룡 놈!"

티끌만 한 죄책감이나마 품고 있는지, 작살의 권속기 소지자의 표정에는 고통이 엿보였다.

"나오후미, 저기 특이한 부적을 갖고 있는 사람이 있어."

실디나가 가리키는 방향을 쳐다보았다.

작살의 권속기 소지자는 물론이고, 세인의 언니와 윗치……그 밖에 뭔가 새까만 부적을 가진 자와 배의 권속기가 우리 앞을 막아서고 있었다.

잠깐, 부적?! 성무기 중 부적까지 끌고 오다니 이거 완전히 전력을 다해서 덤비는 거잖아.

부적을 갖고 있는 자는 은근히 핸섬한 아우라를 풍기는 남자였다.

내 주위에서는 별로 안 보이는 타입이었다.

라르크를 어리게 만들면 이런 느낌일까. 모토야스의 고등학생 버전 같은 인상도 느껴졌다.

"그분을 위해서라도, 이번에는 온 힘을 다해야겠네요!"

"그래, 맞아. 최선을 다해 싸우렴."

"네! 제 활약으로 적을 처치해서 그분께 받은 은혜를 갚겠어요!"

사람 좋은 청년 타입인가? 대화가 통할 것 같은 느낌도 드는데…….

"여자들을 생포하면 되는 거죠? 하나같이 반반하게 생겼으니까……. 그분께 헌상품으로 바치기에 딱 좋을 것 같군요."

사악하면서도 음침한 웃음을 머금은 채 키즈나를 쳐다보고 있었다.

이거 글러 먹었군. 아마 상대방 중 누군가에게 충성을 맹세했다거나 하는 타입 같았다.

악한 것을 악한 것이라 깨닫지 못하는 녀석을 설득하는 건 엄청나게 귀찮은 일이다.

"라르크 패거리는……."

"어머어머어머, 그쪽으로 의식을 유도하고 싶었는데 말이야. 그쪽도 제법 많은 전력을 투입했어. 지난번 전투의 결과를 참고해서, 협조성 없어 보이는 애들은 그쪽에서 날뛰도록 하는 편이 힘을 제대로 발휘할 수 있지 않겠니?"

그건 혹시 갑옷남을 말하는 건가? 이쪽에 윗치가 있는 걸 보면 그쪽이나 이쪽이나 썩 다른 점은 없는 것 같은데.

"덤으로 그쪽에도 성무기 탑재형 마물을 출동시켰어. 그 밖에 다른 세계의 권속기 같은 것도 투입했고 말이야."

빌어먹을…… 은근히 성가신 전력을 투입했군. 갑작스러운 출동치고는 총력전이나 다름없는 전력이잖아.

"라프짱은 와 주려나……?"

컴온 라프 항목을 확인했더니 라프짱 아이콘에 가위표가 나타났다.

올 수 없는 건 아니지만 지금 오기는 힘든 모양이었다.

라르크와 이츠키 등도 제법 고전하는 중이라 봐도 좋으리라.

"지난번에 무능한 연주가를 이겼다고 해서 너무 우쭐대면 큰코다칠 줄 알아! 이번에는 나도 좋은 걸 얻었으니까!"

윗치가 장난감 자랑이라도 하듯…… 채찍을 꺼내 보이고 있었다.

눈에 익은 채찍이잖아! 타쿠토가 갖고 있던 바로 그 채찍이었다.

채찍의 칠성무기까지 동원한 거냐!

게다가 그걸 윗치에게 들려 주다니 아주 인심도 후한 놈들이군!

윗치가 실실 웃고 있었던 건 이것 때문이었나? 수세에 몰릴 것 같은 불길한 예감이 드는군.

"마법을 무효화시키거나 반사시킬 상대가 있다고 해서…… 하는 수 없이 지급해 준 거야."

세인의 언니가 한탄하듯이 중얼거렸다.

윗치에게 칠성무기라니 주제에 넘는 장난감이다.

보나 마나 이번에도 뒤에서 깨작깨작 채찍질이나 해 대겠지.

"최대 전력으로 온 건가. 그렇다면 용제의 긍지를 위해서라도 최대한 빨리 끝내야겠군."

마룡이 우리 앞에서 떠오른 채, 팔짱을 끼고 내 쪽으로 시선을 보냈다.

"흥, 어리석은 놈……. 지금 내 몸속에는, 이 세계에 존재하는 강화방법을 대부분 실행한 성무기가 깃들어 있다. 고작 네놈 따위가 나를 이길 수 있을 것 같으냐? 갸아갸아."

메탈 매직 드래곤이 나름 패왕의 품격이 감도는 목소리로 내뱉었다.

우와…… 은근슬쩍 불길한 정보가 들어왔다.

상대방은 모든 성무기의 강화방법을 이미 다 습득했고, 권속기 여섯 개 분의 강화를 실시했을 것으로 추측되는 상황이다.

미야지에게서 악기 강화 방법을 캐냈는지 어떤지는 모르겠지만, 갖고 있을 거라는 가정하에 계산해야 할 것이다.

그에 비해 우리는 성무기 하나와 권속기 일곱 개. 성무기의 강화 효율이 권속기의 세 배 정도라고 가정하면, 상대는 18이고 우리는 10. 8이라는 강화 수준의 차이를 어떻게 메우느냐 하는 것이 관건인 셈이다.

차이가 너무 많이 벌어진 건가? 성무기의 강화 효율은 권속기의 몇 배에 해당할까?

제대로 계산해 본 건 아니니까 말이지……. 철수도 고려해야 할 상황인 것 같군.

게다가 세인의 언니 일당이 소지하고 있는 무기에는 모든 강화 방법이 다 시행되어 있을 거라 생각하면, 전력 차는 더 벌어지는 셈이다.

최대한 강력한 지원마법으로 이 격차를 메우면서 싸우는 수밖에 없다.

"후……. 누가 누굴 보고 어리석다는 건지 모르겠군. 고작 그 정도로 득의양양해하다니……. 진정으로 탐욕스럽게 힘을 추구한다는 게 어떤 건지, 똑똑히 가르쳐 주마."

마룡은 뭔가 계책이 있는지 한 발짝도 물러서지 않았다.

"성무기의 목소리를 듣고, 권속기의 슬픔을 깨달아라. 정령의 한탄도 들을 줄 모르다니…… 네놈에게 드래곤의 자리는 어울리지 않아. 당장 내게 돌려주는 게 좋을 거다."

"사돈 남 말 하고 있군! 갸아갸아."

"쿠필리카를 위해서! 네놈들을 반드시 처치하겠어!"

작살의 권속기 소지자와 그 동료들이 마룡과 필로를 향해 소리쳤다.

표적은 이 두 마리이리라.

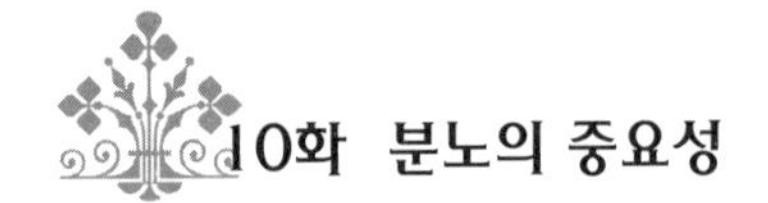

10화 분노의 중요성

"그런데 방패 용사여. 내가 그대에게 연모의 감정을 품고, 내 부하가 한눈에 충성을 맹세한 것에 아무런 이유도 없다고 생각하느냐?"

의욕을 불태우는 메탈 매직 드래곤을 무시한 채, 마룡이 내게 물었다.

싸우려는 거 아니었냐.

어쨌거나 뭔가 할 말이 있는 것 같았기에 묻는 말에는 대답해 주었다.

"아니. 용사의 강화를 제대로 실시해서 그런 거 아냐? 과거의 마룡보다 월등히 강해졌잖아?"

"고작 그 정도로 내 조각을 깃들인 데다 내 모조품 가까이에 있던 쿠필리카의 힘을 강제로 빼앗을 수 있다고 생각하나?"

아아, 그러고 보니 쿠필리카가 묘한 저항을 한다고 마룡이 중얼거렸었지.

마룡은 자기가 이제 그런 저항 따위는 안중에도 두지 않고 힘을 뽑아낼 수 있을 만큼 강해졌다는 걸 자랑하고 싶은 건가?

모르겠다.

"그대가 없었더라도 그때의 나보다는 더 강해질 수 있었을 거다. 하지만 그게 아니다. 그따위 힘과는 비교도 할 수 없는 더 강한 힘을 그대 몸속에 깃들여 두었다."

마룡의 몸에 수없이 많은 마법진들이 집약되어 갔다.

뭐, 뭐지?!

내 의사와는 무관하게 내 시야에 스테이터스가 나타나고, 웨폰북 아이콘이 표시되었다.

"이 자식! 또 내 스테이터스를 해킹하는 거냐?!"

계정을 해킹당하는 것 같아서 찜찜하단 말이다!

마룡 자식, 힘을 되찾자마자 이딴 짓을 하다니.

선의를 보이는 것처럼 위장한 채 빈틈을 노리다니 뻔뻔한 녀석 같으니!

"마룡! 지금 뭘 하시려는 거예요?!"

글래스와 키즈나가 마룡을 다그쳤다.

"방패 용사, 내 말 똑똑히 잘 들어라."

우리의 항의 따위는 안중에도 없는 듯, 마룡은 진지한 얼굴로 말했다.

"뭔데 그래?"

"용사 놈들은 어둠의 힘을 외면한 채 없는 것으로 취급하려 하고 있다. 그렇기에 나는 그대에게 묻겠다."

1식 · 부유경 스킬 아이콘에 불이 켜졌다. 동시에 변이경(變異鏡)이라는, 체인지 실드가 변환되어 나타난 스킬이 표시되었다.

"그대가 세상을 원망하고 증오할 때의 그 감정은 당연한 분노였다. 그 분노를 부정하고 없었던 것으로 취급하면서, 아무리 지독한 일을 당해도 화내지 않고 참는 것……. 그게 정녕 옳은 일이라고 생각하느냐? 설마 그대들은 그런 행위를 자비라고 생각하는 건 아니겠지?"

마룡의 말에, 나는 뭐라 대답해야 좋을지 망설였다.

내가 가진 자비의 방패는…… 아트라가 내게 준 임시적인 힘이었다.

길을 잃고 생사의 기로에서 방황하다가 재회하게 된 아트라와 오스트와의 만남을 통해 이끌어낸, 세계를, 모두를 구하고 싶다는 마음은 거짓이 아니었다.

그런데 마룡은 그때의 마음과 나 자신 안에 들어 있는 분노는 별개의 것이라는 사실을 내 앞에 들이댄 것이다.

"알 게 뭐야! 나는 결심했어! 다시는 울분에…… 분노의 힘에 의지하지 않겠다고!"

분노의 방패, 라스 실드는 자비의 실드 때문에 이미 사용할 수 없는 상태다.

"나오후미 님……."

라프타리아가 내 손을 붙잡았다.

"그대에게 자비를 준 소녀는 그대의 분노를 부정하더냐? 절대로 화를 내서는 안 된다고 주의라도 주더냐?"

"그, 그건……."

나는 흘깃 라프타리아 쪽으로 시선을 보냈다.

아트라는…… 아마 내 분노의 감정을 긍정할 것이다.

"마룡…… 당신 대체 나오후미 님께 뭘 시킬 작정이죠?! 혹시라도 길을 엇나가시게 만들려는 거라면 온 힘을 다해 저지하겠어요!"

"도의 권속기 소지자여. 방패 용사의 분노도, 다정함도, 그 모든 것은 방패 용사를 구성하는 요소다. 그중에 어느 하나만 빠져도 이상해진다는 걸 깨달아라. 그리고 이해해라. 그 어떤 대가를 치러서라도 손에 넣어야 하는 소중한 것이 나타날 때가, 언젠가 반드시 찾아온다는 것을."

변이경이 강제적으로 발동해서 변화시킬 거울이 자동으로 선택되었다.

그 결과 나타난 것은 라스 미러……? 방패가 거울로 변환되어 나타났다.

마룡이 과거에 내 방패에 간섭해서 강화해 놓은 물건이었다.

구체적으로 말하자면 +11에 AF까지 붙은 물건이다. 게다가 분노 랭크는 Ⅳ까지 다다랐다.

"분노가 있기에 자비가 있는 법이다. 마음을 구성하는 소중한 것을 잊으면 안 된다. 그런 의미에서 내가 그대에게 힘의 사용법을 똑똑히 보여 주마."

내 몸속 깊은 곳으로부터 무언가가 쏟아져 나와서 마룡에게로 흘러드는 것을 알 수 있었다.

동시에 2식 · 부유경…… 그리고 자비의 방패가 강제적으로 발동해서 분노의 방패를 억누르려 들었다.

마룡은 거기서 그치지 않고 내 힘을 더 요청하는 것 같았다.

그렇게 해서 나타난 것은 포울과 사디나에게 걸었던 수화(獸化) 보조.

"으윽……."

"나, 나오후미 님?!"

갑옷이 분노의 방패를 사용했을 때처럼 변화해 나갔다.

다만, 갑옷에는 불길함과 따스함이 뒤섞여 있다는 것을 알 수 있었다.

"가아아아아아아아아아아아아아아아아아아아아아!"

마룡이 나에게서 힘을 모아들여 대폭 모습을 변형시켰다.

그 모습은 과거에 우리와 대치하던 때의 모습보다도 더 강력해 보였다.

"으윽……!"

분노의 감정이 마음속에서 꿈틀거리는 감각과 라프타리아나 아트라, 필로, 메르티, 사디나, 실디나, 세인, 키르, 루프트, 마을 녀석들…… 지키고 싶은 자들에 대한 감정이 번갈아 떠올랐다.

그것은 불쾌한 것이 아니라, 내 마음속에 지키고자 하는 결연한 의지를 가져다주었다.

절대로 잃을 수 없는 소중한 것이 있기에, 그것을 파괴하려는 자에 대한 강렬한 분노가 생겨난다.

이것은 그런 감정이었다.

웨폰북의 분노와 자비 사이에 어떤 무기의 이름이 어렴풋이 나타났지만…… 완전하게는 읽어낼 수 없었다.

"나, 난 괜찮아. 분노에 잡아먹히거나 할 일은 없어."

내 시야에 제한시간이 나타났다. 전에 라스 실드를 제어하던 때 보였던 녀석이다.

시간은 30분.

"하지만……."

"방식이 너무 강압적이라 분노가 앞설 것 같긴 하지만 말이야!"

마룡에게 비꼬듯이 말하자, 마룡은 평소와 다름없이 장난스러운 말투로 대꾸했다.

"그게 내 장점이다. 방패 용사에게는 좀 강압적으로 느껴질 정도로 대해야 해, 도의 권속기 소지자."

마룡은 라프타리아 쪽을 쳐다보고 말했다.

라프타리아한테 이상한 바람 불어넣지 마.

"지금 그게 중요해요?!"

"중요하고말고. 그렇기에 더더욱 방패 용사의 분노를 부정해선 안 된다. 함께 분노하고, 함께 울고, 때로는 말리고, 함께 넘어서는 것이야말로 진정한 자애니까."

요컨대 마룡은 내가 분노를 제대로 극복하지 못했다는 것을 지적하는 것이리라.

화내지 않도록 차분하게…… 차분하게…… 그런다고 참을 수 있을 리가 없잖아!

"나중에 두고 보자고!"

"후후후…… 아직은 이해하지 못해도 된다. 단, 분노를 없었던 일로 취급해서는 안 된다는 점은 명심해라."

나 원 참, 내가 화내는데도 좋아하다니, 이거 완전 학대당하는 걸 좋아하는 변태 드래곤이잖아.

"그럼 용사들이여, 내 소재에서 나온 무기를 찬찬히 확인해 보거라."

키즈나를 비롯해서 글래스, 라프타리아, 세인이 무기를 확인했다.

"진 · 마룡의 무기에 분노의 부여효과가 걸려서 더 강해졌어."

"그렇다고 저주의 무기인 것도 아니고…… 이 위력, 굉장하네요. 게다가 몸에서도 힘이 용솟음쳐요."

아니, 뭐야……. 그런 효과까지 있는 거냐.

라프타리아를 비롯한 주위 전원이 약간 거무스름한 무언가를 휘감고 있는데, 어쩐지 전보다 더 파워업한 것처럼 보였다.

"뭔가 배 속에서 힘이 솟구치는 것 같은 느낌이야."

키즈나까지 그런 소리를 하고 있었다.

블러드 푸딩의 영향도 나타나고 있는 것 아닐까 하는 생각도 들었다.

뭔가 위험한 흐름이었다.

절체절명의 상황이 발생하면 마룡을 라스 드래곤 형태로 만들기 위해 내가 분노를 사용해야 할 것 같다는 예감이 들었다.

"이 정도면…… 해 볼 만할 것 같아요."

라프타리아가 검은색의, 그러면서도 타오르는 것 같은 칼날을 지닌 도를 내보이며 중얼거렸다.

"나오후미, 어떻게 하지? 누가 누구를 상대하는 게 좋을까?"

"마룡과 필로는 지명자가 있는 모양이고 말이지."

불길하게 변신한 마룡이 메탈 매직 드래곤과 대치하고 있었다.

"뿌우~! 필로 탓이 아닌걸!"

필로는 완전히 불똥을 뒤집어쓴 꼴이 되었다.

마룡&필로 VS 작살의 권속기 소지자 일행과 메탈 매직 드래곤으로 이루어진 파티.

머릿수 면에서 문제가 좀 있을 것 같군.

"사천왕 중에 나머지 셋은 안 불러?"

"항구도시 쪽으로 출정시켰다. 그리고 녀석들은 여기서는 좀 거치적거려. 무조건 머릿수만 많다고 해서 좋은 건 아니다."

아, 그러셔…….

"헛! 우리를 잊으면 곤란하죠."

"키즈나! 위험해!"

부적의 권속기를 가진 녀석이 다짜고짜 부적을 카드처럼 던지며 공격해 왔다.

글래스가 재빨리 쳐냈지만, 그 표정은 심각했다.

"크…… 견제 수준의 공격이 이 위력이라니."

글래스는 손이 저린 듯 응시하고 있었다.

상대의 공격을 살짝 쳐낸 것뿐인데도 글래스가 밀리고 있는 걸 보면, 상대는 상당한 수준으로 강화돼 있다고 봐도 좋을 것이다.

"글래스! 괜찮아?"

"약간 버거울 것 같아요."

"이런 식의 전법도 쓸 수 있으니까 방심하지 마시길. 그리고 마법은 저도 쓸 줄 압니다. 방해할 수 있거든 해 보시죠."

부적을 가진 녀석이 산뜻한 웃음을 지으며 말했다.

"……."

실디나가 글래스 옆으로 가서 섰다.

"도와주는 게 좋을 것 같아서."

"그, 그럴 것 같네요……. 지금의 제 힘으로는 아무래도 부족할 것 같아요. 실디나 양, 힘을 빌려주세요."

"나오후미를 위해서라도, 나는 싸울 거야."

실디나와 글래스가 힘을 합쳐 신탁을 동해 하나가 되었다.

"어머어머어머, 역시 특이한 재주를 갖고 있구나, 그 애들은."

"네……. 조금 전의 저와 같을 거라고 생각하면 오산이에요. 키즈나, 당신은 후방 지원을 맡아 주세요. 빈틈이 생겼다 싶으면 그 무기로 상대방의 무기를 꿰뚫으세요."

"OK. 최대한 방해할 수 있도록 노력할게. 알았지, 크리스?"

"페펭!"

키즈나가 크리스를 소환해서 언제든지 싸울 수 있도록 포진을 전개했다.

키즈나와 크리스, 그리고 글래스와 실디나는 부적을 든 녀석을 상대하려는 모양이었다.

기회가 있으면 자신들과는 별개로 전투 중인 다른 녀석도 지원할 수 있는 포진이군.

그리고…… 작살 권속기 소지자 패거리 뒤에 있는, 날아다니는 배의 대포가 우리 쪽을 조준하고 있는 게 마음에 걸렸다.

대포로도 공격하려는 모양이군.

본래 에스노바르트가 갖고 있었던 무기인 덕분에 어떤 공격을 할지는 알고 있지만, 빼앗긴 뒤에 어떤 식으로 개조돼 있을지 알 수 없으니……. 그런 포격을 막아 내는 건 내 역할이겠지.

윗치도 배에서 내릴 기색은 보이지 않았다.

"세인, 네가 움직이면 성가시니까 이번에도 같이 놀자꾸나."

"——!"

"세인 님께서는 지난번 패배 이후로 힘을 길러——요. —— 같은 결과가 —— 생각하시면 오산이에요!"

"당신! 또 농땡이 피우려는 거야?!"

윗치가 세인의 언니를 향해 볼멘소리를 늘어놓았다.

하긴 저렇게 강한 힘을 갖고 있는데도 세인만 상대한다면, 같은 편 입장에서 불만이 나올 법도 하지.

"어머어머어머. 그럼 나는 이와타니와 싸우면 되는 거니? 그래도 안 될 건 없지만, 그렇게 되면 세인이 어떻게 움직일지 몰라?"

언니의 기대에 부응하기라도 하듯, 세인은 재봉 도구의 권속기를 실타래로 바꾸어서…… 선제공격을 날렸다.

실타래로부터 주위로 실이 사출돼서, 사방팔방으로부터 적을 향해 재빨리 날아갔다.

오? 저건 적의 움직임을 방해하는 데 도움이 될 것 같군.

실제로 메탈 매직 드래곤에게도 얽히고 있었다.

그 실을 본 세인의 언니가 사슬로 바닥을 후려쳤다.

"포박 · 야마타노오로치."

그러자 마찬가지로 사방에서 사슬이 출현해서 실의 진로를 방해했다.

"흥! 그딴 건 그냥 빨리 잘라 버리면 그만이잖아!"

"과연 항상 그렇게 할 수 있을까? 눈 깜짝할 사이에 실이 옭아맬 텐데? 게다가 이와타니가 있으니 거기서 한층 더 응용이 가능할 테고 말이야."

"용케 알고 있군."

내 거울을 사용하면 순간이동도 가능했다.

다시 말해 거울을 통해 세인의 실을 종횡무진으로 전개할 수도 있다는 뜻이다.

마음 같아서는 윗치 뒤에 거울을 출현시켜서 당장 포박해 버리고 싶은 심정이었다.

"너희도 알고 있잖아? 저 드래곤이 가까이 있는 한, 너희의 마법 사용에는 제한이 걸리게 돼 있다는 걸. 게다가 이와타니에게는 마법이 안 통하지. 이런 포진에서는 최대한 적의 방해를 받지 않고 싸울 수 있도록 하는 게 중요하다구. 그런 상황에서 세인을 무시해도 되겠니? 너도 좀 도와줬으면 좋겠는데."

세인의 언니가 윗치에게 사실을 들이댔다.

"무슨 소리야?! 당신이 그 녀석을 상대하면서 다른 녀석들까지 해치워 버리면 그만이잖아! 당신은 마법을 사용할 수 있으면서!"

윗치는 여전히 거만한 명령을 해 대는군.

계속 그렇게 싸우기나 하라고. 우리는 그 빈틈을 찔러 줄 테니까.

"어머어머어머. 그건 네가 하면 되지 않겠니? 말을 꺼낸 사람이 먼저 해야 하는 것 아냐? 그렇게 많은 걸 얻어 갔으면서 또 요구하겠다는 거니? 누가 누굴 보고 건방지다고 하는 건지 모르겠네. 마법만 해도, 함부로 남발하면 드래곤이 대응책을 취하지 않겠어? 그런 성가신 일, 난 질색이야."

세인의 언니는 도발하듯 웃으며 말했다.

어쩐지, 너한테는 뒤가 없을 텐데? 라는 태도처럼 보였다.

보아하니 윗치도 여러모로 복잡한 위치에 있는 모양이군.

후후후, 싸워라…… 더 싸우는 거다!

큭……. 분노가 침식해 오는 게 느껴졌다. 지금은 철저하게 제어해야만 한다.

"그러니까, 나는 이와타니랑 세인을 붙잡고 있어야겠어."

"나중에 두고 보자구!"

"마르티 님! 지금이 활약하실 때예요!"

윗치 패거리는 후방에서 채찍을 든 채 스킬을 내쏠 준비를 하고 있는 것 같군.

마법을 쏴 봤자 막힐 거라는 건 이해한 모양이었다.

기껏해야 방해하기 힘든 합창마법이나 의식마법 같은 걸 쓰는 정도겠지.

좋겠군. 금지된 마법도 액세서리를 통해 사용할 수 있다니.

구역질이 난다!

"라프타리아, 말 안 해도 알지?"

"네, 우리의 상대는 저분이라는 말씀이죠?"

나와 라프타리아는 세인과 협조해서 세인의 언니와 윗치와 그 패거리들…… 여자2 2호와 배의 권속기를 상대해야겠군.

"나오후미, 이 누나는 작살의 권속기를 상대해도 될까?"

이때 사디나가 제안했다.

"이길 수 있겠어?"

"나오후미의 지원은 필수야. 그래도 이 누나, 작살의 용사가 작살을 얼마나 잘 다루는지 시험해 보고 싶어졌지 뭐야."

그러고 보니 사디나의 주 무기가 바로 작살이었지.

잘만 풀리면 이츠키처럼 무기를 빼앗을 가능성도 충분히 있다.

자질의 차이를 똑똑히 선보여서 빼앗아 버리는 것도 나쁘지는 않겠군.

"그럼 시작하지. 우리에게 대드는 짓이 얼마나 어리석은 짓인지를 뼈저리게 느끼도록!"

마룡의 외침과 함께, 쌍방이 각자의 공격을 개시했다.

"좋아! 지금이 바로 비장의 카드를 쓸 순간이야!"

"갸아갸아아아아아!"

"네! 하아아아아아아아아아아아아아앗!"

윗치의 목소리와 함께 메탈 매직 드래곤과 부적의 성무기를 든 녀석이 함성을 내질렀다.

두 개의 오염된 성무기로부터 보라색의 공기 진동 같은 무언가가 발생, 주위로 흩어졌다.

"후후후……."

거울이 덜덜 떨리기 시작했다.

아니, 그 자리에 있던 나, 라프타리아, 글래스의 무기가 모두 떨리기 시작했다.

"뭐야? 무슨 일이 벌어진 건데 그래?!"

키즈나 쪽은 변화가 없나 보군.

윗치 녀석, 시작부터 무슨 짓거리를 하려는 거지?

아니, 이 감각은 전에도 느껴 본 적이 있었다.

""권속기여. 우리의 부름에 답하여, 우리의 명령에 따르라.""

거울이 저항하듯 격렬하게 떨렸다.

"나오후미 님!"

라프타리아가 불안에 찬 표정으로 쳐다보았다.

또 이런 비겁한 짓을!

내 방패와 이츠키의 활을 기능 정지시켰을 때와 거의 똑같은 수법이잖아.

"올바른 주인? 그게 뭐 어쨌다는 건데? 고작 그 정도로 이 힘에 저항할 수 있을까?"

""그대들로부터 권속의 자격을 박탈하노라!""

두 개의 진동에 거울과 도, 그리고 부채가 반응하려 한 바로 그때——.

거울에서 빛이 뿜어져 나와서 도를 보호하고, 수렵기의 성무기가 부채를 보호했다.

아무래도 별 효과는 없었던 모양이군.

"이것 참 안 됐네. 오염된 성무기를 이용한 강제적인 권속기 박탈은 안 통하는 모양이야."

"흐음……. 전투가 시작되자마자 무기 강탈부터 시도하다니, 그대들도 참 재미없는 짓을 꾸미는군……."

키즈나가 득의양양한 얼굴로 말하고, 마룡도 황당하다는 듯 쏘아붙였다.

"쳇! 아무 효과도 없잖아! 쓸모없는 마법이네!"
혀를 차는 윗치의 모습을 보니 화가 나서 미치겠다.
후딱 죽어 버렸으면 좋겠다!
"상대방에게도 성무기가 있으니까 어쩔 수 없는 일이잖아. 이 세계의 성무기라고는 해도, 권속기와 힘을 합친 덕분에 저항할 수 있었던 거겠지."
세인의 언니가 차분하게 분석…… 아니, 윗치 패거리를 비웃고 있는 것 같군.
그나저나, 윗치 녀석은 항상 우리를 약화시키려고 든단 말이지.
이번에는 다행히도 별 효과가 없었지만, 자칫 잘못하면 또 무기를 잃은 상태에서 싸우는 신세가 될 뻔했다.
"하여간에, 나는 그 빈틈을 놓치지 않겠다!"
마룡이 손을 꺾자 검은 불꽃들이 수도 없이 출현해서 메탈 매직 드래곤을 향해 날아갔다.
『나의 뭇 협력자들이여. 내 부름에 응하고 답하여 마의 힘을 양식 삼아 구현하라!』
그리고 마법을 내쏘면서 다음 영창에 들어갔다.
"어리석은 것. 내가 누구인지를 잊은 거냐?! 갸아갸아!"
"누가 누굴 보고 어리석다는 건지……. 나는 마룡이다. 그대가 아는 나와 진정한 내가 다르다는 것을 똑똑히 깨달아라!"
"그게 뭐 어쨌다는 거냐! 받아라! 전격룡(電擊龍) 10!"
작살의 권속기 소지자가 작살을 움켜쥐고, 번개를 휘감은 채 마룡을 향해 돌격해 왔다.
강화 스킬이잖아!

하지만 그 강화 스킬이 어떤 성무기에 내포되어 있던 것인지를 제대로 인식하지 않으면 이쪽은 대처할 수 없다.

젠장…… 성가시군.

"마룡. 일직선으로 돌격하는 것처럼 위장하고, 실제로는 몸통을 노릴 거야."

"흐음. 이렇게 하란 말이군."

어느 틈엔가 마룡의 등에 올라탄 사디나가 조언했다.

마룡은 그 조언에 따라 고개를 숙이면서 상대의 동작을 눈으로 보고 회피했다.

커다란 번개 탄환으로 변한 작살의 권속기 소지자는 급선회해서 마룡의 몸통으로 돌격하려 했지만, 그 공격은 완전히 간파당했다.

"흥!"

마룡은 그냥 보내지 않겠다는 듯 꼬리를 휘둘러서 작살의 권속기 소지자를 후려쳤다.

"끄악? 이럴 수가!"

"제법 위력이 강한 공격을 하는 것 같다만, 어디를 공격하려는 건지 뻔히 보이면 피하는 것쯤은 식은 죽 먹기란 말이야."

파워업한 마룡의 등에 매달린 사디나가 작살의 권속기 소지자에게 말했다.

"용케 알아챘구나."

"그야 이 언니의 주무기니까."

"흐음……. 좋다. 놓치지 말고 나를 잘 따라오도록."

"물론이지—! 같이 나오후미의 칭찬을 받자구."

"좋아!"
어째 징그러운 두 녀석의 마음이 서로 통한 모양이었다.
"자! 이제 마법을 구축하겠다! 받아 보거라! 마에 대해 통달한 나의 힘을!"
"어리석은 것……. 내 마법이 더 뛰어나다는 걸 똑똑히 보여주마! 어디 한 번 성무기의 위력을 느껴 봐라! 갸아갸아!"
『『그 힘은 승리에 대한 복선, 모든 것을 멸하는 마도의 진수, 우리 부하에 대한 자비일지니…… 세계를 통치하는 마룡이 명한다! 전능의 힘을 내놓아라!』』
둘이 동시에 똑같은 마법을 영창했다!
마룡 쪽은 순식간에 영창을 마치고 우리 쪽으로 시선을 보냈고, 메탈 매직 드래곤은 미간을 찌푸렸다.
"필로는 주인님의 적 따위 안 도울 거야."
마룡의 마법은 계약 상대나 협력자로부터 힘을 빌림으로써 더 강한 힘을 발휘할 수 있다.
사천왕으로 임명된 필로는 그 조력 요청을 거부한 것이었다.
필로는 깃털 속에서 볼라를 꺼내 붕붕 휘둘러서 작살의 권속기 소지자를 향해 내던졌다.
"우와! 빌어먹을!"
볼라가 발에 얽히는 바람에 작살의 권속기 소지자는 그 자리에 고꾸라졌다.
곧바로 일어나긴 했지만, 시간을 벌기에는 충분했다.
필로의 단순한 투척 공격도 의외로 무시할 수 없다니까.
"크…… 사천왕 놈들! 어느 쪽이 진정한 왕인지를 못 알아보다니! 하지만 사천왕의 힘이 없다고 해서 사용할 수 없는 건 아니다! 갸아갸아아아아아아!"

"이미 늦었다. 아무리 빨리 영창할 수 있는 재주를 갖고 있더라도 부하 없는 왕이 영창하는 마법이 얼마나 왜소한 건지……."

"협력자는 나다! 하아아아아아아아아아아앗!"

아, 작살의 권속기 소지자가 돕고 있는 모양이다.

"그럼 내 쪽에서 걸도록 하마. 이 차이를 무슨 수로 메울지를 지켜보는 것도 재미있겠지. 마룡 · 사천왕의 대축복!"

부웅 하고, 마룡이 구축한 마법이 나를 향해 날아왔다.

엄청나게 빠르긴 했지만 혼전 상태에 빠진 건 아니기에 대응이 불가능한 정도는 아니었다.

"작렬 타이밍은 내가 정한다. 방패 용사여, 배화(倍化)시켜라."

"그래, 알았어, 알았어. 1식 · 2식 · 3식 · 유리 방패! 이어서…… 거울 감옥!"

적절하게 각도를 조정한 두 장의 부유경으로 받아냈다.

라스 미러로 변한 부유경에 맞자마자, 마법의 색이 음침해졌다.

새크리파이스 아우라를 연상케 하는 색이었다.

직후에 자비의 방패가 원래의 거울에 맞자 원래 색으로 돌아왔다……. 자비를 통해 정화된 모양이군.

라스 미러에 맞은 채로 발동했다면, 새크리파이스 아우라처럼 성가신 대가가 발생했으리라는 것을 직감적으로 알 수 있었다.

맞히는 순서를 헷갈리면 위험하겠군.

다만, 위험한 만큼 일반적으로 반사시켰을 때보다 효과가 더 크게 올라간다는 건 어렴풋이 느낄 수 있었다.

그리고 세 장째 유리 방패에 명중…… 이어서 타이밍을 맞추어 거울 감옥에 가두었다.

"그럼 발동시키겠다. 모두! 제대로 받도록 해라."

거울 감옥은 이내 깨져 나가고, 그와 동시에 마룡이 손가락을 튕겼다.

그러자 내가 배화시킨 마룡의 지원마법이 뿜어져 나와서 아군만을 골라서 쏟아졌다.

직후, 능력이 대폭으로 상승했다.

즉석으로 사용한 거라서 배율이 어느 정도인지는 알기 힘들었지만, 적어도 레벨레이션 아우라 Ⅷ 이상이라는 건 분명했다.

"마룡 · 작살과 용의 가호 10!"

뒤이어서 메탈 매직 드래곤도 지원마법을 발동시켜서 자기편에게 뿌렸다.

"다음은……."

"어머어머어머, 지원마법에 과도하게 의존하면 안 된다구."

세인의 언니와 메탈 매직 드래곤이 둘이서 마법 영창에 들어갔다.

"이 틈을 놓치지 않고 이용하도록 하지."

"이 언니도 힘 좀 써 볼까—? 필로."

"응!"

마룡은 메탈 매직 드래곤을 향해 돌진했고, 사디나는 커다란 매 같은 마물로 변신한 필로의 다리를 붙잡고 작살의 권속기 소지자를 향해 돌진했다.

"뭐야?! 이 자식들 권속기 소지자도 아닌데 뭐 이렇게 빨라?!"

“그야 이 누나들은 나오후미 덕분에 엄청나게 강화됐으니까 말이야—. 이 정도 지원마법을 받고 질 수는 없잖니?”

“응! 주인님의 밥 덕분에 필로 기운이 펄펄 나!”

필로가 돌진하면서 일어난 바람을 작살에 휘감고, 동시에 용맥법을 통해 보석에 간섭하면서 사디나는 작살의 권속기 소지자에게로 돌진했다.

“당신이 아까 쓴 마법을 따라 해 봤지. 이 정도도 제대로 간파 못 하면, 이 누나 재미없다구.”

바람 탄환처럼 변한 필로는 작살의 권속기 소지자 옆을 살짝 비껴나 지나쳐서 하늘 높이 날아올랐지만, 사디나는 그런 필로와는 별개로 작살의 권속기 소지자를 향해 덤벼들었다.

“그런 일직선 공격 따위—— 끄악?!”

작살의 권속기 소지자가 사디나의 돌격을 피하자, 바람 탄환은 순식간에 거의 180도를 선회해서 작살의 권속기 소지자와 충돌했다.

피할 방향을 완전히 예측하고 있었던 모양이다.

“어머나, 못 피했니? 알아보기 쉬우라고 일부러 전략을 다 가르쳐 줬는데 말이야.”

사디나 녀석, 여유를 과시하고 있군. 출력에서는 밀리지만 기술 면에서는 완전히 압도하고 있다.

그리고 그와 동시에 마룡은 메탈 매직 드래곤에게 달라붙어서, 입을 커다랗게 벌리고 숨을 들이쉬었다.

마룡의 입에서 빛이 뿜어져 나오고, 검은 불꽃이 발사되었다.

“그 몸에 똑똑히 새겨라! 신성흑양염(新星黑陽炎)!”

"끄ㅇㅇㅇㅇㅇㅇㅇㅇ윽……."

눈에 익은 불꽃이었다. 다크 커스 버닝과 같은 불꽃이다.

마룡은 한동안 메탈 매직 드래곤에게 불꽃을 내뿜는가 싶더니, 이내 거리를 벌렸다.

"큭……. 저주의 불꽃이라니, 비겁한 놈 같으니."

"후……. 어둠조차 불살라 버리는 내 분노의 불꽃을 손쉽게 정화할 수 있을 거라고 생각하면 오산일 텐데? 치료할 수 있기를 기도하마. 그리고……."

딱 하고 마룡이 손가락을 튕기자, 무언가가 슥 하고 주위를 내달리는 것 같은 느낌이 들었다.

"회복 지연 마력장을 전개했다. 나에게 적대하는 자는…… 회복이 쉽지 않을걸?"

으엑, 회복마법 효과 감소 필드를 생성하다니, 마룡도 참 꼼꼼하기도 하군.

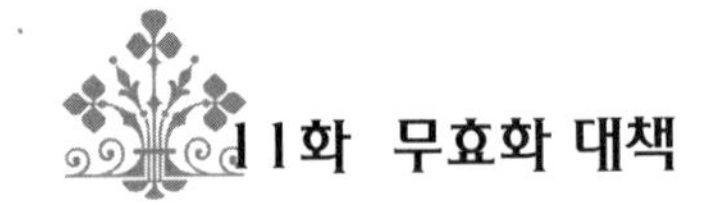

11화 무효화 대책

자, 필로와 사디나 쪽만 계속 보고 있을 수는 없는 노릇이겠지.

찌릿찌릿……. 세인의 언니와 눈싸움을 벌여 나갔다.

물론 세인의 언니는 그 와중에도 마법을 영창하고 있지만 말이지.

"빈틈투성이잖아! 에어스트 백 윕 V!"

윗치가 사정거리와 무관하게 상대의 배후를 공격할 수 있는 채찍 스킬을 휘둘러댔다.

어지간히도 기습을 좋아하는 녀석이군.

하지만 네놈의 비겁한 사고방식은 훤히 꿰뚫고 있으니까, 대처하기가 식은 죽 먹기란 말이다.

"1식 · 유리 방패!"

기를 담아서 내쏜 유리 방패가 뒤에서 기습하려 드는 채찍을 막고는 윗치 쪽으로 날아갔다.

"꺄아아아악! 마르티 님, 살려 줘요오오오오!"

"뭐야! 응석 피우지 말라구! 아야야야야!"

윗치는 자신에게 매달리고 드는 여자2 2호에게 투덜거렸다.

파편이 날아가서 일부가 윗치에게 명중했다.

"뭐 하는 건지 모르겠다니까."

세인의 언니는 한심하다는 눈매로 그 광경을 쳐다보고 있었다.

어지간히도 기가 막혔던 모양이군.

라프타리아가 자세를 낮추어 세인의 언니에게 접근, 발도술을 이용해 도를 뽑았다.

"하앗! 순도(瞬刀) · 하일문자(霞一文字)!"

칼집의 효과 덕분에 하이퀵 상태로 도를 휘둘렀지만…… 세인의 언니는 그 공격을 종이 한 장 차이로 회피했다.

"어머어머어머. 오오, 무서워라."

완전히 간파당했다.

이렇게까지 속도를 올렸는데 스치지도 못하다니, 뭐 이렇게 재빠른 녀석이 다 있어?!

"스파이더 와이어!"

세인이 기다렸다는 듯 자기 언니의 움직임을 봉쇄하려 했지만, 세인의 언니는 사슬을 휘둘러서 실을 떨쳐 냈다.

흐음……. 상황으로 보아 라프타리아와 나와 세인이 힘을 모아서 가장 위협적인 상대인 세인의 언니에게 주의를 기울여 가면서, 틈을 보아 윗치 패거리를 해치우는 쪽이 더 빠른 승부를 낼 수 있을 것 같다.

그러려면 빈틈을 노려서 배에 올라타야 할 텐데…….

이렇게 우리가 공방을 벌이는 것과 거의 동시에, 마룡이 내쏜 지원마법을 받은 글래스와 실디나는 부적의 성무기를 가진 녀석과 교전하고 있었다.

『나 지금 그대에게 명한다. 부적이여…… 내 말에 부응하라. 번개여. 저자들을 꿰뚫어라!』

"연쇄전격 5!"

"하앗! 윤무 · 역식 무법 잡기!"

부적의 성무기 소지자가 쏜 마법을 글래스가 부채로 쳐내고, 실디나가 부적을 던져 유도했다.

"번개에 대한 대처는 자신 있어."

『나 지금 그대에게 명한다. 부적이여…… 내 말에 부응하라. 물이여…… 벼락을 흩어 놓아라!』

"피뢰수(避雷水)!"

실디나가 던진 부적에서 물이 뿜어져 나와서 번개의 궤적을 틀었다.

"우리가 그런 단조로운 마법에 맞을 거라 생각했다면 오산이에요."

"그럼 이 공격은 어떤가요?"

"그 전에 우리의 공격을 맞아 보시죠. 실디나 양, 시작해요."

"응."

글래스는 혼유수를 몸에 뿌리고 실디나는 대지의 결정을 손에 움켜쥐면서, 두 사람은 각각 부채를 검으로 바꾸었다.

저건 봉파의 검이라는, 부채이면서 검으로 변하는 특수무기였던 걸로 기억한다.

글래스가 사뿐히 춤추듯 부적의 성무기 소지자에게 달려들고, 실디나가 한 박자 늦게 검을 휘둘렀다.

게다가 실디나 녀석은 어디서 조달한 건지 검을 한 자루 더 꺼내서 이도류로 휘둘러댔다.

"봉파의 검 · 0식! 더불어 전용 스킬…… 검무 · 이무기!"

"수쌍룡검파(水雙龍劍波)!"

글래스의 세로 베기와 회전 베기, 거기에 이어서 부적을 휘감은 두 자루 검에 의한 실디나의 마법검 검술……. 용을 연상케 하는 칼부림이 부적을 가진 녀석을 몰아붙이듯이 발사되었다.

"으윽…… 실력이 제법이네요."

"하지만 아직 적극성이 부족해. 이런 공격도 있어. 역우격(逆又擊)."

실디나가 춤추듯 몸을 돌리면서 순간적으로 범고래의 모습으로 변해 꼬리지느러미를 휘둘렀다.

그리고 직후에 두 자루 검으로 상대의 몸통을 베었다.

"우와악! 어디서 뭐가 튀어나올지 짐작할 수가 없는 분들이네요."

그렇게 말하며, 부적을 든 녀석이 펄쩍 뛰어 물러선 직후.

"1식 · 낙하 함정."

키즈나가 그 발밑에 구덩이를 생성시켜서 고꾸라지게 만들었다.

"크…… 이런 비겁한 공격을……. 고작 그런 공격으로 저를 이길 수 있을 거라고 생각했다가는 오산입니다! 하아아아앗!"

부적을 가진 녀석이 에스노바르트나 쿄가 책의 권속기 책장을 발판 삼아 이용했던 것처럼 부적을 공중에 대수 전개. 그렇게 공중에 떠오른 부적의 성무기 소지자에게 실디나가 다시 추가 공격을 날렸다.

"토끼와 비슷한 움직임 정도는 대처할 수 있어."

에스노바르트를 이야기하는 건가?

하긴, 성무기로 발판을 확보하는 식의 움직임은 에스노바르트와 비슷하긴 하지.

"무기에 휘둘리고 있군요. 전생자라는 분들과 마찬가지로 아직 미숙해요. 어디 한번 받아 보시죠! 사범대리께서 직접 전수해 주신, 이세계 유파와의 혼합기를!"

글래스와 실디나의 검이 부채 형태로 돌아오고, 두 사람은 나란히 저마다의 기술을 내쏘았다.

"윤무 · 귀갑 폭렬!"

"변환무쌍류 선술(煽術) · 종이 눈보라? 윤무 제0식 · 역식 설월화."

아, 실디나가 기술명을 버벅거렸다.

변환무쌍류의 정수를 어느 정도 습득하기는 했지만, 완전하게 파악한 건 아니라서 재현 수준이 낮았다.

그래도 글래스와 힘을 합친 덕분에 스킬로서는 제대로 발현한 모양이었다.

글래스의 대형 기술, 역식 설월화와 별반 다를 바 없는 스킬이 발동되었다. 실디나를 중심으로 바람이 일고, 얼음이 꽃잎처럼 적에게로 덮쳐들었다.

이어서 글래스는 할아범이 개량해서 개발한 방어 비례 공격을 부적의 성무기 소지자에게 퍼부었고, 그 공격을 막아내거나 방어하려 하면 실디나의 스킬에 맞게 되는 상황이 벌어졌다.

은근히 짜증 나는 파상공세로군.

"끄으으으으윽……. 약한 주제에 비열한 공격을 하는군요."

부적 든 녀석은 서글서글한 얼굴에 조바심을 엿보이며 대꾸했다.

비겁하다고 따지기라도 하려는 표정이군.

"공들인 공격이라고 표현해 주셨으면 좋겠네요."

"애초에 그 무기는 마법이 중심인 것 같아. 동료와 협력해서 큰 마법을 쓰는 게 역할이야. 근접전에는 안 맞아."

"지적은 고맙지만, 저를 너무 얕보시는 것 같군요. 제게 지적을 해도 되는 건 그분뿐입니다."

"그런 규칙 몰라."

"얼굴 좀 반반하다고 시건방 떨면 곤란합니다만."

"건방? 얼굴이 반반해도 나오후미는 나한테 관심 없어."

“나오후미는 얼굴에는 연연하지 않으니까요. 마룡과 노닥거리는 것만 봐도 알 수 있죠. 마룡의 분석은 정확할 거예요.”

지금 이 마당에 무슨 이야기를 하는 건지 원……. 나도 부정할 시간이 없어서 그냥 대충 흘러 넘기고 있지만.

“자…… 그럼 부적의 올바른 사용법을 보여 줄게. 물론 기습 방법도……. 살육의 무녀가 어떤 싸움을 하는지, 똑똑히 봐!”

실디나는 부채를 접고 품속에서 부적을 꺼내 마법 영창에 들어갔다.

글래스가 그런 실디나를 보호하기 위해 부적 든 녀석에게 연신 공격을 퍼부었다.

“그따위 공격으로 계속 저를 붙잡아둘 수 있을 거라고 생각했다가는 오산입니다! 하앗! 대폭포(大瀑布) 5!”

부적 든 녀석을 중심으로 대량의 부적들이 사방으로 흩어졌다.

그 부적 하나하나가 공격력을 가진 채 가까이 있던 글래스에게 명중……하기 전에 글래스가 춤추듯 바람을 일으켜서 공격을 밀어내고, 그 비좁은 틈새를 요리조리 빠져나갔다.

“윤무 피형(避型) · 풍무주(風舞奏)! 공격의 위력 자체는 뛰어나 보이지만, 피할 수 없을 정도는 아니네요. 그럼 저희는 경직을 이용하도록 하죠. 키즈나!”

“응! 유사 배침(倍針)!”

키즈나가 기다렸다는 듯 루어를 던졌고, 그게 명중하는 동시에 부적 든 녀석에게 접근한 글래스가 부채로 녀석을 후려쳤다.

“윤무 파형(破型) · 귀갑 쪼개기!”

“어어── 끄아아아아아아아아아아아아아악?!”

부적 든 녀석의 내부에서 쾅 하고 작은 폭발이 일어나고, 피가 분출되었다.

아아, 핸섬남이 피투성이가 됐군. 꼴좋다.

"능력치가 높은 게 도리어 역효과를 가져왔군요."

"어림없어요! 후후후후후, 이제야 좀 재미있어지는군요."

"혼자서 즐기든지 말든지 해. 마법이 완성됐어."

"당신들만 공격할 수 있을 거라고 생각했다가는 큰코다칠 겁니다! 받아 보시죠! 대화둔(大火遁) · 업화옥(業火玉) 10!"

부적을 보조 수단으로 이용해서 녀석들 세계의 마법을 쓴 모양이군. 적어도 부적의 마법과는 다른 게 분명하다.

"또 직선적. 맞히기 위한 노력이 부족해."

거대한 불덩어리가 날아들었지만, 실디나와 글래스는 슬쩍 몸을 숙여서 회피하고 재빨리 전진했다.

『나 지금 그대에게 명한다. 부적이여…… 내 말에 부응하라. 물과 바람이여, 내 앞에 있는 자들을 덮쳐라!』

실디나가 마법을 발동시키자, 물로 이루어진 물고기가 바람을 휘감고 출현했다.

"풍어돌격(風魚突擊)!"

"누가 할 소리! 그리 쉽게 절 맞힐 수는 없을 줄 아세요."

언제든지 피하고 견딜 수 있도록 부적을 전개해서 방어에 활용하고 있는 것 같았다.

다만 주위 상황을 파악하는 시야가 좁고, 실디나가 어떤 공격을 주로 하는지 제대로 분석하지 못하고 있었다.

『나 여기서 부적의 힘을 인도하고, 구현하고자 하노라. 지맥

이여. 부적이여. 나에게 힘을!』

“조찰비상(操札飛翔)!”

용맥법을 응용한 부적과의 혼합마법이리라. 힘을 담는 것 정도는 가능한 정도일까?

오오, 부적이 떠올라서 상대에게로 날아간다.

“이게 표시야. 자, 잘 피해 봐.”

“부적을 저에게 맞히지 못하면 그 공격은 명중하지 않는다는 거군요. 그 공격, 동작 속도가 너무 느린 거 아닙니까? 먼저 맞히고 나서 영창하는 게 나은 거 아닌가요?”

“첫 번째 공격은 영창한 뒤에만 할 수 있어.”

“그런가요? 그럼 더더욱 맞히기 힘들겠군요. 그 부적을 격추시키면 그 마법은 아무 의미도 없으니까.”

부적 든 녀석은 근처에서 지원하는 키즈나를 경계하며 글래스의 공격을 쳐내면서 말했다.

실디나가 날린 부적 쪽으로 부적 든 녀석의 시선이 끌린 순간.

부적 든 녀석 뒤에 있던 글래스가 전개되어 있던 부적을 녀석의 등에 붙였다.

“아닛?!”

표적 지정이 끝났다는 듯, 바람의 물고기들이 적을 향해 덤벼들었다.

게다가 유도성까지 뛰어났다.

실디나는 그 뒤로도 계속 바람의 물고기들을 소환해서, 수많은 물고기들이 빼곡하게 부적 든 녀석에게로 날아갔다.

“지금의 저는 일단 실디나 양이 강림해 있는 상태니까, 마법 발동에 필요한 것도 당연히 공유할 수 있습니다. 그리고……
으음? 크리스도 참전하고 싶은가요?"

"펭!"

글래스가 부채를 빼서 스킬 사용 준비 자세를 취하자, 크리스가 나타나서 부적으로 변신했다.

부적을 든 글래스가 부적을 부채에 붙이고 춤추었다.

"윤무 제0식 · 역식 풍수어! 인조격(人鳥擊)!"

각 공격들은 혼합 스킬로 승화되어, 역식 설월화와 실디나가 만들어낸 수어들, 크리스까지 합쳐져서 부적 든 녀석에게 연속으로 충돌했다.

스킬이 섞여 있는 덕분인지 크리스는 분신까지 만들었다.

크리스의 분신들은 부딪치는 동시에 사라졌다. 죽은 게 아니라 스킬에 섞여서 공격하고 있는 것이다.

저거 괜찮은데……. 라프짱도 저런 연속 스킬을 사용할 수 있을까?

"끄으으으으으으으으으으으윽!"

상대의 방어도 한계에 달하기 시작했군.

글래스와 실디나의 조합은 공격 성능이 높아서 참 좋다.

"비례 공격에 대처할 줄 모른다면 지나친 방어는 하지 않는 게 좋을 걸요?"

"그, 그런 공격 따위…… 끄으으으윽."

아, 글래스와 실디나가 기를 담는 변환무쌍류의 기술을 혼합한 공격이라 그런지, 상대는 힘을 흘려보내는 방법을 제대로 이해하지 못한 듯 피를 토했다.

이 정도면 그냥 쓸데없이 튼튼하기만 한 놈이라고 해도 과언이 아닌 수준이었다.

"하아아아아아아앗!"

부적 든 녀석이 내쏜 커다란 불덩이가 실디나와 키즈나를 향해 몰아닥쳤다.

"너무 직선적이라고 이야기했을 텐데."

거대하고 빠른 마법인 것 같긴 하지만, 실디나와 키즈나는 그것을 손쉽게 회피했다.

"후후후후후…… 제 목적은 그게 아닙니다. 대화둔 · 화화옥(花火玉) 10!"

명중한 위치에서 거대한 불기둥이 솟구쳐서 한층 더 거세게 폭발했다.

광범위 공격마법이었군.

"어리석긴……. 비밀 윤무 · 주혈(呪穴) 2."

실디나가 부채를 꺼내서 마법을 향해 휘두르자 폭발하던 마법의 일부가 모여들어서…… 부적 든 녀석에게로 되돌아갔다.

"뭐야?! 이건?! 끄아아아아아아아아아악!"

이번에 새로 발견된 유파의 비밀 기술을 실전에서 적절하게 사용하고 있군.

나와 아트라가 세인에게 배웠던 『집(集)』이라는 기술과 비슷한 마법 유도 기술이다.

이 녀석들, 공격의 다양성이 풍부하군.

"그나저나…… 나오후미가 만든 요리는 무시무시하네요. 공격력도 상당히 상승했고, 빙의할 때 발생하는 소모도 미미한 수준까지 감소했어요. 마룡에게서 얻은 식품 따위는 구역질이 나지만요!"

"그런 것보다는 술안주가 될 만한 걸 만들어 주면 좋겠어."

뭐, 요리에 의한 도핑은 상당히 알기 쉽게 효과가 나타나니까.

경험치 증가와 영속적인 능력 상승 이외에도 일정 시간 동안 능력 향상 효과가 발생한다.

실은 레벨업에 용이하도록 경험치 상승 효과도 들어 있긴 하지만, 현재 상황에서는 별 필요 없는 정보겠지.

하여튼 한탄에 가까운 글래스의 외침과 솔직하게 감상을 늘어놓는 실디나 사이의 온도 차가 인상적이군.

"잘 풀리고 있는 것 같네! 조금만 더 몰아붙이면 돼!"

키즈나가 응원의 목소리를 날리며 언제든지 수렵구로 상대의 성무기를 공격할 수 있도록 집중하기 시작했다.

"네! 하지만…… 성가실 정도로 튼튼하네요. 이게 강화의 차이라고 생각하니 막막한걸요."

"그래도 최선을 다할 거야!"

"아직 끝난 게 아닙니다! 그나저나……."

부적 든 녀석이 자신의 무기인 부적을 빤히 응시했다.

맥을 뛰듯이 고동치는 게 보였다.

"이게 바로 봉인된 힘이군요. 저주의 부적이라는 힘! 그 몸으로 받아 보시죠!"

"저주 따위 안 무서워. 이미 익숙하니까."

쿠텐로에서 살면서 이런저런 위험한 물건들을 다루는 데 이골이 났다는 실디나다운 대사군.

"——!"

"받——세요!"

글래스와 실디나 쪽은 문제없어 보였기에, 세인 쪽으로 시선을 옮겼다.

사역마인 봉제 인형이 세인과 연계해서 세인의 언니에게 덮쳐들고 있는 중이었다.

세인의 언니에게 끈덕지게 달라붙는 것 같은 공격이었다.

가위 두 자루를 들고 쉴 새 없이 공격을 되풀이했다.

세인의 언니는 짜증 섞인 얼굴로 그 공격들을 아슬아슬하게 회피하고 있었다.

"어머어머어머, 지난번보다 움직임이 많이 날카로워졌는걸. 이 짧은 시간 동안 세인이 얼마나 열심히 노력했는지 알 것 같네."

세인의 언니는 세인의 맹공을 유유히 회피하면서 말했다.

무효화 마법 준비에 들어가 있기에 회피를 우선시하고 있는 모양이었다.

"최—— 신——지, 않아."

"계속 그렇게 편협하게 고집만 부리는 건 좋지 않아."

세인의 말이 전보다도 더 알아듣기 힘들어진 것을 본 세인의 언니는 미간을 찌푸리고 주의를 주었다.

하지만 그 말이 오히려 더 세인의 신경을 거스른 건지, 세인은 한층 더 날카로워진 눈매로 공격의 빈도를 늘렸다. 물론 의도적으로 상대가 싫어하는 방식으로 전투를 끌어가려 하는 것이리라. 틈만 나면 실을 뻗어서 주위 녀석들의 움직임을 방해하려

하는 것 같았지만, 세인의 언니는 사슬로 그 실들을 막아냈다.

"좋아, 이제 마법이 완성됐어. 받아 보렴. 해제탄 · 토둔폭(土遁爆) 10!"

"덤으로 이것도 받아라!"

세인의 언니와 메탈 매직 드래곤이 타이밍을 맞추어 마법을 발동시켰다.

오? 이거 제법 괜찮겠는데? 각각 별개의 마법이지만, 서로의 범위가 연계되도록 발동시키는 전법이었다.

지금까지 무기를 해방하면서 얻은 효과 덕분에 이런 마법들을 똑똑히 볼 수 있게 됐기에 대처하기도 편해졌다.

배 위에서 채찍을 든 채 힘을 모으는 윗치. 아마 우리가 약화된 타이밍을 노려서 공격하려는 거겠지.

어림없는 짓이다.

나는 세인의 언니가 내쏜 마법에 가장 빨리 접근해서, 날아드는 강화 무효화 마법을 향해 거울을 내밀고 그것을 튕겨내는 스킬을 영창했다.

"해제 쳐내기!"

내 타이밍에 맞추어 라프타리아와 글래스도 각각 해제 무효화 마법에 대한 대항 스킬을 내쏘았다.

파직 하는 소리와 함께, 세인의 언니가 내쏜 무효화 마법이 튕겨 나가서 사라졌다.

"어머어머어머, 생각보다 훨씬 빨리 습득한 모양이네. 하지만 이쪽은 어떨까?"

메탈 매직 드래곤이 마룡의 맹공을 받으며 마법을 내쏘았다.

『내가 가진 뭇 핵석의 힘이여. 내 부름에 응해 구현하라. 나는 세계를 통치하는 용제. 그 힘은 난폭한 힘의 박탈, 모든 것을 멸하는 마도의 진수, 우리의 적에 대한 제재일지니……. 세계를 통치하는 용제가 명한다! 마를 무효화시켜라!』

"마룡 · 동파동(凍波動) 10!"

두 번째 강화 무효화 마법이 발사되었다. 게다가 꼼꼼하게도 다음 마법까지 준비하고 있는 모양이었다.

이 다음은 약화 마법인가? 나였다면 그런 마법을 쓸 것이다.

"그 마법에 대한 대책도 이미 세워 뒀어요! 비밀 윤무 · 파동 쳐내기!"

글래스와 실디나가 춤추듯이 부채를 펼치고, 메탈 매직 드래곤이 내쏜 마법에 맞추어 힘을 담아서, 날아드는 마법의 빛을 쳐냈다.

"물론 나도 마찬가지고 말이지!"

다른 녀석들의 성공률은 3할이지만, 내 경우는 조금 더 확률이 올라간다.

아무래도 보호하는 게 주 업무니까 말이지.

게다가 지금은 몸속 깊은 곳의 힘까지 이상할 정도로 발휘되고 있는 상황이라 그런지, 어떤 마법이든 다 쳐낼 수 있을 것 같은 착각까지 느껴졌다. 분노와 자비가 다투고 있는 지금의 나를 막을 수 있는 건 아무것도 없다!

"할망구가 붙인 기술명은…… 변환무쌍류 실전기(失傳技) · 마도 퇴치!"

가다듬은 기를 거울에 담고, 『집(集)』 기술로 상대의 마법을 모아서 튕겨내는 기술이었지.

사용자의 반경 2미터 안에 있는 마법을 없애 버리는 부가효과도 기대할 수 있다는 모양이지만, 그 정도 수준까지 발동시키는 건 여간 어려운 일이 아니었다.

집(集)의 응용만으로도 쓸 수 있어서 생각보다 쉬웠다.

내 경우는 부유경까지 동원해서 쳐냈다.

라스 미러로 변해 있던 부유경에서 화르륵 불꽃이 튀고, 약간의 회오리가 발생했다.

정확하게 명중하는 바람에 공격 판정이 걸린 걸까? 카운터 효과가 발생한 모양이었다.

라프타리아 역시 날아드는 마법을 발도술의 요령으로 쳐냈다.

"뭐, 뭐야?!"

"대응 수단이 하나밖에 없을 리가 없잖아? 너희만 상대가 예상조차 할 수 없는 전법을 쓸 수 있을 거라는 착각은 버려."

좋아! 이 정도 성공했으면 충분하다. 강화마법 무효화를 쳐내서 없애 버릴 수 있다.

이제 전투 중에 불리해지는 상황은 줄어들 것이다.

"좋아! 응! 이제 충분히 감각을 파악했어!"

키즈나도 새로 익힌 기술을 재현하고 있었다. 사디나와 필로에게 걸리려던 강화마법 무효화 마법을 쳐냈다.

"우리가 계속 뒤처져 있을 거라고 생각했다면 오산이에요."

"어머어머어머, 열심히 노력했나 보네—."

세인의 언니가 짜증을 돋우는 박수를 치기 시작했다. 아주 여유만만하군.

"다음은 어떤 마법을 쓸 거지? 다음 것도 쳐내 주지."
나는 거울을 들고 자세를 잡으며 말했다.
"으윽…… 건방진 놈들 같으니."
"그럼 건방 떨지 못하게 해 보시지."
메탈 매직 드래곤은 그런 우리의 태도가 언짢았는지 우리를 노려보았다.
마음에 들어. 그런 눈빛, 난 제법 좋아한단 말이지.
그나저나…… 어째 상황이 혼전 양상으로 돌아가는데.
"후후후…… 역시 방패 용사. 나까지 짜릿하게 만드는 도발이다."
아군의 정신 나간 드래곤 때문에 부아가 치미는군.
이 성희롱 드래곤의 말에 어울려 주면 지는 거다.
"뭐야! 뭘 그렇게 여유만만하게 구는 건데? 빨리 약화시키라구! 작전대로 해야 할 거 아냐!"
"어머어머어머, 설마 이와타니 쪽이 성장했을 거라는 생각은 못 했던 거니? 자기들만 성장했다고 생각했다면 너무 거만한 거 아닌지 몰라? 그 정도는 미리 고려해 뒀어야지."
"무슨 소릴 하는 거야? 당신들은 저 녀석들의 노력 따위 손쉽게 짓밟아 버릴 수 있을 만큼 강하면서!"
윗치의 말에 세인의 언니는 세인의 맹공을 받아내면서 한심하다는 듯 눈썹을 치켜 올렸다.
"싸움이란 건 무슨 일이 일어날지 알 수가 없으니까 힘든 거야. 그리고 말이야, 그렇게 전체 상황이 보일 만큼 먼 거리에 있는 네가 머리를 굴리지 않으면 이길 수 있는 싸움도 못 이기게 되는 것 아닐까?"

"뭐가 어째? 또 내 탓이라는 거야?"

좋아, 아주 잘 싸우고 있어! 맘에 안 드는 놈들끼리 싸우는 건 참 보기 좋다니까.

마음 같아서는 계속 지켜보고 싶은 심정이었지만, 그럴 수도 없는 노릇이다.

이따금 배의 권속기가 공중에 뜬 채로 사격을 날려 오곤 하니까.

"스타더스트 블레이드!"

라프타리아가 원거리 스킬이기도 한 스타더스트 블레이드의 별들을 상공에 있는 배의 권속기를 향해 내쏘았지만, 이렇다 할 효과는 없어 보였다.

저 정도 거리면 유리 방패와 전이경의 연계를 통해 올라탈 수도 있으려나?

아니지…….

"3식 · 유리 방패!"

지금 나는 날아드는 포격을 유리 방패나 거울 감옥으로 막아서 아군을 방해하지 못하도록 보호하고 있다.

스타더스트 미러 덕분에 나 자신도 보호할 수 있지만 제법 긴장되는 상황인 건 분명했다.

배에 올라탈 만큼의 여유는 없다. 이제 본격적으로 라프타리아를 누군가의 지원 담당으로 보내야 할 것 같군.

전투가 시작된 지 단 몇 분 만에 이런 공방이 펼쳐지다니…… 앞날이 걱정되는군.

"아직 멀었다! 한 번 받아 보거라!"

메탈 매직 드래곤이 연속으로 마법을 발동시켰다.

『그 힘은 포악한 힘의 억압, 모든 것을 멸하는 마도의 진수, 우리의 적에 대한 위압일지니……. 세계를 통치하는 용제가 명한다! 모든 것을 짓눌러라!』

"마룡 · 압전저(壓全低) 10!"

메탈 매직 드래곤이 마법 구슬을 터드려서 마법을 발동시키려 하고 있었다.

마룡이 나를 쳐다보고는 확인이라도 하듯 고개를 끄덕였다.

그래, 알았어, 알았다고.

"별일이구나, 왜소한 조각이여. 나도 그 마법을 영창하려던 참이었는데 말이지. 기왕 이렇게 된 거, 네 힘을 이용해 주마."

마룡은 메탈 매직 드래곤이 영창하는 과정에서 발생한 마력의 흐름을 유용해서, 한발 늦게 영창한 마법을 즉시 완성시켰다.

"마룡 · 분노전저(憤怒全低)!"

검은 마법 구슬이 화르륵 생성되고, 메탈 매직 드래곤이 작동시키려 했던 마법 구슬에 얽혀서는 터지지 못하도록 방해했다.

"뭐, 뭐야?! 하지만 성무기의 힘이 깃든 나를 고작 이 정도로 막을 수 있을 거라고 생각했다면 오산이다!"

메탈 매직 드래곤은 마법 구슬을 향해 손을 뻗어서 강제적으로 터뜨리려 했고……. 이 정도까지 보인다면 충분히 해 볼 만하겠군.

기의 응용법 가운데 하나인 집(集)을 사용해서 마법을 거울로 유도, 터지기 전에 거울로 쳐내서 부유경에 맞추어 튕겨냈다.

물론, 마지막으로 맞힌 것은 분노를 깃들인 라스 미러였다.

그대로 연쇄시켰을 때 마룡이 손가락을 튕겼다.

“뭐야…… 끄와아아아아아아악?!”

“우와?!”

메탈 매직 드래곤과 작살의 권속기 소지자 일행에게 마룡이 내쏜 마법의 빛이 명중.

“어머어머어머. 읏차.”

“하앗!”

세인의 언니와 부적의 권속기 소지자는 그 빛을 가볍게 쳐내 버렸다.

무슨 수를 쓴 건지는 몰라도 배 쪽 역시 튕겨낸 모양이었다.

“히, 힘이?! 뭐야, 온몸이 타들어 가는 것처럼 아파……. 저주인가……?! 그래도 아직 괜찮아! 플러스 마이너스 0이 된 것뿐이야.”

작살의 권속기를 가진 녀석이, 자기 스테이터스를 확인해 본 듯 증오 섞인 눈길로 이쪽을 쏘아보았다.

아아, 강화마법과 약화가 동시에 걸렸으니 결과적으로 플러스 마이너스 0이 된 셈이라는 이야기군……. 아니, 그럴 리가 없지 않은가.

분노의 저주에도 걸렸으니 확실히 마이너스다.

“아직 안 끝났다, 왜소한 나의 가짜여. 한 단계 위의 무효화 마법을 받아 보거라.”

마룡이 분위기를 타고 메탈 매직 드래곤을 향해 마법을 내쏘았다.

『내가 가진 뭇 핵석의 힘이여. 사천왕의 힘이여. 내 부름에 응하여 구현하라. 나는 세계를 통치하는 용제. 그 무시무시한 힘은 포악한 힘의 박탈, 모든 것을 멸하는 마도의 진수, 우리의 적에 대한 제재일지니……. 세계를 통치하는 용제가 명한다! 내가 지정하는 마를 무효화시켜라!』

"마룡 · 선정 동파동(選定凍波動)!"

마법이 완성되고, 마룡의 손가락에서 강렬한 빛이 뿜어져 나왔다.

"또니? 귀찮아라."

세인의 언니와 부적의 권속기 소지자 등…… 세인의 언니 쪽 녀석, 그리고 배의 권속기에 타고 있는 윗치 패거리에게는 맞지 않았다.

"강화마법만 무효화시키다니. 이런 비열한 짓을!"

그리고 작살의 권속기 소지자가 부모 죽인 원수라도 쳐다보는 것 같은 눈으로 언성을 높여 항의했다.

"서로 입장이 반대였다면 정교한 지략이라고 떠벌렸을 거잖아?"

자기가 당하면 비열하다고 욕하고, 자기가 하면 책략이라고 칭송한다.

창작물 속에서는 적의 대장이 순순히 상대를 칭찬하는 광경 같은 걸 읽은 적이 있었지만, 실제로 당하면 칭찬할 생각이 들 리가 없다.

이건 실제 싸움인 것이다.

"크……. 저항에 실패한 건가!"

메탈 매직 드래곤이 저항을 위해 손을 내밀어서 마법을 약화시키려 한 것 같았지만, 마룡의 마법은 그 저항을 능가할 만큼의 위력을 갖고 있었던 모양이다.

뭐랄까, 마룡 쪽이 한 수 위군.

파워만 따지면 상대방이 더 앞설 테지만, 경험 면에서는 마룡 쪽이 우세였다.

애초에 메탈 드래곤과 작살의 권속기 소지자는 성무기나 권속기에게 휘둘리고 있는 게 틀림없었다.

"그렇다면! 하아아아아아아앗!"

메탈 매직 드래곤은 마룡을 무시하고 필로를 향해 덤벼들었다.

"타앗—!"

필로는 하이퀵을 쓸 때처럼 날개를 교차시켜서 요격했다.

"으음?! 이렇게 재빠를 수가! 어떻게 된 거냐?! 비록 약화된 상태라고는 해도, 성무기를 내포하고 있는 내가 왜 따라잡지 못하는 거냐?! 갸아갸아!"

"그건 말이다, 사천왕이란 나의 가호를 받은 자……. 내가 파워업한 상태라면 동등한 가호를 받게 되는 건…… 당연한 일일텐데."

"부우!"

필로가 언짢은 기색으로 마룡의 말에 대꾸했다.

"필로 좀 짜증 나니까, 활 든 사람이랑 같이 들으러 갔었던 즐거운 노래를 불러야겠어!"

메탈 매직 드래곤을 걷어찬 필로는 적에게서 멀찍이 떨어져서 노래를 부르기 시작했다.

어쩐지 예전보다 목소리에 힘이 있어 보이는군.

"에어 머신건 메테오~!"

필로 위에 압축된 공기 덩어리가 수도 없이 발생해서 메탈 매직 드래곤에게로 쏟아졌다.

"으윽?! 사천왕 따위가 나에게 대들겠다는 거냐아아아아아아아아아아아아!"

"가짜, 네놈과는 상관없어. 그 녀석은 내 사천왕이다."

"필로의 주인님은 주인님뿐인걸!"

필로는 뭔가 시답잖은 말다툼에 말려든 모양이군.

마룡 대격돌에 억지로 끌려 들어가서 고생이 많아 보인다.

"그럼…… 슬슬 이 누나가 나설 차례가 됐나 보네."

재빨리 마룡에서 내린 사디나가 작살의 권속기 소지자를 향해 달려들어서, 물 흐르듯 유려한 몸놀림으로 작살을 휘둘러 상대를 압도해 나갔다.

"뭐, 뭐야?!"

"거기! 그래, 거기, 손이 놀고 있잖아. 공격에 집중력이 부족해. 어머나? 거기를 공격해도 괜찮은 거니? 여기서 공격하고 나서는 건 좀 아닌 것 같은데."

메치기로 시작해서, 가로로 쓸기, 찌르기, 작살 자루로 찌르기에 이은 휘두르기, 상대가 반격해 오면 장창의 반격기처럼 빙글 회전해서 날려 버렸다.

"비, 빌어먹을! 스테이터스가 좀 앞선다고 건방 떨기는!"

"엉뚱한 소리를 하는구나. 무기의 힘에 휘둘리고 있는 거 아니니? 애초에 내 능력치가 높다는 걸 알게 된 순간부터 단념하고 있었던 거 아니고?"

투덜거리는 작살의 권속기 소지자의 허점을 간파한 사디나는 가슴에 작살을 대고 힘차게 한 발을 내디뎌서 상대를 있는 힘껏 날려 버렸다.

"끄아아아악!"

"어머나?"

마지막 기술은 제르토블에서 본 거군.

"우쭐대지 마라! 포경섬(捕鯨銛) 10…… 이어서 고래 죽이기 10!"

작살의 권속기 소지자는 또 하나의 작살을 꺼내서 사디나를 향해 던지고, 공중에서 1회전 하면서 자신도 몸을 날렸다. 척 듣기에도 맞으면 위험해 보이는 스킬명이었지만…… 사디나의 표정에는 여유가 넘쳤다.

"단순한 공격이네. 그런 식으로 해서는 위력이 아무리 강해도 맞힐 수가 없다구. 이 누나는 아예 따분할 지경이라니까."

사디나는 작살의 권속기 소지자가 퍼붓는 맹공을 뒷걸음질로 피한 후에 펄쩍 뛰어올랐다가 상대의 작살을 밟았다.

애초에 스킬 자체가 아래로 찔러서 꿰뚫는 것이었기에, 타이밍 좋게 위쪽으로 이동해 버리면 명중시킬 도리가 없는 것이었다.

"빌어먹을! 하아아앗! 끄악?!"

작살의 권속기 소지자는 스킬을 중단하고 작살 자루로 후려치려 했지만, 사디나가 그런 녀석을 있는 힘껏 메쳐 버렸다.

"사용법이 글러 먹었다니까 그러네. 바닷속에서 그런 식으로 작살을 썼다가는 물고기 한 마리도 못 잡을걸?"

하긴, 작살이란 원래 어업 용구고 물고기를 잡는 게 목적인 무기니까.

키즈나의 무기 중에도 작살이 나오고, 모토야스도 쓸 수 있다.

사실 사디나는 그 둘과도 꽤 많이 대련해 왔단 말이지.

결과적으로 사디나의 작살 사용 실력이 더 뛰어나서, 키즈나는 물론 모토야스의 훈련까지 지도해 줄 만큼의 실력을 갖추고 있었다.

"작살의 강점은 순발력이라구. 이런 식으로 에잇에잇에잇, 하고 말이야."

사디나는 재빨리 작살을 내질러 작살의 권속기 소지자를 찔렀다.

"끄으으으으윽……."

썩어도 준치라고 용사의 내구력 덕분에 관통은 당하지 않았지만 고통은 느끼는 모양이었다.

뭐…… 이쪽 세계에 오기 전에 심해에서 싸웠던 때의 기억이 떠오르는군.

심해에는 거대하고 강력한 어류형 마물들이 제법 많았다.

내 강화의 도움도 있긴 했지만, 사디나와 실디나는 그런 마물들을 상대로 한 발도 물러서지 않고 싸워서 승리를 거두곤 했었다.

원래 내가 살던 일본에서의 지식으로는, 범고래는 바닷속 최강의 생물이다.

물론 나를 소환한 쪽 이세계의 수인들 사이에서도 그 지위는 마찬가지여서, 바닷속에서는 최강의 수인이라 불리고 있다.

그런 수인종 중에서도 천재라 일컬어질 만큼…… 전생자들과는 다른 진정한 천재 앞에서 작살을 사용한 전투로는 초보자나 다름없는 녀석이 상대가 될 리가 없겠지.

"뇌격섬(雷擊銛) 10."

"그건 다 보인다고 했잖아? 에잇!"

"으윽!"

우와! 작살의 권속기 소지자가 사디나를 흉내 내서 급선회했더니, 사디나가 작살 자루를 길게 잡고 작살을 내질렀다.

자기가 들이받는 바람에 작살 권속기 소지자의 어깨에 작살이 박혔다.

제법 깊게 박힌 것 같은데…… 하고 생각했지만, 작살 권속기 소지자는 이내 작살을 뽑았고, 그 자리에서 피가 분출되었다.

"아, 아프잖아! 이놈이!"

"이 누나는 놈이 아니라구—."

작살의 권속기 소지자는 동료에게서 회복용 부적을 받아다가 상처 부위에 붙였다.

약보다 훨씬 효과가 빠른, 이 세계의 편리한 도구였다.

다만…… 마룡이 전개한 필드의 효과 때문에 치료 속도가 더 뎌진 것 같았다.

"죽여 버리겠어!"

작살의 권속기 소지자가 이마에 핏대를 새우고 분노에 눈을 부릅뜬 채 소리쳤다.

아, 작살의 형태가 음침하게 바뀌었잖아.

틀림없다. 뭔가 저주의 무기로 변한 게 분명하다.

지금까지는 우리를 얕보고 있었다……는 정도까지는 아니겠지만, 이제부터는 수단 방법 가리지 않고 공격할 작정이리라.

『죄인에게 내릴 벌의 이름은, 형틀에 매달린 성인의 목숨을 베는 형벌의 모방. 이것은 성스러운 심판! 저자를 징벌하는 방법일지니!』

"책형의 형틀!"

사디나 뒤에 독기를 내뿜는 검은 십자가 같은 것이 나타나고, 가시 같은 실이 사디나를 향해 뻗어 왔다.

"어머나?"

사디나는 작살을 한 번 돌려서 자신에게 날아드는 실들을 한데 휘감고, 자신을 옭아매려 드는 실들 사이를 요리조리 피하며 후퇴했다.

참 재주도 좋은 녀석이란 말이지.

"풍천(風天) · 풍익참(風翼斬)!"

필로가 날개에서 바람 칼날을 내쏘고, 사디나를 추격하려 드는 실들 사이로 들어가서 사디나를 보호했다.

"사디나 언니 괜찮아?"

"응, 괜찮아."

"허술한 공격이군. 흥!"

마룡이 그런 저주 스킬의 근원을 짓밟고 화염을 내뿜어서 파괴했다.

"설마 내 공격을 파괴한 거냐?!"

이게 그렇게 놀랄 일인가?

보아하니 상대를 찍어 누르고 뭔가를 하는 스킬인 것 같지만, 그것도 일단 상대에게 맞혀야 효과가 있는 법이다.

이건 아예 맞힐 생각이 없는 것 아닌가 싶어질 정도다.

"그리고…… 그 기술은 쿠필리카 것이다!"

그러니까 그 쿠필리카의 힘이나 전투 기술은 본래 마룡 것이고, 마룡이 그걸 필로에게 주었으니 당연히 필로도 쓸 수 있는 것이다.

뭘 저렇게 격노하는 건지…….

뭐, 나도 방패를 빼앗겼을 때는 부아가 치밀긴 했지만, 상대에게서 빼앗은 걸 쓰는 건 당연한 것 아닌가.

작살의 권속기 소지자는 상대에게서 아무것도 빼앗아 본 적이 없는 건가?

내가 기억하기로…… 성무기의 용사 중에 누군가를 죽였다고 그러지 않았던가? 그렇다면 그 무기도 빼앗았을 테니 불만을 토로할 자격은 없는 셈이잖아.

"고작 그 정도로는 나와 방패 용사의 분노에는 발끝에도 미치지 못해."

"헛소리 마! 내 분노보다 더 큰 분노는 없어."

불행 자랑은 공허하니까 안 하는 게 좋을걸. 결과로 말하란 말이다.

"어디 마음껏 짖어 보거라. 사실은 달라지지 않으니까."

마룡이 작살의 권속기 소지자를 노골적으로 무시했다.

하지만 지금은 그게 중요한 게 아니라…… 사디나 녀석, 그런 순간적인 상황에서 용케도 그렇게 잘 피하는군.

"사디나."

"왜 그러니, 나오후미?"

“너 설마, 실은 전생자였다거나 하는 건 아니겠지?”

만에 하나, 실은 사디나가 내 빈틈을 노리고 있던 전생자였다면 회복되기 힘든 충격을 받을 것이다.

“적어도 이 누나는 나오후미가 이야기하던 생전의 기억 같은 건 안 갖고 있어. 실디나도 항상 이 언니를 보고 있으니까 그게 아니라는 거 알지?”

전생자를 간파하는 능력을 지닌 두 자매가, 자기 자매는 전생자가 아니라고 주장했다.

미리 서로 말을 맞춘 것일 가능성도 없는 건 아니지만…… 사디나가 지금까지 살아온 인생이나 행실로 미루어보면, 전생자가 아니라는 것쯤은 짐작할 수 있었다.

만약에 진짜 전생자였다면 내 이야기를 듣지도 않았을 테고, 자기는 천재라는 자만에 빠져 있었겠지.

그리고 전생자는 이성을 컬렉션처럼 모으는 걸 즐기는 놈들이고.

으음……. 사디나의 특징과는 들어맞지 않는군.

“흥! 작살 좀 잘 다룬다고 대결에서 승리할 수 있는 건 아냐! 우리 중에 마법을 쓸 수 있는 게 마룡뿐이라고 생각했다면 오산일 거다!”

작살의 권속기 소지자가 그렇게 말하고 부적을 꺼내서 마법을 쓰려 한 직후.

“어머나? 그건 이 누나도 마찬가지인데? 주얼 스파크.”

사디나가 액세서리로부터 번개를 발생시켜서 부적을 태웠다.

“뭐야?! 부적이?!”

"실디나나 다른 애들이었다면 이 정도까지 당하지는 않았을 텐데 말이야. 마력으로 제대로 보호해 가면서 했어야지."

이 정도면 아예 어린애를 다루는 것 같은 태도군. 노골적으로 깔보고 있다.

그런 사디나의 자질을 간파한 건지, 작살의 권속기가 이츠키 때처럼 빛나기 시작했다.

이츠키가 악기를 빼앗았을 때와 같은 반응이었다.

좋아, 잘 풀리고 있군. 작살도 박탈하는 거다.

"이제 작살의 자루 부분에 매달려 있는 액세서리를 부수기만 하면 되는 거지, 나오후미랑 키즈나?"

"그래. 이츠키는 그런 식으로 빼앗았어."

"그렇다나 봐. 뭐, 나도 겨냥할 테니까 별문제 없을 거야!"

키즈나가 수렵구를 활 형태로 변화시키고 겨냥하기 시작했다.

"아, 환장하겠네! 개소리 마! 얘들아! 이 녀석들을 해치워!"

"""네!"""

이대로 가다가는 작살이……. 작살을 빼앗길지도 모르는 상황이라는 걸 이해하자, 작살의 권속기 소지자는 전에 없이 격분했다.

"으음? 다른 사람에게 권속기를 빼앗길 위기에 처하자마자 남에게 싸움을 떠맡기는 거냐? 그런 녀석에게 빠졌다니…… 쿠필리카도 참 불쌍하게 됐군."

마룡이 기다렸다는 듯 분노를 부채질했다.

다음 말은 아마 "이기면 장땡이다."일 것이다. 틀림없다. 장담해도 좋다.

"시끄러워! 이기면 장땡이야! 이 무기는 내 거다! 네놈들에게 빼앗길 리가 없어!"

이럴 줄 알았다니까. 이제 너 같은 놈들은 지긋지긋하다고.

"저희만 믿으세요!"

작살의 권속기 소지자 패거리 여자들이 줄줄이 배에서 내려서, 사디나와 마룡을 포위했다.

"얼굴 좀 반반하다고 우쭐대지 마! 이 날라리!"

"말을 너무 험하게 하는걸. 이 누나 좀 상처 받았어. 나오후미, 위로해 줘—."

"상처를 받긴 뭘 받았다는 거야? 뭐, 페로몬 풍부하게 보이는 그 태도가 원인 아냐?"

"어머나?"

"확실히 사디나 언니는…… 썩 조신해 보이지 않기는 해요. 이야기하기는 실디나 양 쪽이 더 편한걸요."

라프타리아가 못을 박았다.

하긴 사디나는 조신하다기보다는 가벼운 여자로 보이는 건 사실이란 말이지.

실제로는 제법 묵직한 성격에, 할 때는 하는 녀석이지만.

"아아—앙, 그렇게 칭찬해 주다니."

"칭찬 안 했어!"

"칭찬 안 했어요!"

정신 구조가 어떻게 돼 먹은 거냐, 이 여자는! 이제 알고 지낸 지도 제법 오래 지났지만, 가벼운 여자라는 말에 칭찬받았다고 대꾸하는 건 이해할 수가 없었다.

혹시 가벼운 걸 미덕으로 여기는 건가?

"빈틈이다! 끄악!"

작살의 권속기 소지자는 우리가 대화에 정신이 팔려 있는 틈을 타서 덤벼들었지만, 사디나가 그런 그의 미간을 다시 작살의 자루로 찍어 버렸다.

"어머나—? 맞았니? 하긴 이 언니는 네가 어디 있는가 하는 것쯤은 눈 감고도 알 수 있지만 말이야."

상대의 움직임을 완전히 간파하고 있군.

사디나는 범고래 수인이라 음파를 통해 주위 상황을 파악할 수 있으니까.

환각마법도 어느 정도 간파할 수 있다.

적어도 기습은 통하지 않을 거라 생각하는 게 좋을 것이다.

"이 자식! 내 주인에게 무슨 짓을 하는 거냐!"

이때 메탈 매직 드래곤이 작살의 권속기 소지자 쪽에 가세하려 했다.

"어리석은 것……. 내 힘에 휘둘리고 있는 네놈이, 나를 내버려 두고 뭘 하겠다는 거지?"

마룡이 그런 메탈 매직 드래곤을 꼬리로 힘껏 후려쳤다.

"크헉?!"

"이 정도 공격도 방어하지 못하다니. 그 약해 빠진 몸부터 빨리 정비해야 하는 것 아니냐? 뭐…… 나를 상대로 얼마나 제대로 된 마법을 구축할 수 있을지 의문이긴 하다만."

"끄윽…… 네놈이 내 영창을 따라올 수 있을 것 같으냐?! 주인! 능력 저하를 해제시키고 회복시키는 거다!"

"알았어! 그렇게만 하면 이 건방진 날라리와 마룡의 숨통을 끊어 놓는 것쯤은 식은 죽 먹기야!"

마룡이 마음먹고 상대를 감시하면, 상대가 같은 마룡이라 해도 영창을 방해할 수 있다.

우리 쪽 세계에서는 원래 합창마법 수준은 돼야 방해할 수 있지만…… 그건 작살 권속기 소지자 동료들의 수준에 따라 달라지겠지.

다만, 지금의 마룡이라면 합창마법까지 방해할 수 있을지도 모른다.

"그럼 이 누나, 힘 좀 써 볼게―!"

사디나가 작살을 들자 마룡이 그 의도를 알아채고 손가락을 튕겼다.

그러자 사디나의 작살에 검은 불꽃과 번개가 깃들었다.

"이거 근사한걸, 마룡."

"네놈도 한때는 용의 무녀였던 몸. 방패 용사를 사모하는 동료인 내가 주는 선물이다. 작살의 권속기 소지자와 그 패거리들을 확실히 쓸어버리도록."

"간다―! 살육의 무녀가 어떻게 싸우는지 똑똑히 지켜보라구."

으…… 사디나와 실디나의 고문 장면이 떠오르는군.

"어림없다! 어, 끄으으으윽!"

작살의 권속기 소지자 패거리는 다시 달려들었지만, 사디나가 들고 있는 작살에서 뿜어져 나온 뇌격과 검은 연기가 그들에게 달라붙어서 대미지를 가했다.

저 녀석, 아까부터 계속 달려들었다가 격퇴당하는 짓만 하고 있잖아.

“아까 네놈이 쓰려던 스킬…… 원래 이런 것 아니더냐? 마룡·십자포박(十字捕縛).”

마룡이 마법으로 작살 권속기 소지자 뒤에 십자가를 출현시키자, 십자가가 작살 권속기 소지자를 빨아들여서 고정했다.

“끄으으으윽……. 앗, 뜨거! 아야야야야야야!”

슈우욱 하고, 작살 권속기 소지자의 등에서 검은 연기가 피어올랐다.

결박한 채 불로 지지다니…… 끔찍한 마법이군.

“이 누나의 공격도 받아 보렴! 에잇에잇에잇.”

사디나는 기다렸다는 듯 작살 권속기 소지자의 가슴을 푹푹 찔러 댔다.

뭐랄까…… 확실히 처형 느낌이 나긴 하는군.

상대가 쓰려던 스킬을 그대로 재현하고 있는 모양이었다.

“다음은, 웃차! 그 무기의 자유를 되찾아 줘야지. 어머나?”

“어림없다!”

사디나는 작살의 권속기 소지자가 갖고 있는 작살에 공격을 시도했다. 하지만 힘으로 십자가를 파괴한 작살의 권속기 소지자가 뒷걸음질을 쳐서 거리를 벌리고, 작살에 달린 액세서리를 보호하면서 소리쳤다.

“흥. 빼앗을 수 있을 거란 생각은 집어치우는 게 좋을걸!”

“그렇다! 마룡·동파동 10! 이제 능력 저하는 해제됐다! 네놈들은 이제 승산이 없단 말이다!”

메탈 매직 드래곤이 전체 지원 무효화 마법이 아닌, 작살의 권속기 소지자와 자신들에게만 작용하는 해제마법을 사용했다.

영창 시간 때문인가?

하여튼, 이쪽은 제법 선전을 펼치고 있군.

이쪽은 별문제 없을 것 같다.

글래스와 실디나는…… 지금 막, 마룡이 발동한 마법 지원으로 강하돼 부적 든 녀석을 밀어붙이고 있었다.

상대도 저주의 부적으로…… 수상쩍게 생긴 마귀 두 마리를 소환해서 대항하고 있었다.

다만 조작이 까다로운지 부적 든 녀석의 움직임이 느릿하군.

마귀 한 마리는 크리스에 의해 움직임을 봉쇄당하고, 나머지 한 마리는 글래스가 대처하고 있었다.

"사법(邪法) · 고독주(蠱毒呪)!"

부적에서 꿈틀거리는 벌레들이 수도 없이 뛰쳐나와서 글래스와 실디나를 향해 날아갔다.

커스 스킬 같은데. 괜찮을까?

"하앗! 별로 손에 익지 않은 무기를 사용하고 있는 모양이네요. 아무리 강력한 효과가 있더라도, 맞지 않으면 아무 소용도 없을 텐데요?"

"지급받은 무기에 아직 적응이 덜 됐다는 건 저도 인정합니다. 하지만 그렇다고 여기서 물러날 만큼 약하지는 않습니다!"

글래스의 공격을 부적으로 튕겨내고, 실디나의 공격은 부적으로 교묘하게 궤적을 틀어서 회피하는 식이었다.

"으음……. 이번엔 이거?"

실디나가 부적을 꺼내면서 소울 이터처럼 생긴 마물을 불러내서 성무기를 든 녀석에게 날렸다.

아니, 마물이 아니었다. 저건 아까 사용했던, 바람을 휘감은 물고기 같은 녀석의 변형판이었다.

"끄으응…… 하앗!"

"어둠 속성 부적을 잘 쓰시는군요."

"스킬이라는 녀석을 따라 하는 게 이제 제법 재미있어졌어!"

하긴, 이제 기술로 스킬을 재현하는 것처럼 마법으로도 스킬을 재현할 수 있게 됐으니까.

발동하는 데 시간차가 발생하긴 하지만, 실디나는 마법이 주특기인 만큼 즉시 따라 할 수 있을 것이다.

"뭐야, 내 스킬을 따라 한 겁니까?!"

성무기 든 녀석도 놀라면서 날아드는 공격을 회피했다.

은근히 위력도 강해 보이니 맞으면 그럭저럭 아플 것이다.

"실디나 양. 당신은 부적을 정말 잘 다루시네요."

"부적으로 노는 게 취미니까."

도대체 얼마나 많이 가져온 건지, 실디나는 홀더에서 부적을 꺼내어 트럼프카드 섞듯 착착 섞은 다음 적에게 날려댔다.

그 한 장 한 장에 마법 효과가 봉인되어 있어서, 단순히 던지기만 해도 효과는 확실히 발휘되었다.

게다가 부적에 간섭해서 마법까지 발동시킬 수 있으니 실디나에게 있어서 상성이 좋다는 건 틀림없었다.

부적이란 제법 비싸긴 하지만, 라르크가 국가 예산으로 지급해 주고 있으니까.

소재에도 공을 들이고 있다고 했던가? 마룡 소재 부적을 만들겠다면서 피를 받아 갔던 게 기억난다.

"자, 내 비장의 부적, 폭렬부."

실디나는 뭔가 음침한 기운 같은 게 피어오르는 부적 한 장에 마력을 담아서 부적의 성무기를 가진 녀석에게 던졌다.

영창해서 마법화시키는 게 아니라, 던지면 효과가 나타나는 종류의 부적이었다.

"그걸 공격이라고 하는 거냐!"

"아, 위험해! 엎드려."

부적의 성무기를 가진 녀석은 그 부적을 부적으로 제압했다.

직후, 부적이 폭발해서 검은 불꽃이 터져 나왔다.

"우와아아아아아아아아아악?!"

부적 든 녀석의 몸에 불이 붙고, 녀석은 바닥을 뒹굴면서 신음했다.

"앗 뜨거! 실디나 양?!"

날아온 저주의 불꽃이 글래스 쪽에까지 튀었기에, 글래스는 주의를 촉구하듯 말했다.

"와아…… 마룡의 피는 참 대단하네. 나오후미가 마룡에게서 받은 걸 나눠 받아서 만들었어."

"왜 그런 걸 가지고 부적을 만드신 거예요?! 좀 조심하세요! 제 말 듣고 있는 거예요?!"

"슬슬 흥이 오르는데!"

술을 마신 것도 아니건만, 실디나는 왠지 신이 난 기색이었다.

싸움을 즐기고 있는 모양이군.

사디나와의 싸움 이후로 즐거워 보이는 모습은 거의 못 봤었는데…….

애초에 사디나와 싸울 때 이외에는 저런 표정을 거의 안 짓는단 말이지.

그런 의미에서 보면 실디나는…….

이런 생각을 하고 있을 때…… 섬뜩한 색으로 변한 부적의 권속기에서 두근두근 하는 강렬한 고동이 발생했다.

"이, 이게 뭐죠?! 부, 부적이 제멋대로?!"

부적이 실디나를 향해 날아가려 하는 것을 부적 든 녀석이 필사적으로 제지하려 하고 있었다.

"저건 혹시……?"

그때 메탈 매직 드래곤의 가슴 언저리에서도 기묘한 고동 소리가 울려 퍼졌다.

"으윽…… 뭐, 뭐냐?!"

그리고 메탈 매직 드래곤의 가슴 언저리에 있던 빛이 부적의 권속기로 날아갔다.

마치 남겨진 힘을 맡기기라도 하는 것처럼.

"우와아아아아악?! 날뛰지 좀 마세요!"

성무기 든 녀석은 부적에 마구 휘둘렸고, 실디나와 글래스는 어안이 벙벙한 채 그 모습을 지켜보았다.

그 직후, 액세서리에서 뭔가 검은 기운이 뿜어져 나와서, 부적을 옭아매기 시작했다.

이건…… 성무기가 공격할 틈을 만들어 준 거라고 판단해야 하는 건가?

설마 권속기처럼 자신에게 적합한 사용자를 발견해서 옮겨가려 한다거나 하는 건 아닐 것이다.

성무기는 원래 소환된 이세계인의 손에 깃드는 물건이라는 모양이니까.

그 원래 주인은 이미 이 세상에 없었다.

"나오후미 님!"

그때 라프타리아가 내게 주의를 주었다.

"주인님? 갈까?"

그리고 그 타이밍에 필로가 이쪽으로 날아왔다.

하긴, 지금이야말로 윗치 패거리를 해치울 수 있는 절호의 기회다.

"어머어머어머?"

세인 쪽은…… 세인의 언니를 노려보면서 맹공을 퍼붓고 있었다.

사역마를 네 마리까지 늘려서 파상공세를 벌이는 모습이, 우세를 점하고 있는 것처럼 보이기도 했다.

마룡을 본떠 만든 봉제 인형이 수없이 많은 마법을 날리며 세인의 언니를 견제하고 있었다.

재현도가 뛰어나군.

이따금 사슬이 날아와서 세인을 포박하려 들었지만, 세인은 날렵한 움직임으로 회피하고 있었다.

순간적으로 세인과 시선이 교차했다. 이 틈에 몰아붙이라고 말하는 것만 같았다.

아직 전투를 계속할 수 있다는 의지가 느껴졌다.

좋아! 내가 라프타리아와 함께 손을 들자 필로가 우리의 의도를 알아채고 날아왔다.

나와 라프타리아는 그 다리를 꽉 붙잡고 날아올라 상공에 떠 있는 배의 권속기 쪽으로 다가갔다.

"뭣들 하는 거야? 빨리 요격하라구!"

쾅쾅 하고 배의 대포가 우리를 향해 포격을 날렸지만, 필로의 속도에 대처하기에는 역부족이었다.

윗치와 그 패거리들, 작살 권속기 패거리 여자들이 마법이며 무기로 요격하려 들었지만 스타더스트 미러로 충분히 대처할 수 있는 정도의 위력이었다.

"흥! 왔단 말이지? 우리도 준비 다 됐다 이거야!"

언제든지 요격해 주겠다는 듯, 윗치가 뱃머리에서 채찍을 휘둘렀다.

"쓸데없이 튼튼한 너를 처치하려면 이 정도는 해야 할 테니까! 쓸데없이 긴 충전 시간도 마침 다 끝났어! 이걸 맞으면 아무리 너라도 끝장일걸!"

역시 그랬었군.

모토야스의 필살기 중에 브류나크라는 스킬이 있는데, 스킬 강화 등의 영향으로 이제 충전 시간이 상당히 짧아졌다. 채찍의 칠성무기는 충분히 강화된 상태일 텐데도 이렇게 긴 충전 시간을 요하는 스킬이 존재한다면, 위력 하나는 엄청날 게 분명했다.

이 상황을 단번에 역전시킬 수 있을 만큼.

어쩌면 다른 녀석들의 목적은 윗치가 그 스킬을 발동시킬 시간을 버는 데에 있었다고 봐도 좋을 것이다.

평소의 윗치였다면 자기편이 이렇게 열세에 놓인 상황에서 냉큼 도망쳤을 테니까.

"그리고 또 하나, 너희 뭔가 착각하고 있는 것 같은데, 액세서리만 파괴하면 무기를 빼앗을 수 있다고 생각하고 있나 보지? 우리가 거기에 대한 대책도 안 세워 뒀을 것 같아?"

윗치가 의기양양하게 소리쳤다.

"뭐라고?!"

세인의 언니 쪽으로 시선을 보내자 허세가 아니라는 듯 고개를 끄덕였다.

"맞아, 우리 개발부문이 말이야, 액세서리가 부서져서 무기를 빼앗겼다는 데에 자존심이 상했는지 엄청나게 강력한 물건으로 교환했거든. 수렵구의 용사님에게 달았던 것보다도 더 강력한 거라나 봐."

빌어먹을……. 파괴가 안 된다니 무슨 성가신 짓을 하는 거냐.

정말 파괴가 불가능한 건지, 일단 키즈나를 시켜서 액세서리를 부숴 봐야겠다.

"역시 대단하세요! 마르티 님—! 덕분에 이제 드디어 싸움에 종지부를 찍을 수 있게 됐어요! 꺄아—! 멋져요—!"

여자2 2호가 짜증 나는 성원으로 윗치를 찬양하고 있었다.

망할 년! 네놈도 여자2 1호처럼 잿더미로 만들어 주마!

"후후후, 너희와의 악연도 이제 끝이야! 받아 보시지, 인피니——!"

윗치가 팔을 들고, 채찍을 휘둘러서 스킬을 쏘려는 참이었다.

"꺄—! 마르티 님——!"

칫! 유리 방패를 전개해서 막는 수밖에!

그렇게 하려 한, 바로 그 직후——.

"커헉——?!"

윗치의 등에서 배를 검이 관통하고, 입에서 대량의 피가 뿜어져 나왔다.

무, 무슨 일이 벌어진 거야?

그렇다. 전혀 예측하지 못한 사태가 눈앞에서 벌어진 것이다.

조금 전까지만 해도 윗치 패거리의 압도적 우세였던 분위기가 순식간에 날아가 버린 것 같은 느낌이었다.

라프타리아와 필로는 물론, 그 자리에 있던 모든 이들을 술렁거리게 만드는 사건이 벌어졌다.

이건 내게 있어 절호의 기회이기도 했으리라.

하지만 워낙 놀라움이 컸기에, 나는 그저 넋 나간 얼굴로 지켜보고만 있을 수밖에 없었다.

"네, 드디어 방패 용사님의 승리로 종지부가 찍히겠네요."

지금까지 윗치는 다른 사람을 함정에 빠트리면서 기뻐하기만 했었다.

궁지에 몰리면 남에게 책임을 돌리고 도망쳐 버리는 녀석이라, 자기가 직접적으로 피해를 보는 일은 거의 없었다.

라프타리아가 은신한 채 접근해서 찔렀을 때 정도가 고작이었을 것이다.

그랬던 윗치가…… 갑작스러운 기습에 당한 것이다. 생각조차 하지 못했던 상대의 공격에.

"아…… 아? 대, 대체 왜 내 배에서 검이?"

그리고 윗치는 자신에게 무슨 일이 일어난 건지를 알고 나서도 여전히 영문을 모르겠다는 듯이, 뒤에서 자신을 찌른 인물…… 여자2 2호를 떨리는 시선으로 쳐다보았다.

"윗치…… 줄곧 이 순간만을 기다렸어요."

윗치를 검으로 꿰뚫은 채, 여자2 2호는 싸늘하기 그지없는 말투로 내뱉었다.

12화 첩보원

"라이…… 노…… 대체 왜……."

윗치가 믿기지 않는다는 표정으로 그렇게 중얼거렸다.

라이노? 혹시 여자2 2호의 이름인가?

이런 바보녀의 이름을 알게 되는 건 희귀한 일이기는 한데…… 이게 대체 어떻게 된 상황이지?

내분? 아니, 윗치를 배신하기에는 너무 이른 타이밍이었다.

지금까지 윗치 패거리가 배신한 건, 자기들이 더 절망적인 위기 상황에 처했을 때였다.

"왜냐고요? 등의 방비가 허술하기 짝이 없어서 그런 겁니다만?"

라이노라 불린 여자2 2호는, 검으로 윗치의 등을 꿰뚫은 채로 꾹 손목을 비틀면서 대답했다.

"꺄아아아아아?!"

그 수법과 표정에서는 오랜 세월에 걸친 원한 같은 강렬한 감정이 엿보였다.

지금 나는 분노를 관장하는 커스를 전개하고 있는 상황이기에 그 감정을 느낄 수 있었던 것이다.

"냉큼 떨어져 버려요!"

라이노는 그렇게 쏘아붙이면서 검을 뽑고, 공중에 뜬 배에서 퍽 하고 윗치를 걷어차 떨어뜨렸다.

배가 관통당하는 바람에 힘이 안 들어가는지, 윗치는 머리부터 낙하해서 바닥에 격돌했다.

"으윽……?!"

낙하와 동시에 윗치의 입에서 고통에 찬 목소리가 흘러나왔다.

채찍의 칠성무기를 갖고 있는 만큼 죽지는 않았다.

그래도 그 높이에서 낙법도 못 취하고 떨어진 것이다. 상당한 대미지를 입었을 게 분명하다.

뭐가 어떻게 된 거야?

나 이외의 다른 녀석들 역시, 전투를 계속하는 와중에도 윗치와 라이노 쪽으로 정신을 쏟고 있었다.

특히 적 세력은 마치 믿기 힘든 광경이라도 본 것 같은 표정이었다.

"갑자기…… 이게 무슨 짓……."

"당신 입장에서 보면 갑작스러운 일이겠죠."

"이런…… 짓을 하다니, 절대 용서——!"

"그건 내가 할 소리예요, 윗치!"

"뭐 하는 짓입니까?! 대체 왜 이런 짓을?!"

부적의 권속기를 든 녀석이 정신을 차리고 라이노라는 녀석을 다그쳤다.

"왜냐고? 이 여자가 내 이름을 알고서도 못 알아챘으니까."

그렇게 말하고, 라이노라 불리는 여자는 공중에 뜬 배에서 검을 든 채로 뛰어내려서…… 윗치 위에 착지했다.

"아아아아아아아아아아아아아아악?!"

착지와 동시에 들고 있던 검이 윗치의 배에 박혔다.

윗치의 비명이라면 지금까지도 여러 번 들어 본 적이 있었지만, 그중에서도 유난히 더 처절하게 들렸다.

"당신은 자신이 저에게 한 짓을 1년 전에 먹은 저녁 식사 정도로만 기억하고 있겠지만, 저는 절대로 잊지 않아요! 지금까지 계속계속, 계—속 이 순간만을 기다려 왔어요!"

라이노라는 여자는 윗치의 배에서 검을 뽑았다가 다시 찔렀다.

그런 행동을 연신, 수도 없이 반복하고 있었다.

"으끄으으으으아아아아아아악!"

"아픈가요? 네, 그거 다행이네요. 제가 겪었던 건 이것보다 훨씬 더 큰 고통이었으니까요. 하하, 아하하하하하하하!"

라이노라는 여자의 환희에 찬 엽기적인 목소리가 일대에 울려 퍼졌다.

"으갹?! 갸아아악! 으끼이이이이이익?!"

연신 검을 틀어 가며 찔러대는 그 모습에서 형언할 수 없는 분노가 느껴졌다.

"흐음…… 제법 괜찮은 분노의 감정이군."

마룡이 흥겨워 보이는군……. 하긴, 나도 인정할 만큼 멋진 증오이긴 했다.

"아, 맞아요……. 당신에게 채찍의 칠성무기는 너무 과분해요. 제가 받아 갈게요."

라이노라는 여자는 푹 하고 윗치의 손을 검으로 찌르고, 채찍을 강제로 빼앗았다.

그리고 기다렸다는 듯 채찍으로 윗치의 안면을 후려치고, 의복에 달려 있던 액세서리를 뜯어냈다.

"정말이지…… 어리석게도 이렇게 쓸데없는 장식들을 달고 다니다니. 액세서리가 그렇게 좋은가요? 그런 짓을 해서 끌어들일 수 있는 건 보석에 환장하는 졸부들밖에 없어요. 멍청하긴."

그 말을 들으니, 문득 테리스의 얼굴이 뇌리에 떠올랐다.

그 녀석은 보석에 환장한 졸부가 아니라 고품질 액세서리 마니아 같은 느낌이지만.

"자, 자! 당신이 금이야 옥이야 아끼던 얼굴을 엉망으로 만들어 줄게요! 더 괴로워하세요!"

오오, 윗치의 얼굴이 점점 부어오르잖아.

힘을 조절해 가면서 때리고 있는 걸 알 수 있었다. 쉽게 죽이지는 않겠다는 심정이 태도에서 묻어났다.

하지만 윗치 녀석은 고통 때문에 이미 실신한 건지, 아니면 과다출혈로 빈사 상태에 빠져 있는 건지 흰자위를 까뒤집고 경련하고 있었다.

"아? 아직 죽기는 일러요. 쯔바이트 힐Ⅴ."

그런데도 라이노는 채찍질을 멈추지 않았다.

가지고 있던 액세서리로 마법 사용 불가를 무효화해 윗치를 회복시키며 끝없이 공격을 반복했다.

"회복 지연도 있고 하니, 아무래도 이 정도로 다치면 회복도 별 효과가 없겠죠. 하여튼, 더 괴로워하세요!"

라이노는 채찍에 화르륵 검은 불길을 일으켜서 휘감은 채 윗치를 후려쳤다.

저거, 보아하니 라스 웝 같은 무기인 것 같군. 아마 회복 지연 효과가 있는 것이리라.

그나저나 이 살의……. 아무리 봐도 내부 분쟁의 범주를 넘어섰는데.

윗치에 대해 나와 같은 수준, 혹은 그에 비슷한 수준의 증오를 품고 있는 게 분명하다.

뭐, 윗치는 지금까지 수없이 많은 사람들에게 지옥 같은 고통을 주어 왔을 테니, 그런 원한을 샀다 해도 이상할 건 없었다. 라이노의 말마따나, 이름조차 하나하나 기억하지 못할 만큼 수없이 많은 사람들을 괴롭혀 왔겠지.

응? 원한?

"너── 스파이였군!"

윗치에게 원한을 가진 녀석이 스파이로 활동하고 있다는 보고를 들은 적이 있었다.

이세계로 이동한 뒤로는 연락이 끊겼다고 했지만, 저 정도로 강렬한 살의를 보이는 걸 보면 어지간히도 지독한 원한을 가진 자인 것이 틀림없었다.

"네. 빨리 사정을 파악해 주셔서 감사합니다!"

보아하니 라이노라는 녀석은 정말로 스파이인 모양이었다.
고개를 끄덕이는 동안에도 윗치에 대한 공격은 멈추지 않았다.
아니, 공격이라기보다는, 쓰러져 있는 윗치의 머리를 꽉꽉 짓밟고 있었다.
"지원해 주지! 너는 계속 윗치를 괴롭혀서 죽여 버려!"
"네! 방패 용사님! 더! 더 괴로워해! 아하하하하하하하하!"
나는 라이노 주위에 유리 방패를 전개해서 적의 공격에 대비했다.
1초라도 더 오래 윗치를 괴롭히는 거다!
"저, 저기……."
라프타리아는 아직 사태 파악이 안 된 모양이었다.
하지만 지금은 절호의 찬스인 것이다. 이렇게까지 궁지에 내몰린 윗치를 볼 기회는 그리 흔치 않으니까.
이윽고, 라이노는 작살의 권속기 소지자와 부적의 용사를 가리키며 말했다.
"액세서리가 강화된 것에 대해서는 걱정하실 것 없습니다. 지급할 때 제가 몰래 바꿔치기해 두었으니까요."
"뭐야?!"
"뭐가 어째요?!"
작살의 권속기 소지자와 부적 든 녀석이 일제히 소리쳤다.
녀석들의 반응으로 미루어 보아, 라이노의 이야기는 사실일 가능성이 아주 높을 것 같았다.
"어머나― 그러니―?"
그리고 사디나는 딱히 기합조차 넣지 않은 채 작살의 권속기 소지자의 액세서리를 재빨리 찍어 버렸다.

그러자 액세서리가 깨져 나갔다.

“꾸와아아아아아아아아아아아아악! 날뛰지 마! 이건 내 거다! 나는 올바른 용사란 말이다아아아아아아!”

작살의 권속기가 격렬하게 날뛰고 있었다. 액세서리가 예전과 같은 것이라는 라이노의 말은 사실인 모양이었다.

“이런! 큭! 권속기 주제에 주인에게 반항하는 거냐! 우워어어어어어어!”

“이런, 나를 잊으면 곤란하지! 두 번째 공격을 받아 보거라!”

마룡이 숨을 한껏 들이쉬었다가 두 번째 분노의 불꽃을 메탈 매직 드래곤에게 토해 냈다.

“방해하지 마라아아아아아!”

메탈 매직 드래곤도 전황이 불리하게 돌아가자 격노하고 있다.

좋아, 이 흐름을 놓칠 수는 없지.

현재의 적들 가운데 함부로 움직였을 때 위협이 될 만한 녀석은 세인의 언니와 메탈 매직 드래곤이겠지.

“키즈나!”

나는 배화의 거울 조각을 생성하고 메탈 매직 드래곤을 가리켰다.

“응! 유사 배침(倍針)!”

메탈 매직 드래곤에 키즈나의 루어가 명중하고, 동시에 내가 던진 배화의 거울 조각도 적중했다.

마룡, 헛되이 하지 말라고.

“다, 당신 대체 뭘 하는 겁니까!”

라이노의 노기에 압도돼서 다시 넋이 나가 있던 부적 든 녀석이, 날뛰는 부적을 억누르려 애쓰며 소리쳤다.

"빨리 회수하세요!"

그 목소리에 맞추어 윗치 위에 떠 있던 배의 권속기가 전진해서는 UFO처럼 윗치를 향해 빛을 쏘았다.

"제가 놓칠 것 같아요? 윗치, 조금 더 오래 살아남을 수 있었는데, 가엾게도 동료들 때문에 일찍 죽게 됐네요. 기간트 스타 X!"

라이노는 그렇게 외치는 동시에, 채찍을 모닝스타로 변화시켜서 내리쳤다.

줄이 달린 공격무기라면 전부 다 채찍에 해당하는 모양이군.

"어억——!"

퍽 하는 충격과 함께 살점이 파이는 끔찍한 소리가 울려 퍼지고, 피가 물보라처럼 사방으로 튀었다.

"후후…… 후후후, 해냈어! 드디어 해치웠어! 이날, 이 순간을 그동안 얼마나 기다렸던지!"

오오! 드디어 윗치의 숨통을 끊는 데 성공한 건가!

후, 후하하, 하하하하하! 해냈어……! 드디어 우리가 해냈어!

나도 모르게 웃음이 흘러나왔다. 약간 눈시울이 뜨거워진 것 같은 느낌도 들었다.

드디어 내 울분도 풀리고, 여왕의 원통함도 해소될 수 있을 것이다.

……응? 배의 광선이 아직 사라지지 않았잖아?

"윽…… 아직 늦지 않았습니다! 그분의 혼을 지키세요! 그렇게 하면 아직 살릴 수 있어요!"

뭐야?! 죽었는데도 아직 늦지 않았다고?

그러고 보니 세인의 적 세력은 혼만 무사하다면 죽은 사람도 되살리는 힘을 갖고 있었다.

윗치도 그 축복을 받았다는 건가!

"이봐! 너 혼을 볼 줄 알아?"

라이노에게 물었다. 그러자 라이노는 울분에 찬 표정으로 고개를 가로저었다.

"빌어먹을! 라프타리아, 아니, 누구든 좋아! 윗치의 혼을 찢어발겨서 해치워! 저주받은 무기를 동원해서라도 사악한 장비로 주위를 공격하면 맞을지도 모르니까, 라이노도 한 번 시도해 봐!"

"네!"

라프타리아와 동료들도 정신을 차리고, 서둘러 윗치의 혼이 있을 법한 곳을 공격하려 했다.

"어?!"

윗치의 시체를 짓밟고 있던 라이노가 균형을 잃으며 비명을 질렀다.

어느새 윗치의 시체가 홀연히 사라져 버린 것이다.

배가 혼과 함께 회수한 건가!

"어딜 도망가는 거야아아아아!"

어디로 이동한 건지를 알아챈 라이노가 상공으로 도약하려 하는 배를 향해 채찍을 휘둘렀다.

하지만 배는 채찍을 피해 버렸다.

배의 대포가 라이노를 중심으로 한 광범위한 구역을 겨냥하고 있었다.

“필로! 착지해! 그리고 라이노를 보호한 뒤에 배로 쳐들어가는 거야!”

“알았어~!”

필로에게 급강하를 지시하고, 나는 라이노를 비롯한 동료들을 보호하기 위해 거울을 앞으로 내밀었다.

일제히 발사된 포탄들이 나에게 명중했다.

으윽…… 위력은 강하지만 버텨낼 수 없을 정도는 아니었다.

“방패 용사님! 감사합니다!”

“인사는 됐어! 저 여자를 놓칠 수는 없잖아.”

“네! 혼을 생포해서 괴롭히도록 해요.”

“그래, 그거 좋은 생각인데.”

“후후후…….”

“하하하…….”

뭘까. 이 녀석과는 아주 죽이 잘 맞을 것 같다는 예감이 들었다.

윗치에 의한 피해자 모임의 멤버를 모아 보는 것도 괜찮을 것 같다.

“엄청난 속도로 나오후미 님과 친해지고 계신 것 같은 느낌이 들어요! 하지만 그건 좀 위험할 것 같아요!”

라프타리아의 지적도 어느 정도는 이해가 간다.

분노를 극복하는 게 아니라, 분노에 잡아먹히는 게 아닐까 하는 염려가 드는 건 부정할 수 없으니까.

그래도 서로 죽이 아주 잘 맞는다는 건 분명해 보였다. 이것도 분노와 자비의 힘이 표면화된 영향일까?

“작전은 실패했어요! 빨리 귀환해요!”

“어이! 무슨 헛소리야! 여기서 도망치면 쿠필리카는 어떻게 되는데? 그리고 지금 내가 무기를 빼앗길 위기에 처했다고! 빨리 도와줘!”

“무슨 소리를 하시는 겁니까? 당신이나 당신의 부하 따위 어찌 되든 알 바 아니에요! 우선시해야 할 대상을 착각하시면 곤란하죠. 자기 무기 정도는 자기 힘으로 지켜야죠!”

“뭐가 어째?!”

“자! 어서 도망—— 얌전히 좀 있어요!”

부적을 든 녀석이 도망치려 했지만, 날뛰어 대는 부적의 성무기를 감당하지 못해서 허둥거렸다.

“안 놓쳐! 재미있는 부적 사용법을 보여 줄게.”

실디나와 글래스가 날뛰는 부적의 성무기 때문에 어쩔 줄 몰라 하는 부적 소지자를 향해 네 장의 부적을 던졌다.

뭔가 검은 그림 같은 게 보였다.

“스킬 식으로 이름 붙인 공격. 월부(月符).”

네 장의 부적이 부적 든 녀석의 눈앞에서 거대해지더니, 글래스가 소속된 유파가 있는 지역에서 본 것과 같은 광경을 구현했다.

이어서 부적 든 녀석에게로 도깨비불이 급속도로 모여들더니, 폭발했다.

“우와아아아아아악?!”

부적 든 녀석이 폭발에 휘말렸다.

하지만 부적 든 녀석이 나가떨어지지 못하도록 부적이 녀석의 손에서 떨어지지 않고 녀석을 결박했다.

뭐랄까…… 샌드백 상태라고나 할까?

"그, 그건 대체 뭐예요?!"

"마룡의 피로 만든 부적을 연결해서, 게임의 완성패처럼 만들어 봤어."

창작마법이라는 게 그런 식으로 만들 수 있는 건가?

마법이 만들어지는 구조 자체는 알고 있지만, 창작의 영역까지 가면 이해하기 힘들 때가 많단 말이지.

"하, 하여튼! 간다! 에잇!"

키즈나는 수렵구를 활로 변형시키고 화살을 내쏘아서, 마치 자기를 쏘아 달라는 듯 날뛰어 대는 부적에 달려 있던 액세서리를 꿰뚫었다.

"어, 아, 안 돼요! 이건…… 안 돼애애애애애애애애애애애!"

단지 화살로 한 번 맞추었을 뿐이건만, 어렴풋하던 빛이 별안간 거세게 빛나더니, 부적의 성무기는 소지자의 손을 벗어나서 우리 근처로 날아왔다.

"오? 혹시 오염됐던 성무기가 키즈나의 일격을 맞고 해방된 건가?"

직후, 실디나 주위로 빛이 모여들었다.

저건…… 혹시 우리가 에스노바르트의 인도를 받아 이세계로 왔을 때 이츠키가 봤다던, 실디나 주위에 떠돌던 빛인가?

"어?!"

빠직 하고 실디나와 글래스의 합체 상태가 강제로 해제되고, 두 사람 모두 당황한 기색을 보였다.

얼마 후 실디나의 모습이 별안간 사라지더니…… 빛으로 변해서 부적의 권속기가 있던 위치에 나타났다.

그 손에는 내가 처음 소환됐을 때 들려 있었던 방패처럼 심플한 모습을 한, 부적을 넣는 상자 같은 게 들려 있었다.

"으음……?"

"어머나—?"

아까부터 경악의 연속이잖아.

"아아아아아아아아아아아——!"

작살의 권속기 소지자 쪽에서 비명이 울려 퍼지고, 작살의 권속기가 사디나의 손으로 날아갔다.

이 녀석도 결국은 버티는 데 한계를 맞이한 모양이군.

뭐, 부정한 수단으로 작살을 독점하고 있었던 녀석이다. 녀석도 진짜 소유자가 누구인지 확실히 배워 둘 필요가 있겠지만, 보나 마나 녀석들은 돌려달라고 발악을 하겠지.

성무기도 그렇고 권속기도 그렇고, 의지를 가진 정령이라는 존재가 깃들어 있다.

그 정령이 소유를 인정한다는 건 아마 상당히 어려운 일일 텐데 말이다.

상황이 상황이니만큼 다른 소지자를 찾으려는 것도 있겠지만, 적어도 실력만으로 따지면 사디나 쪽이 압도적으로 뛰어날 것이다.

사디나는 찬란하게 빛나는 작살의 권속기를 들고 붕붕 휘둘러서 포즈를 취했지만, 실디나에게 뒤처져서 어쩐지 2등이 된 것 같은 느낌이 강했다.

"어쩐지 이 언니의 멋진 장면을 실디나에게 도둑맞은 것 같은 느낌이 드는걸."

"하긴……. 그나저나 사디나의 경우는 권속기가 깃들었는데, 부적은 실디나를…… 꼭 소환된 것 같은 느낌 아니었어?"

성무기가 명확하게 실디나를 선택해서 불러들인 것처럼 보였다.

손에 깃드는 게 아니라, 반대로 실디나를 불러낸 것 같은 느낌이었다.

"어라—?"

순식간에 적들의 무기를 두 개…… 아니지, 윗치가 갖고 있던 채찍도 같이 빼앗은 셈이니 세 개나 우리의 손으로 넘어왔다.

실디나는 상자를 열어서 안에 있는 부적을 꺼내어 자신이 갖고 있던 예비용 부적과 합치고는 고민하는 표정을 지었다.

"그건 그분께 받은 물건! 당신 같은 천박한 자가 건드려서는 안 되는 물건입니다! 이리 내놓으세요!"

부적을 갖고 있던 녀석이 분노를 드러내며 어디선가 검을 출현시키고는, 실디나를 향해 달려들었다.

실디나는 달려드는 녀석의 검을 종이 한 장 차이로 피하고, 부적을 붙였다.

"1식 · 폭풍부(暴風符)!"

"끄악——!"

쿵 하는 충격과 함께 부적을 들고 있던 녀석이 나가떨어졌다.

"성무기는 원래 너희 게 아니잖아? 멋대로 자기들 소유물처럼 취급하지 마."

키즈나가 기다렸다는 듯 소리쳤다.

"방귀 뀐 놈이 성낸다는 게 이런 거군."

“우리 기술 부문도 별거 없는걸. 성무기는 확실하게 오염시켜 뒀으니까 빼앗길 일은 없을 거라고 그랬는데, 이게 대체 어떻게 된 일인지 몰라?”

세인의 언니는 세인에게 사슬을 휘두르면서 한탄하듯 말했다.

부적의 성무기를 가진 실디나를 보니, 퍼뜩…… 여기 보물창고에서 보았던 빛나는 비문이 생각났다.

「——에서 태어난—— 집행하는 역할을 짊어진 자를 대신해 생명을 얻고, 어떤 기술이든 재현할 수 있는 자여. 그 역할로부터 벗어나, 자유를 찾아 세계를 넘어 헤엄쳐 나간 자여. 그대에게는 부적의 성무기가 깃들리라…….」

앞부분은 풍화돼서 알아볼 수 없었지만 말이다.

「집행하는 역할을 짊어진 자를 대신해 생명을 얻고, 어떤 기술이든 재현할 수 있는 자여」라는 부분.

대신한다는 대목으로 보아, 사디나의 대체용으로 태어난 경력과 들어맞는 것 같지 않은가?

「어떤 기술이든 재현할 수 있는 자」라는 대목은 신탁에 의한 기술 재현.

「그 역할로부터 벗어나, 자유를 찾아 세계를 넘어 헤엄쳐 나간 자」……. 수룡의 무녀 역할은 공석으로 남겨두고 메르로마르크에 있는 내 마을로 왔었지.

“실디나, 너, 파도가 발생하기 전에 쿠텐로에서 도망쳤더라면 이 세계로 소환되게 돼 있었던 거 아냐?”

“응? 무슨 소리야?”

나는 방패의 세계에서 아트라와 오스트로부터 들었던 이야기를 떠올렸다.

성무기가 소환하는 용사에는 후보가 있는 것 같더란 말이지.

"현대 일본에서만 소환되는 건 아닌가 보군."

"아아, 그렇구나. 하긴 그럴지도 모르겠네. 뭐, 내 입장에서는 나오후미나 이츠키의 세계도 내가 알던 일본과는 다르니까."

이세계 소환이라는 정의만 놓고 보자면, 나를 소환한 쪽 세계에 살던 사람이 다른 이세계에 소환되어도 딱히 이상할 건 없다.

"혹시 원래 저쪽 세계에 있기로 했던 실디나가 이쪽 세계로 끌려오게 된 게……."

"원래 부적의 용사 후보였으니까 긴급 사태를 맞이해서 끌고 온 거겠지. 그리고 그렇게 소환된 실디나가 부적의 성무기 가까이서 힘을 발휘하는 동안 부적의 성무기가 각성했다거나…… 그런 식이었을지도 몰라."

사성용사는 전원이 다 죽지 않으면 소환할 수 없다는 규칙은 특례로 처리된 거겠지.

"어라……."

실디나 녀석은 곤혹스러운 표정으로 부적을 찬찬히 확인하고 있었다.

하긴, 따지고 보면 실디나는 부적의 용사라는 자리에 적합한 건지도 모르겠다. 키즈나가 낚시광인 것과 같은 원리로 말이지.

하여간에, 한껏 격앙돼 있는 이놈들은 도망친다는 선택지를 잃어버린 셈이군.

"이 기세를 살려서 몰아붙이는 거야! 유린의 시간이다! 빨리 윗치의 혼을 붙잡아!"

"표현 방법을 좀 순화하는 게 좋지 않을까요?"

표현 방법이야 어찌 됐건, 지금 몰아붙인다는 방침은 달라질 게 없다.

"이 자식! 감히 내 작살을 빼앗아 가다니! 그건 내 거라고! 내 걸 그렇게 빼앗아 가다니! 죽어도 용서 못해!"

전(前) 작살의 권속기 소자지 녀석이 악다구니를 써 댔다.

타쿠토 때나 미야지 때도 비슷한 이야기를 했던 걸 보면, 참 단순한 놈들이라니까.

네놈들이 미숙한 게 원인이란 말이다.

그리고 녀석이 지금 남은 최후의 수단에 대한 기대를 담아 메탈 매직 드래곤 쪽으로 시선을 돌렸을 때——.

"끄아——!"

"뭐냐. 내 가짜에게 뭘 기대하고 있는 거지? 조력을 원하기에는 너무 늦은 것 같구나."

이미 마룡이 입을 크게 벌려서 메탈 매직 드래곤의 머리를 씹어 먹고 있었다.

거듭 뿜어져 나오는 분노의 불꽃과 무효화됐음에도 아직 남아 있었던 듯한 약화의 흔적, 그리고 나와 키즈나의 대미지 증폭 스킬이 합쳐져서, 금속째로 머리를 물어뜯긴 모양이었다.

메탈 매직 드래곤의 몸은 바들바들 경련하고 있었다.

"나도 가능할지 어떨지 몰라서 시험 삼아 해 본 거였는데, 생각보다 훨씬 부드러워서 놀랐다."

끔찍한 소리를 해 대는 건 여전하군.

메탈 매직 드래곤의 피가 분출되는 가운데, 가슴에 있던 검은 혼이 튕겨 나와서 배의 권속기 쪽으로 날아갔다.

"놓칠쏘냐!"

마룡이 있는 힘을 다해 검은 혼…… 오염된 성무기를 붙잡으려고 팔을 뻗고 마법까지 사용했지만, 검은 혼은 아랑곳하지 않고 배로 끌려갔다.

"이럴 수가……. 이 자식들, 쿠필리카도 모자라 내 마룡까지!"

"나는 너 같은 천박한 놈의 것이 아니다."

마룡이 유유자적하게 쏘아붙였다.

"내 마음은 방패 용사 것이다!"

이 말은 무시하기로 했다.

그보다 전 작살 권속기 소지자의 얼굴이나 살펴봐야겠다. 아주 마음에 드는 표정이군.

농락당하던 타쿠토나 쿄, 미야지가 나를 쏘아보던 눈빛과 똑같은 그 눈을 보니 더할 나위 없이 유쾌한 기분이었다.

참 중독성 있는 눈이라니까.

"나오후미, 왜 그렇게 기분이 좋아 보여?"

"모르겠어?"

"알면 안 될 것 같은 느낌이 드네."

아무래도 키즈나는 이 감각을 이해하지 못하는 모양이군.

"네, 제 생각도 그래요."

"그런 걸 알면 안 돼요."

라프타리아와 글래스가 나란히 고개를 끄덕였다.

뭐, 하긴 그렇지. 이게 나다운 감정이라는 식으로 생각하면 될 것이다.

"으~응……? 그게 나쁜 거야? 주인님은 이길 것 같으니까 웃고 있는 거 아냐?"

필로가 고개를 갸웃거리고 있다.

최근 들어서는 비교적 잠잠했지만, 필로의 순진한 독설은 내 양심에 약간의 대미지를 입혔다.

이게 나쁜 일이라는 건 똑똑히 인식해야 할 것 같군.

그래도 이런 녀석들을 농락하는 건 그만둘 수가 없단 말이지.

냉정하게 봐서 나도 참 위험한 놈이라니까…….

"지금은 그런 이야기나 할 때가 아니에요! 이러다 윗치를 놓치겠어요!"

라이노의 지시에 따라 나는 배의 권속기 쪽에 시선을 돌렸다.

"라프타리아, 필로! 이 흐름을 타고 처치하는 거야! 그런 피라미 따위 무시해도 돼."

"아, 네!"

"네~에!"

필로가 오랜만에 명랑한 목소리를 낸 것 같은 느낌이 들었다.

아, 맞아, 키즈나와 실디나의 성무기에게 명령하면, 배의 권속기를 박탈까지는 할 수 없더라도 멈추는 것쯤은 가능하지 않을까.

도망치려 하고 있는 것 같았지만, 지상에는 아직 녀석들의 패거리들이 많이 남아 있다.

후퇴하려면 아직 시간이 더 걸릴 것이다. 그사이에 윗치를 포박하면 된다.

그런 생각을 행동에 옮기려 했을 때, 배의 권속기는 그야말로 빛의 속도로 날아가 버렸다.

“아, 도망쳤잖아!”

키즈나가 당황한 목소리로 외쳤다. 그도 그럴 만했다. 왜냐하면 이 자리에는 아직 녀석들의 동료들이 남아 있는 것이다.

키즈나의 사고방식에서는 동료들을 남겨둔 채 후퇴한다는 선택지 자체가 존재하지 않겠지.

“빌어먹을! 저 자식들, 동료들을 내버려 두고 튀었어!”

동료들을 버리고 도망치다니 뼛속까지 썩은 놈들이군.

전 작살의 권속기 소지자는 물론, 세인의 언니나 부적 든 녀석까지 버리고 도망칠 줄은 생각지도 못했었다.

우리는 타쿠토처럼 방해 따위 안 할 텐데 말이지.

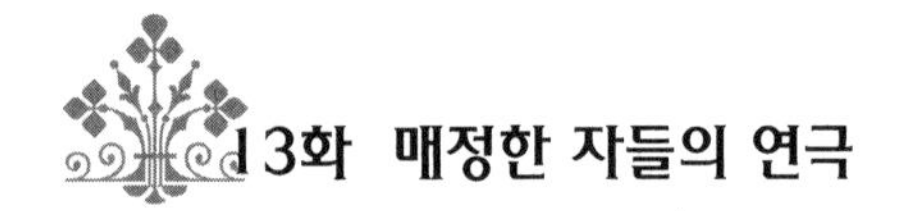

13화 매정한 자들의 연극

“어이, 그렇게 가 버리면 우리는 어떻게 되는데?!”

“저를 버리시려는 겁니까?!”

전 작살 권속기 소지자와 부적 성무기를 갖고 있던 녀석이 분노에 찬 표정으로 고함쳤다.

하지만 배의 권속기 소지자는 이미 하늘 저편으로 사라진 뒤였다.

그리고 녀석들은 이윽고 여기 있는 자들 중에서 가장 전력이 강해 보이는 세인의 언니 쪽을 쳐다보았다.

이봐, 아무리 승산이 없는 상황이라고 해서 그런 식으로 기대는 건 너무하지 않아?

"흐음……. 역시 평가할 가치도 없는 놈들이군. 이런 때일수록 지략을 통해서 역전의 한 수를 찾아내면 될 것을……. 강한 자에게 기댈 생각만 하다니."

마룡이 메탈 매직 드래곤의 시체를 방치한 채, 전 작살의 권속기 소지자와 부적의 성무기를 갖고 있던 녀석에게 쏘아붙였다.

"그럼 약육강식의 섭리에 따라 네놈들을 처분해 주마. 이기면 장땡이라고 자기 입으로 말했으니 불만 없겠지?"

"엉? 할 수 있으면 해 봐! 무슨 일이 있어도 우리는 안 물러나!"

말은 그렇게 했지만 전 작살의 권속기 소지자는 얼굴이 새파랗게 질려 있었다. 자신들이 정말 절체절명의 위기에 몰려 있다는 걸 깨달은 모양이었다.

"그리고 작살 이리 내놔! 내가 더 잘 쓸 수 있단 말이다!"

"아니…… 그건 절대 아닐 것 같은데."

하다못해 세인의 언니라면 더 잘 다룰 수 있을 것이다.

어떻게 하면 그렇게 자기가 더 잘 다룰 수 있다는 착각을 할 수 있는 건지, 신기할 정도다.

너는 사디나와의 작살 대결에서 완패했잖아. 벼락치기로 익힌 무기를 가지고 이길 수 있다고 생각하다니, 그런 건 싸움을 너무 얕보는 거란 말이다.

"어머어머어머…… 하아."

아, 세인의 언니는 상당히 짜증이 나 보이고, 늘 하던 도발도 어쩐지 기운이 없어 보였다.

"그러게 내가 뭐랬니? 상대를 너무 얕보고 작전을 세우면 고꾸라지게 마련이랬잖아. 쿠필리카라는 애의 힘을 되찾아 주는 게 아니라, 다른 힘을 이식해서 연명시키면 되는 거였다구."

"나한테 명령하지 마! 마르티는 힘을 빌려줬어! 그런데 너는 왜 그렇게 냉혹한 거냐! 우리가 이렇게 불리해진 건 다 네 책임이잖아!"

"맞아요! 모든 책임은 당신에게 있어요!"

우와…… 책임 전가. 척 보기에도 세인의 언니는 작전 반대파이면서 마지못해 따라온 것뿐인데 말이지.

그러면서도 우리와 세인의 발을 묶는 역할을 맡은 것이다.

그리고 세인과 최선을 다해 공방전을 벌이고 있었다.

우리로서는 힘으로만 밀어붙이는 네놈들보다 훨씬 더 까다로운 녀석이란 말이다.

녀석들의 표적이었던 마룡은 내 영향으로 상당히 강해진 데다 마법 실력이 뛰어났고, 강화마법 무효화는 우리의 대책에 막혔고, 기술 면에서는 사디나에게 밀렸다.

비장의 카드였던 절대로 빼앗기지 않는 액세서리는 스파이 노릇을 하고 있던 라이노가 부서지는 물건으로 바꿔치기해 버렸다.

협력자인 윗치는 그 라이노에게 속은 끝에 기습을 당해 사망하고 혼만 남아 도주했다.

예상치 못한 사건들이 잇따라 일어나는 와중에 부적의 성무기가 저항을 보이고 새로운 주인까지 나타났다.

이런 것들을 전부 다 세인의 언니 탓으로 돌리다니…… 억지가 따로 없군.

뭐, 마음대로 싸우라지. 이 틈에 각개격파해 버리면 그만이니까.

"어머어머어머……. 내가 여기서 다 버리고 갈 수도 있다는 가능성은 생각 안 해 봤니?"

"뭐, 뭐가 어째?! 우리가 안 돌아가면 어떻게 될지 알고는 있는 거냐?!"

"헛소리 마세요! 그분이 화내실 걸요!"

"아무 문제도 없을걸? 너희도 알고 있잖아? 물론 그분도 당신들에게 고맙다는 생각은 하시겠지만, 그분 입장에서 보면 어차피 너희는 덤 수준에 불과했고……. 기껏해야 3군 수준이잖니?"

"무, 무슨 소리! 말도 안 돼요!"

그렇게 믿고는 싶지만 어렴풋이 눈치는 챈 표정이었다.

내 입장에서도 비슷한 느낌의 녀석들이 있긴 하다.

봉황과의 전투 때 모토야스의 필로리알이 몇 마리 죽었다고 들었지만, 접점이 없다 보니 그다지 큰 슬픔은 없었다.

슬퍼해야 한다는 건 알고 있고 보복해야겠다는 생각도 했지만, 그때는 아트라 생각으로 머리가 가득했었다.

그렇다……. 그 싸움에서는 안 죽어도 됐을 녀석들이 많이 죽었다.

이제 와서 이런 소리 해 봤자 거만한 짓인지도 모르지만, 그 녀석들에 대한 슬픔, 그리고 타쿠토에 대한 분노가 되살아났다.

부유경 가운데 자비의 방패 담당에서 나오는 힘이 약간 강해졌다.

이건 역시 내 정신 상태에 좌우되는 건가 보다.

하여튼 상대방은 고맙게 느끼지만 워낙 먼 사이이다 보니 처분해도 별 느낌이 없는 정도의 인재라는 이야기다.

어쩌면 보고조차 안 들어가는 것 아닐까?

"기술 부문에게 성무기를 가져다준 것 가지고 우쭐대면 곤란해. 아마 그분의 귀에는 너희가 죽었다는 소식이 들어가지도 않을걸?"

"거, 거짓말 마세요! 그런 식으로 속이려고 해 봤자 소용없어요!"

생살여탈권이 상대에게 있는데도 명령조로 굴다니, 잔챙이여도 너무 잔챙이군.

"보아하니 곤란한 처지인 모양이군. 내가 중재에 나서 주지. 이 녀석들은 싸움에 방해가 되겠어."

마룡이 마치 세인의 언니 편이라도 되는 듯 양측 사이에 끼어들었다.

"마룡, 어제 같은 짓은 절대 허락 못해!"

키즈나가 지적했다. 아마 프레시 좀비 일을 말하는 것이리라.

"흐음……. 알았다. 오늘 나는 기분이 좋으니까 말이지. 수렵구 용사의 얼굴을 보아 그 제안을 받아들여 주마."

키즈나와 글래스가 안도한 듯 가슴을 쓸어내린, 바로 그다음 순간.

"우와——."

"""끄아아악——!"""

"어, 무슨 짓——!"

키즈나와 글래스가 움직이기도 전에, 마룡은 전 작살의 권속기 소지자 일행과 부적의 권속기를 갖고 있던 자를 물어뜯고, 와작와작 소리를 내며 잡아먹기 시작했다.

절대로 살아남을 수 없게 하겠다는 듯 입 안에 불꽃을 휘감은 채 불꽃과 함께 먹어치우고 있었다.

굳이 강화마법이 없더라도 나의 분노를 깃들인 라스 드래곤으로 변한 마룡 입장에서는, 성무기도 없는 데다 레벨도 딱히 높지 않은 녀석들 따위는 잔챙이나 마찬가지겠지…….

"혼뿐만이 아니라 그 몸까지 먹어 줬다. 이제 불만 없겠지?"

"그런 뜻이 아니잖아!"

"아아, 정말이지…… 나오후미!"

"내 탓이라고?! 적 녀석들처럼 책임 전가 경쟁이 벌어지기 전에 그만 좀 해!"

녀석들과는 다르다는 걸 증명해 줬으면 좋겠는데 말이지.

"우……. 알겠습니다. 하지만 나중에 찬찬히 이야기해 보죠. 마룡의 운용에 관해서."

"그 제안에는 찬성이야."

계속 내 방패와 거울을 해킹하고 드니까 말이지.

나는 결과만 좋으면 장땡이라고 생각하는 면이 있긴 하지만, 그게 전부는 아니다.

"어머어머어머, 오늘은 놀랄 만한 일들이 참 많이 벌어지는 걸."

세인의 언니는 한숨 가득한 목소리로 말하며 사슬을 옆으로 휘둘러서…… 세인이 만든 봉제 인형 사역마들을 순식간에 모조리 산산조각 내 버렸다.

"——?!"

언니를 궁지로 내몰았다고 생각했던 세인은 순식간에 사역마들이 전멸하는 것을 보고 넋이 나가 버렸다.

"그럼 이와타니와 이 세계 용사들, 내가 혼자 다 상대해 줄 테니까 덤벼 보렴."

"제법 여유를 보이는군."

"정보라는 이름의 선물을 어느 정도 들고 가지 않으면 일이 좀 성가셔지니까. 어느 쪽에서든 마음대로 덤벼도 돼."

이렇게 불리한 포진에서 정말 우리를 상대할 수 있을 거라고 생각하는 건가?

……아마 정말 그렇게 생각하고 있겠지.

만약에 우리 쪽이 더 강하더라도 도망칠 자신이 있는 것이리라.

애초에 이 녀석의 도주에 대해서는 대책이 전혀 없다.

구역 제어로도 도주를 저지하지 못하는 건 대체 무슨 이유지?

젠장, 뭔가 결정타가 필요하다.

지금 이대로 싸웠다가는, 지난번처럼 전방위 공격을 얻어맞고 전원이 나가떨어지는 광경만 재현될 게 불 보듯 뻔했다.

지난번보다는 좀 강해졌고 강화마법도 걸려 있긴 하지만, 상대는 뭘 더 숨기고 있을지 짐작할 수 없는 녀석이다.

"방패 용사님."

이때 라이노가 윗치에게서 빼앗은 액세서리를 나에게 던졌다.

게다가 예비용도 있다는 듯 하나를 더 보여 주고 있었다.

"그 액세서리가 있으면, 원래 세계의 마법이 봉인당한 상태에서도 원하는 대로 마법을 사용할 수 있어요!"

"오오!"

라이노에게서 받은 액세서리를 들고 마법 영창을 시도했다.

으음……. 불가능한 건 아니지만, 뭔가 위화감이 있군.

"이건…… 사용할 수는 있지만 레벨레이션 클래스의 영창은 안 되겠는데."

드라이파 클래스의 마법까지만 사용할 수 있게 해 주는 물건이라는 걸 직감적으로 깨달았다.

그 이상의 힘을 쓰려 하면 깨져 나간다.

하지만 그렇다고 해서 도움이 안 되는 건 아니다. 응용의 폭은 무한하니까.

그리고 또 하나, 세인의 언니가 공격하기 전에 무기 강화방법을 물어봐 두면 대책을 세우기가 더 용이해질 것이다.

"사디나, 실디나! 무기 강화방법을 알려 줘! 도움말을 참조해! 그리고 너희는 물러나 있어. 다시 빼앗기면 열불 나잖아."

"어머나?"

"어라—?"

사디나와 실디나는 내 지시대로 세인의 언니로부터 멀찍이 물러나면서 스테이터스와 무기 강화방법을 확인했다.

"으—음?"

범고래 자매가 고개를 갸웃거리고 있으려니, 키즈나의 수렵구와 내 거울로부터 빛이 뻗어 나가서 보석 부분에 맞았다.

"아, 나왔다."

손톱이나 지팡이처럼 강화방법을 알 수 없도록 장치가 되어 있었던 건가?

적의 수중에 들어갔을 때 적들이 강화방법을 알 수 없게 해 놓은 것인지도 모른다.

"우선 이 언니부터 이야기할게. 스킬이나 마법을 많이 쓰면 강해진다나 봐."

스킬과 마법의 숙련도 시스템? 수렵구의 무기 숙련도와 비슷한 건가?

자주 사용하는 스킬일수록 사용하기 쉬워지고 강해진다는 식의 구조이리라.

생각해 보면 비슷한 계통의 강화방법이 존재한다고 해도 이상할 건 없겠지.

그리고 강화방법의 중요도로 따지면 사디나보다 실디나 쪽이 더 높았다.

실디나가 갖고 있는 것은 권속기가 아닌 성무기. 권속기 3개분에 해당하는 강화방법이 내포되어 있는 것이다.

"어라……? 마법에 포인트를 배분해서 강화할 수 있다나 봐. 그리고 무기의 희귀도를 끌어올리는 것?"

실디나의 짤막한 강화방법 설명을 듣고, 나는 머리를 싸쥐는 동시에 주먹을 불끈 움켜쥐었다.

좋았어! 마법의 레벨 강화가 부적이었구나!

생각해 보면 그럴 법한 무기이긴 하지. 칠성무기도 지팡이의 강화방법이 마법 강화였으니까.

그리고 무기의 희귀도…… 레어도를 끌어올리는 건, 렌에게서 배운 검의 성무기 강화방법 가운데 하나였다.

부랴부랴 거울의 희귀도를 끌어올리는 작업에 들어갔다. 주위 녀석들도 바쁘게 눈을 이리저리 움직이고 있었다.

무기가 반짝반짝 빛나기 시작했다.

이어서 실디나는 세 번째 강화방법으로 눈을 돌렸다.

다행스럽게도, 내 방패의 경우처럼 알 수 없는 이유로 도움말에 강화방법이 나와 있지 않다는 식의 전개는 아닌 것 같았다.

"레벨을 희생해서 잠재능력이나 스테이터스를 끌어올릴 수 있다고 나와 있어."

"아, 그건 이 칠성무기와 같은 내용이네요."

이때 라이노가 윗치에게서 빼앗은 채찍을 내보이며 중얼거렸다.

다른 세계의 무기 간에 같은 강화방법이 존재한다는 건 알고 있었지만, 여기서 겹칠 줄이야.

이 상황에서 간이로 사용할 수 있는 건 아니군…….

즉석으로 사용할 수 있는 건 마법강화 정도밖에 없어 보였다.

아니, 강화 방법을 이해해 두면 종전의 스킬이나 마법의 저력을 끌어올릴 수 있을 것이다.

"어머어머어머, 아직도 공격 안 하는 거니? 그럼 이제 내가 공격해야겠는걸?"

세인의 언니가 우리를 쓸어버리려는 듯 재빨리 사슬을 휘둘렀다.

빌어먹을! 사슬의 범위로 부유경을 이동시켜서 사슬이 라스미러에 얽히도록 했다.

철컹. 사슬이 정확하게 거울에 얽혔다.

하지만 얽힌 자리에서 여전히 붕붕 회전하고 있었다.

뭐 저렇게 성가신 게 다 있어? 사슬을 움켜쥐어서 제압하려 했지만, 오히려 강력한 힘에 의해 끌려가는 신세가 되고 말았다.

보기에는 엄청 가벼워 보이는데 왜 이렇게 강한 거냐!

"으윽?!"

"나오후미 님?"

"주인님!"

줄다리기를 벌이는 나를, 라프타리아와 필로가 지탱해서 도와주었다.

"——!"

세인이 자신의 언니를 향해 무기를 휘두르려 했지만, 세인의 언니는 나와 힘겨루기를 벌이는 쪽과는 반대 방향의 사슬을 세인의 배에 맞혔다.

가벼워 보이는 공격이었지만, 세인은 성벽까지 나가떨어졌다.

낙법을 취해서 벽을 박차고 달려왔지만, 여기까지 달려오는 데는 몇 초 정도 시간이 걸렸다.

"방패 용사여."

이때 마룡이 내게 말을 걸었다.

"아까 내가 내 가짜의 머리를 씹어 먹은 데에는 다 의미가 있었다. 조각이 머리에 박혀 있었기 때문이지. 덕분에 녀석의 기억을 읽을 수 있었다. 성무기 강화방법의 일부를 말이다."

오오! 그거 아주 좋은데!

"성무기 중 구슬의 강화방법은, 방패 용사인 그대의 방패와 마찬가지로 신뢰, 강화 공유다."

"어머어머어머, 정보가 너무 많이 새나가는데. 그 애들이 저지른 불상사를 뒤처리하자면 고생 좀 하겠는걸."

아주 남 일처럼 이야기하잖아. 새 나가도 문제 될 것 없다는 듯한 태도에 짜증이 솟구쳤다.

다만…… 한편으로는 세인의 언니가 강한 이유를 이해할 수 있을 거 같았다.

잠재능력 향상. 이 작업을 철저히 해 두면 괴물이 될 수 있다.

이를테면 상대의 레벨이 100이라고 치자. 우리는 200.

하지만 만약에 상대가 실은 레벨 1000만큼에 해당하는 잠재능력 향상을 실시했다면 어떻게 되겠는가?

그렇게 되면 강화방법이 동률이라 해도 스테이터스에서 밀릴 수밖에 없다.

타쿠토는 채찍을 갖고 있었지만, 녀석은 전생자라서 칠성무기의 힘을 제대로 끌어내지 못한 데다 강화를 전혀 실시하지 않았었다.

하지만 제대로 강화를 실시했더라면 어떻게 됐겠는가.

세인의 언니가 여유만만하고, 지금의 우리가 궁지에 몰려 있는 이유가 바로 이것이었다.

세인! 싸우는 상대의 힘을 제대로 인식하란 말이다!

나중에 설교해 줘야겠다. 발끈하겠지만 하는 수 없다.

"그리고 말이지…… 이건 방패 용사의 기억과 조합해 보면, 직업 레벨이라는 것과 비슷한 녀석 같군. 직업이라고 적혀 있어. 뭔가 직업을 선택할 수 있는 모양이야."

그 말을 들은 나는 찬찬히 인식해 보았다.

그러자…… 스테이터스란에 추가 항목이 나타났다.

직업이라.

전사, 마법사, 승려, 레인저 등 다양한 것들이 나오는 모양이었다.

그리고 강화 방법은 활의 강화 방법과 비슷해서, 아이템을 집어넣으면 상승하는 모양이군.

시스템에 좀 차이가 있긴 하지만, 해결할 수 없을 정도는 아니었다.

어찌 됐건 당장 올리기는 힘들잖아! 좀 더 단순명료한 기능은 없는 건가?

“그리고 방패 용사. 내가 얻은 지식은 여기까지다만, 중요한 게 하나 있다.”

마룡이 세인의 언니를 향해 검은 불꽃을 내뿜으려고 숨을 크게 들이쉬고 말했다.

“성무기 세 개와 권속기 여덟 개의 강화방법이 이미 밝혀진 상태다. 하지만 이 녀석들은 이 강화방법에 없는 공격을 하지 않았더냐? 그럼 나머지 성무기에 내포돼 있는 강화방법 하나는 뭐겠느냐?”

아아, 그런 이야기였군.

이 자리에 있는 자들 중에 성무기 사용에 익숙한 자들은 정확히 인식했다.

나머지 하나인 둔기의 성무기에 스킬 레벨 강화방법이 있다는 이야기다.

강화방법을 이해한 덕분에, 세인 언니의 힘이 약간이나마 약해진 것처럼 느껴졌다.

"어머어머어머, 괜찮은걸. 이제야 좀 싸울 맛이 나네."

"강화방법에 포인트를 배분해서 더 끌어올려야……."

"어머어머어머, 내가 그냥 구경만 하고 있을 것 같니?"

그럴 리가 없겠지. 세인의 언니를 상대하면서 거기까지 할 여유는 없다.

자칫 잘못하면 역이용당할 수도 있다. 마음먹고 싸우는 세인의 언니를 상대로 이런 건 안 통한다.

"모두! 조심해!"

키즈나가 세인의 언니에게 유사 배침을 내쏘았지만…… 이미 간파하고 있었던 듯 사슬로 쳐내 버렸다.

그놈의 무기는 무슨 가동범위가 그렇게 넓은 거냐!

참고로 어택 서포트 때도 그랬던 것처럼 사용하기 편리해 보이는 배화의 거울 조각에 포인트를 배분해 보려 했지만 불가능했다.

강화할 수 있는 스킬과 그렇지 않은 스킬이 따로 있는 것 같군.

14화 메기도 아이언메이든

"저희도 뒤처질 수는 없어요! 크리스! 힘을 빌려주세요! 윤무파형 · 빙설 귀갑 쪼개기 10!"

"그 여자에게 더 지독한 지옥을 보여 주기 위해서라도, 여기서 질 수는 없어요! 디멘션 웹 X!"

글래스와 라이노가 저마다의 무기를 들고 세인의 언니의 사정거리 밖에서 각각 스킬을 퍼부었다.

종전보다 훨씬 힘차 보이는 스킬이 날아갔다.

글래스가 내쏜 스킬은 사슬을 거슬러서 세인의 언니를 향해 날아갔다.

라이노가 내쏜 스킬은 채찍이 여러 갈래로 분열되어 세인의 언니를 향해 날아가는 것이었다.

하지만…… 세인의 언니는 사슬을 창살처럼 둘러쳐서 채찍을 막아냈다.

"자, 선물!"

"에엑?!"

게다가 글래스가 내쏜 방어 비례 합성 강화 스킬은 사슬을 타고 내게로 날아왔다.

"나오후미!"

나를 쳐다보는 글래스의 표정에 미안한 기색이 엿보인 것 같았다!

그 스킬은 쑤욱 내 안으로 들어왔고…… 으윽, 이거 힘이 너무 세잖아!

"라프타리아, 필로! 위험하니까 다들 피해!"

"아, 네!"

"응!"

기를 가다듬고 바닥을 힘껏 밟아서, 발을 통해 힘을 몸 밖으로 빼냈다.

쾅 하고 내가 있던 자리에 커다란 크레이터가 생겨나고, 그 즉시 얼어붙었다.

제대로 힘을 빼내지 못했더라면 내 몸은 폭발해 버렸던 거 아냐?

"우와?! 위력이 왜 이렇게 강해진 거야?!"

그 자리에 있던 자들 대부분이, 방금 발생한 지반 함몰 현상에 휘말렸다.

"와아—."

"이렇게 강력한 위력의 공격이 나오후미 님 몸속을……."

다행히 라프타리아는 필로가 안아 든 덕분에 무사할 수 있었던 모양이다.

아, 사디나와 실디나는 마룡의 꼬리에 올라타서 무사히 피했다. 참 재주도 좋은 녀석들이라니까.

키즈나와 글래스, 세인, 라이노 등은 낙법을 취하긴 했지만, 자세가 약간 무너졌다.

사슬 때문인지 뭔지는 모르지만, 세인의 언니는 멀쩡해 보였다.

"어머어머어머, 나한테 이렇게 강한 공격을 날리다니 너무한 거 아니니?"

"그 공격을 우격다짐으로 나한테 집어넣어 놓고 무슨 헛소리야?"

으윽…… 미처 빼내지 못한 힘이 내장에 대미지를 가하는 걸 알 수 있었다.

목구멍까지 솟구쳐 오른 피를 꾹 되삼키고, 마법…… 드라이파 힐 정도면 되겠지.

영창하려 하자마자 마법이 완성되었다.

『내 장점이지.』

마룡이 내 의도를 미리 읽고 나에게 간섭해서 마법을 완성시킨 건가.

뭔가 내 안에 기생하고 있는 것 같아서 영 찜찜한 기분이었다.

"드라이파 힐 10."

발음은 같은데도 위화감이 느껴졌지만, 어쨌거나 고통은 가셨다.

윗치에게서 빼앗은 액세서리가 큰 도움이 됐다.

"어머어머어머, 나도 너무 설렁설렁 싸우면 너희한테 실례가 되지 않겠니? 이렇게 많은 수를 상대하려면 등골이 휠 것 같으니까 방비도 철저하게 해야지. 무기장(武器裝) 10!"

그렇게 말하고, 세인의 언니는 사슬을 몸에 휘감아서…… 사슬갑옷을 착용했다.

사슬갑옷……. 이 자식, 이런 점에서까지 나를 불쾌하게 만들 셈이냐!

나는 엄지를 밑으로 내려서 도발했다.

"그 불쾌한 장비를 내 앞에 보이지 마!"

"그러고 보니 나오후미는 사슬갑옷을 싫어했었지!"

"네, 맞아요! 그 전 왕녀에게 속았을 때 빼앗겼던 물건이니까요!"

내 태도를 본 키즈나와 라프타리아가 생각난 게 있는 듯 말했다.

"어머어머어머."

웃지 마! 그러고 보니 사슬만 보고도 어쩐지 울화가 치밀었던 것도 이것 때문이었나 보군.

이렇게 사사건건 내 신경을 거스르다니…… 아니, 나 너무 화내는 거 아냐?

내 머릿속의 냉정한 부분이 스테이터스에 표시된 라스 미러의 변화 시간을 들이댔다.

시간이 얼마 안 남았다! 젠장, 이러다간 분노에 잡아먹히겠어!

그렇다고 해제해 버렸다간 라스 미러에 의해 강화된 상태인 나는 물론 마룡까지 약화되고 말 것이다.

그런 상태에서 전투를 계속하는 게…… 가능할까?

"라프타리아, 키즈나, 모두 잘 들어. 마룡과 내가 이 상태를 유지할 수 있는 시간은 이제 얼마 안 남았어. 단숨에 몰아붙이는 거야."

이대로 가면 야금야금 밀리다 패하거나 후퇴하는 수밖에 없다.

끈기 있게 공격하면 승산이 있을지도 모르지만, 그렇게 장기전을 벌여 본들 상대가 도망치면 그만이다.

하지만 그렇다고 이 기회를 놓치는 건 너무 아까운 일이었다.

그러니까 단번에 몰아붙이자는 것이다.

"그럼 방패 용사, 이 스킬에 내 힘을 합쳐 보는 건 어떻겠느냐?"

마룡이 내 스테이터스를 해킹해서 한 가지 스킬을 지명했다.

지금까지는 변환되지 않아서 사용할 수 없었던 녀석이었다.

마룡의 보좌 덕분에 쓸 수 있게 된 건지, 아니면 라스 미러 덕분인지는 알 수 없었다.

그래도…… 해 보는 수밖에 없겠지. 이게 가장 빠른 방법이니까.

"저도 돕겠습니다."

이때 라이노가 마법 영창에 들어갔다.

채찍을 들고 있는 덕분에 강력한 마법이 발동되었다.

『힘의 근원인 내가 명한다. 다시금 이치를 깨우쳐, 저자들의 속도를 끌어올려라!』

영창으로 보아…… 지원마법이군.

"드라이파 부스트 X!"

상황에 맞추어 적절하게 움직여 주는군.

마룡이 영창한 강화마법보다 다소 속도가 올라갔다.

"간다!"

"자, 자, 덤벼 보렴."

"그래, 해치워 주마! 받아 보시지! 거울 감옥 10! 이어서…… 변이경 공(攻)!"

"어머어머어머……."

세인의 언니를 중심으로 거울 감옥이 출현해서 그녀를 가두었다.

빠직빠직 하고 단 몇 초 만에 거울 감옥에 금이 갔다.

이렇게까지 강화했는데도 쉽게 깨지다니, 이 녀석 완전히 우리를 갖고 놀고 있잖아!

체인지 실드의 거울 버전인 변이경 공을 통해 세인의 언니에게 카운터 효과를 주는 거울로 변경.

지금부터…… 시작이다!

“이 스킬을 쓰는 것도 오랜만이네!”

자비의 방패 덕분에 사용 가능해졌지만, 다루기가 까다로워서 제대로 사용하지 못하고 있었던 스킬이었다.

하지만, 지금은 쓰지 않을 수가 없는 상황인 것이다.

사용하는 즉시 회복하지 않으면 위험해지지만 말이지.

참고로 이 스킬의 이름은 변하지 않았다.

변환이 완벽하지 않아서 그런 건지도 모르지만, 사용할 수 있으니 사용해 보기로 했다.

“나와 방패 용사의 합동 기술을 똑똑히 보거라!”

『그 힘은 혼조차도 불사르는 증오이자 지옥의 불꽃, 모든 것을 멸하는 마도의 진수, 나의 적을 멸하는 방법일지니…… 세계를 통치하는 용제가 명한다! 종말의 불꽃처럼 온 세계를 불사르라!』

『그 어리석은 죄인에 대해 내가 정한 벌의 이름은, 증오에 찬 강철 처녀의 포옹에 전신을 꿰뚫리는 일격일지니. 비명마저도 그 품에 안겨, 증오의 불꽃 속에서 몸부림칠지어다!』

“메기도 아이언메이든 10!”

영창이 끝나는 동시에 증오로 가득 찬 악마나 드래곤 같은 장식이 새겨진 강철 처녀가 시꺼먼 불꽃을 휘감고 출현했다.

불꽃을 휘감은 강철 처녀는 문을 열어서 검은 불꽃이 깃든 내부를 내보이며 거울 감옥을 집어삼켰다. 그리고 내부를 바늘로 꿰뚫어 버리는 동시에 모조리 불살라 버릴 듯한 불기둥을 만들어냈다.

"우와! 완전 흉악하잖아?!"

나와 마룡이 온 힘을 다해 내쏜 비장의 스킬을 본 키즈나가 말했다.

시끄러워! 마룡이 흉악한 건 하루 이틀 일도 아니잖아!

"한눈팔지 마! 이걸 쓴다고 해서 대미지가 들어간다는 보장도 없어!"

"아, 알았어."

내가 주의를 주는 것과 동시에 불꽃이 흩어져 버리고, 몸 여기저기에 화상 자국이 난 세인의 언니가 그 안에서 모습을 드러냈다.

동시에 내 부유경과 갑옷이 원래 모습으로 돌아오고, 마룡이 새끼 용 형태로 변화했다.

SP 고갈이었다. 게다가 기…… EP까지 사용하는 바람에 거의 다 바닥나 버렸다.

으……. 반동이 발생한 건지, 뼛속이 타오르는 것 같은 환각이 몰아쳤다.

빨리 혼유수와 회복 아이템을 복용하지 않으면 전투 속행이 불가능하다.

"생각보다 아프던걸. 그럼 이번에는——."

"——키즈나, 이때다!"

"응!"

키즈나가 0의 수렵구로 화살을 쏘아서 세인의 언니가 갖고 있는 사슬의 권속기에 달린 액세서리에 명중시켰다.

쨍강 하는 상쾌한 소리와 함께 액세서리가 산산조각 나 버렸다!

좋았어! 비록 소지자는 찾아내지 못한 상태지만, 권속기는 이제 해방된 셈이다.

이제 세인의 언니는 대폭으로 약해질 게 분명하다!

세인의 언니가 갖고 있던 권속기의 보석이 탁해진 상태에서 단숨에 투명하게 변했다.

"몰아붙여!"

"네!"

내 말에 맞추어, 아군들 가운데 싸울 수 있는 자들이 일제히 저마다의 무기로 스킬을——.

"히드라 10!"

세인의 언니가 사슬로 퍽 하고 땅바닥을 내리친 순간, 우리 전원을 향해 엄청난 속도로 사슬이 날아들었다.

성무기나 권속기를 갖지 않은 녀석이 맞으면 무사하지 못할 것이다.

나는 동료들을 보호하기 위해 앞으로 나섰다.

"끄아아아아아아아아악!"

"끄으으으윽."

가까스로 낙법을 취하기는 했지만, 그 공격의 강력한 위력을 완전히 무마할 수는 없었다.

"또 이거냐!"

이렇게 발동 속도가 빠르면서 위력은 흉악한 수준이라니!

"주인님!"

필로가 나가떨어지는 나를 받아내서 충격을 흡수해 주었다.

"어머어머어머, 마음먹고 쐈는데도 안 죽었네. 벌써 그렇게 성장하다니 놀라운걸."

"으으……. 뭐야, 방금 그거…… 빨라도 너무 빠르잖아."

"어떻게 저렇게 빠를 수가 있죠?"

키즈나와 글래스도 나가떨어졌다가 이제야 가까스로 일어나는 게 고작이었다.

"실력 차가…… 제법 많이 나는군."

마룡이 중얼거렸다.

"빌어먹을…… 권속기를 구속하고 있는 액세서리는 분명 파괴했을 텐데."

나도 모르게 볼멘소리가 튀어나왔다.

소지자의 손을 벗어나서 어디론가 숨어 버렸으면 좋았으련만, 왜 계속 그 손에 머물러서 스킬까지 멀쩡히 쏴 대고 있는 거냔 말이다!

"모든 성무기와 권속기들이 너희 편을 들고 있다고 생각하면 오산이야. 자기들만 옳다는 생각에 빠져 있으면, 이 세계를 어지럽히던 사람들이랑 똑같이 돼 버릴 수도 있지 않겠니?"

그 말은…… 이 권속기는 파도에서의 싸움을 지지하고, 자신이 원해서 세인의 손에 머물러 있다는 말인가?

사슬……. 권속기의 정령이건 뭐건, 네놈은 절대 용서 못해.

애초에 사슬갑옷으로 변할 수 있다는 점부터가 마음에 안 든다.

하지만…… 전황이 불리해도 너무 불리하다.

이기기에는 강화가 부족했다. 레벨과 잠재능력을 더 끌어올리지 않으면 승산이 없다.

"철수하는 편이 좋을 것 같군."

내 생각을 알아챈 건지, 마룡이 영창을 시작했다.

"아, 나는 신경 쓸 것 없어. 어차피 나도 그만 돌아가려던 참이었으니까."

"호오…… 이렇게까지 우리를 궁지에 몰아 놓고, 왜지? 그대 정도 수준이라면, 조금 더 놀 수 있을 것 같다만?"

"맞아. 아직 여력이 있어 보이는걸."

"응. 이번에는 우리도 방심 안 해."

마룡의 말에 사디나와 실디나가 고개를 끄덕였다.

"생각보다 대미지를 심하게 입어서, 라고 생각해 주면 안 될까? 저주도 있는 것 같아서 힘들어."

말은 그렇게 하지만 누가 봐도 여유를 과시하는 것 같단 말이다!

"이 스킬은 위력과 발동 속도는 빠르지만 다음번에 쓸 때까지 시간이 걸리거든. 중과부적인 데다, 예상치 못한 사태가 일어나서 질 수도 있는 상황이 되는 건 싫어. 저기 있는, 무기를 새로 얻은 두 사람도 그렇고."

정말 말 많은 놈이군. 기분 나쁘게 강한 녀석이다.

뒤에 있는 두 사람……. 하긴, 사디나와 실디나니까.

아마 뭔가 계책을 생각하고 있을 것이다.

애초에 성무기나 권속기를 탈환할 수 있을 만큼의 힘을 가진 녀석들이니, 경계하는 것도 당연하겠지.

"그리고…… 그분이 기뻐하실 만큼의 손맛을 주는 상대로 성장할 것 같아서 말이야. 어쩌면 우리가 만들어낸 자보다 더 기뻐하실지도 모르잖니?"

설마 지금까지 상대해 온 녀석들과 협조해 왔던 건, 네놈들 위에 있는 자들의 오락을 위해서라는 말이냐?

빌어먹을…….

"그 점으로 따지면 작살의 권속기를 갖고 있던 아이는 제법 수재가 될 것 같았는데 말이지. 설마 자기가 나서서 쳐들어올 줄은 몰랐지 뭐니."

"무슨 뜻이지?"

"모르겠니? 그런 자들은 신비한 힘을 갖고 있잖아? 작살을 갖고 있던 애는 말이지, 자기 구역에서는 능력이 몇 배로 더 올라간다나 봐."

안 그래도 생각보다 강했는데, 원래는 거점 방어 능력을 갖고 있었던 건가.

"우연이긴 하지만, 너희도 참 교활한 짓을 했지 뭐야."

쿠필리카라는 녀석이 죽을 위기에 처하는 바람에 상대는 쿠필리카의 힘을 되찾기 위해 나서게 됐고, 결과적으로 원래 자기 근거지에 틀어박혀 있을 때 더 강한 녀석을 홈에서 원정으로 끌어냄으로써 약화시킨 셈이 된 건가…….

"그리고 또 하나. 너희가 윗치라고 부르는 애는 그분이 마음에 들어 하시니까, 그런 애를 다치게 한 사람을 내가 처치하면 무슨 소리를 들을지 모르거든."

아아, 그건 납득이 가는군. 윗치의 아양 떠는 속도는 보통이 아니니까.

"뭐, 한 번 죽었으니까, 이제 멋대로 굴면 혼쭐이 난다는 걸 깨닫고 잠자코 있어 줬으면 좋으련만."

이 말에 라이노가 분노에 찬 얼굴로 비틀거리며 일어섰다.

"당신의 상사에게 전하세요. 그 여자는 처녀가 아니라고. 메르로마르크는 여자가 왕인 나라…… 처녀막 재생 수술 면에서는 세계 1위니까, 쉽게 알아채는 건 힘들다고."

잠깐, 처녀막이 뭐가 어째?

내가 소속된 나라가 이런 기술을 뽐내는 나라였다는 건 알고 싶지 않았는데.

"그거 좋은 정보를 들었는걸. 그럼 이만 갈게. 콜록…… 어머어머어머."

세인의 언니는 피를 토하면서 우리에게 손을 흔들었다.

여유가 있는 것처럼 보이지만, 대미지는 분명히 들어갔다는 거군.

녀석도 제법 심한 부상을 입었기에 도망치려 하는 건지도 모르겠다.

지난번보다는 그래도 어느 정도 나아졌다고…… 그렇게 생각하는 수밖에.

"그럼 잘들 있으렴."

그런 말과 함께, 세인의 언니는 모습을 감추었다.

바람 가르는 소리……. 모습을 감춘 채 재빨리 뛰어간 건가.

"엄청난 속도예요. 추격은…… 위험하겠네요."

라프타리아가 소리 난 방향을 쳐다보며 말했다.

"방금 그건 허세였을까?"

"글쎄. 뭐라고 장담하기는 힘들지만, 어쨌거나 우리도 녀석을 궁지에 내몰 수 있을 만큼 강해졌다는 거겠지."

그대로 계속 전투를 벌였다고 해서 이길 수 있었으리라는 보장은 없지만, 철수를 생각하게 만들 만큼의 강력한 공격을 처음으로 적중시킨 것에 만족하는 수밖에 없다.

"아, 맞아! 빨리 라르크 쪽으로 가 봐야지!"

"그랬었지. 그런데……."

나는 라이노 쪽으로 고개를 돌렸다.

그러자 라이노는 나에게 경례하고, 고개를 조아렸다.

"방패 용사님, 여왕님의 지시에 따라 첩보 활동을 하고 있던 라이노라고 합니다. 그리고 이번에 되찾은 칠성무기의 하나, 채찍을 바치겠습니다."

"그래, 네 덕분에 이번 싸움을 이겨낼 수 있었어."

채찍을 받아 들고 액세서리 제거를 시도해 보았다.

이게 타쿠토가 사용하던 채찍인가. 참 기묘하게도 생겼네.

약간 만지다 보니 액세서리는 손쉽게 떨어졌다. 그리고 채찍의 칠성무기는 빛을 되찾아서 우리 주위를 맴돌다가 모습을 감추었다.

아마 다른 권속기처럼 중요한 상황에서 등장하거나, 원래 세계로 돌아갔을 때 모습을 드러내리라.

"윗치에게 원한이 있다고 들었는데……."

"네. 저는 그 여자들에게 속아서 지옥을 맛보았습니다. 방패 용사님과 여왕님 덕분에 지옥으로부터 벗어날 수 있었지만…… 그 여자가 암약하면서 몹쓸 짓을 벌이고 있다는 소식을 듣고, 복수를 위해……."

하긴, 윗치에 의한 희생자는 말 그대로 하늘의 별만큼 많을 테니까.

그중에서 운 좋게 윗치를 추적하는 데 성공한 게 바로 이 라이노였다는 거군.

스파이로서 활약하다가 윗치의 등을 칠 절호의 기회를 맞이했다는 이야기다.

아주 좋아. 그 광경 덕분에 한동안은 푹 잠들 수 있을 것 같다니까.

"제가 조사할 수 있는 범위 안에서 녀석들의 기술, 속사정 등을 최대한 정리해서 별개의 자료로 만들어 두었습니다. 나중에 훑어봐 주시면 감사하겠습니다."

이 녀석, 너무 유능한 거 아냐?

"진짜 굉장한 녀석이네. 나중에 뭔가 보상을 줘야겠는데."

"부디 그 여자에 대한 제재를……. 제 소망은 그것뿐입니다."

"그것 이외에 더 줘야겠다는 거야. 애초에 당연히 하게 돼 있었던 걸 보상이라고 할 수는 없잖아?"

"방패 용사님……."

대단한 감명이라도 받은 것 같은 표정을 보이는 라이노.

그래, 이미 행동으로 드러내기도 했지만, 이 녀석은 진심으로 윗치를 증오하고 있다.

"라이노……. 너는 내 동료야."

"네!"

""윗치에게 제재를!""

나는 고개를 든 라이노와 굳은 악수를 주고받았다.

"엄청난 속도로 나오후미 님의 마음을 붙잡고 있어요! 마치 루프트 군…… 아니, 나오후미 님 식으로 말하자면 루프트 군 2호예요!"

라프타리아는 뭔가 혼란에 빠져 있군.

라이노에게 이상한 닉네임 붙이지 마!

"아……. 응. 나오후미랑 친하게 지낼 수 있을 것 같은 사람이네."

"키즈나, 저분들 가까이에 가시면 안 돼요. 어둠 속에 빠지고 말 것 같으니까요."

"뭐가 나쁘다는 거지?"

마룡이 고개를 갸웃거리며 글래스에게 물었다.

"어둠의 필두에 계신 분은 저리 물러나세요!"

"나오후미! 빨리 다음 장소로 가야지!"

"알았어. 자, 빨리 라르크 일행 쪽으로 가자."

키즈나 일행은 뭔가 말다툼을 벌이고 있었지만, 여기서 유유자적하게 놀고 있을 시간이 없었다.

이렇게 해서 우리는 부상 치료도 하는 둥 마는 둥 항구도시 쪽으로 이동을 개시했다.

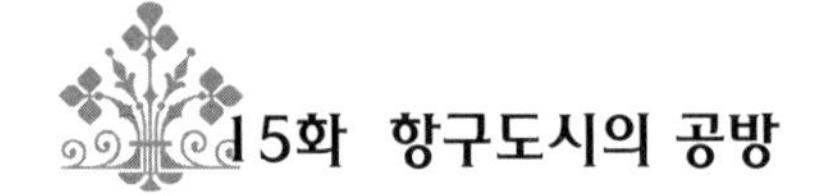

15화 항구도시의 공방

"죽음의 무도!"

항구도시에 도착한 우리가 키즈나 일행의 집을 나와서 떠들썩

한 소리가 울려 퍼지는 곳으로 가보니, 라르크가 절호의 컨디션으로 낫을 휘둘러서 적병으로 보이는 자들을 무찌르고 있는 중이었다.

"오오! 나오후미 꼬마! 생각보다 늦었잖아."

"라프~!"

라프짱이 라르크의 등에서 내려와 내 쪽으로 달려왔다.

"나오후미 꼬마의 식신이 그쪽에서도 싸움이 벌어지고 있다고 설명해 주긴 했지만, 이쪽도 장난 아니었다고. 미지의 권속기 같은 무기를 가진 녀석이 우르르 몰려오는 바람에, 우리도 엄청 당황했다니까."

"말은 그렇게 하지만 전투는 이제 거의 끝나 가는 것 같은데?"

"그래, 뭔가 중간에 후퇴 명령이 나온 모양이야. 아까 일제히 도망치더라고. 지금 있는 녀석들은 미처 도망 못 친 놈들이고."

이건…… 우리 쪽에서 윗치를 두들겨 패고 배의 권속기 소지자가 철수한 탓인가?

작전이 실패했다는 걸 깨닫고 일찌감치 물러난 거겠지.

"그리고 말이지……."

라르크가 전장 안쪽, 아니, 가장 뒤를 엄지로 가리켜 신호를 보냈다.

가리키는 쪽을 쳐다보니 거기에는 인파가 생겨나 있고, 인파 중심에는 뭔가 후광 같은 걸 휘감은 테리스가 서 있었다.

그 인파 속 사람들은 모두 정인들이고, 테리스를 향해 기도를 드리는 것처럼 보이는데…….

"쳐들어왔던 정인들이 테리스를 보자마자 하나같이 매료의 상태이상에라도 걸린 것처럼 기도를 드리는가 싶더니, 지금까지 자기들 동료였던 녀석들을 공격해 대서 말이야…… 적들도 엄청 당황하더라고."

"아, 저기 계신 분이 바로 신과 같은 솜씨를 지니신, 이 액세서리를 만드신 명공님이십니다!"

"""오오오오오오오오오오!!"""

"""훌륭하십니다!"""

"""명공님! 부디 저희에게도 천상의 연마를!"""

그 즉시 스타더스트 미러를 전개! 물론 10으로 전개해서 녀석들의 접근을 원천 차단했다.

"필로, 날아! 녀석들이 다가오지 못하게 해!"

"응!"

필로에게 마물화를 지시하고 등에 올라타서, 흙먼지를 일으키며 내게 돌진해 오는 녀석들로부터 멀찍이 떨어졌다.

물론 라프타리아 등도 함께였다.

이때 키즈나와 글래스가 라르크 일행과 합류해서 우리는 개별 행동을 시작했다.

"이게 대체 어떻게 된 건지……."

"굉장한걸. 무슨 개그라도 하는 게 아닐까 싶을 정도야."

"정인들은 참……."

키즈나와 글래스가 황당하다는 듯 눈앞의 광경을 쳐다보며 말했다.

"빌어먹을……. 나는 이런 녀석을 이겨야 한다는 거냐!"

라르크, 넌 좀 닥쳐!

이런 생각을 하고 있을 때, 항구 쪽에서 충격이 발생한 것이 느껴졌다.

"필로, 빨리 저리로 가."

"알았어~!"

"키즈나, 그쪽은 너희가 맡아."

"맡고 싶지는 않지만, 알았어!"

이렇게 해서 우리는 항구 쪽으로 향했다.

상공에서 보니 무슨 일이 일어난 건지 쉽게 알 수 있었다.

대부분의 소동은 아군의 승리로 끝나고, 정체불명의 권속기 소지자 등의 녀석들은 이미 철수를 마친 모양이었다.

"아죠—! 어림없다!"

"제법이구나! 흥!"

할망구와 할아범과 그 문하생 그리고 도서토들이 있는 지역은 아군 측의 피해가 유난히 적은 것 같아 보였다.

적병들로 보이는 녀석들이 모조리 쓰러져 있군.

"저기 저건…… 어—이!"

"우리 쪽은 문제없다."

요모기와 츠구미가 우리를 향해 손을 흔들고 있었다.

주위에는…… 여자로 보이는 녀석들이 포박당해 있었다. 역시 요모기와 츠구미의 전 동료 여자들인 모양이군.

"못 먹을 재료로 만든 음식을 본의 아니게 먹게 됐지만, 그 덕분에 큰 도움이 됐다. 고맙다."

"그게 없었다면 위험했을 거야. 하지만 그 이상은 아냐!"

마룡의 피로 만든 푸딩에 대한 원한을 아직도 갖고 있는 모양이었다.

그 밖에 마룡의 부하인 사천왕들이 마룡을 거느리고 나는 우리를 보고는 경례를 보내 왔다.

"흐음…… 제법 활약한 모양이군. 방패 용사여, 참고로 내가 그대의 힘을 통해 변신했을 때 사천왕들도 나의 힘으로 하나같이 파워업했었다."

"하긴 필로도 그랬으니까……."

"부우~!"

"이번 활약을 통해서 방패 용사가 우리 군에서 얼마나 중요한 존재인지를 사천왕과 그 부하들도 깨달았을 거다."

"나오후미 님의 힘을 멋대로 써 놓고……."

"그 덕분에 피해가 최소화될 수 있었던 거다. 감사하도록 해라."

"하아……."

그냥 무시하자, 무시! 피곤해서 더는 상대하기도 싫다.

"뮤지컬 발칸! 쇼크 뮤직!"

"ㅇㄲㅇㅇㅇㅇㅇㅇㅇㅇㅇㅇㅇㅇㅇㅇㅇㅇ!"

이츠키의 목소리가 들려왔기에, 목소리가 난 쪽을 쳐다보았다.

마침 이츠키가 스킬을 써서 갑옷남을 처치하는 순간인 것 같았다.

이츠키는 경련을 일으키며 땅바닥에 고꾸라져 있는 갑옷남을 밟은 채, 바이올린 형태로 변형시킨 무기를 갑옷남의 얼굴에 겨누고 있었다. 응? 갑옷남이 갖고 있던 도끼가 깨졌잖아? 저거 칠성무기 아니었던가?

“이제 승부가 판가름났네요. 당신이 졌예요, 마르드.”

“끄으으으으윽! 사악한 이세계인 놈! 도끼가! 도끼의 칠성무기만 있었으면 이런 꼴이 나지는 않았을 텐데! 형편없는 무기를 주다니! 우리의 정의가 이 모양이 된 건 다 그놈들 때문——!”

콰악 하고, 이츠키가 갑옷남의 몸통을 힘껏 짓밟았다.

“무기 탓이라는 건가요? 어차피 무기가 있었다고 해도 다른 사람 탓을 하셨겠죠? 이제 그 소리는 질렸어요.”

“후에에에에…….”

“당신 스스로가 일으킨 불상사 때문에 몰수당했다고 들었는데요? 다른 사람에게 책임을 전가하는 건 문제가 있지 않을까요?”

에스노바르트가 곤혹스러운 표정으로 지적했다.

이쪽도 선전을 펼친 모양이군. 어느 정도 부상을 입긴 했지만, 다행스럽게도 치명적인 피해는 없어 보였다.

“크…… 누가 좀 구해줘! 이런 상황에서 도와주는 사람이 없으면 그게 무슨 정의란 말이냐!”

“그건 당신이 정의가 아니라서 그런 거 아닐까요, 마르드?”

이츠키가 냉담하게, 그러면서도 고요한 분노가 담긴 목소리로 갑옷남을 다그쳤다.

그러다가 내가 다가오는 걸 알아챘는지, 이츠키는 내게 말을 건넸다.

“아아, 나오후미 씨. 좀 늦으셨네요.”

“저쪽에서 작살의 권속기 소지자와 윗치 패거리를 만났거든.”

“마르드도 이야기했어요. 작전이었다고……. 보아하니 나오후미 씨 쪽의 승리로 끝난 모양이네요.”

“거기 너, 라이노 아니냐! 뭘 하고 있는 거냐! 빨리 우리를 구하지 않고!”

아아, 면식이 있는 사이였군.

“무슨 말씀을 하시는 거죠? 저는 당신들의 적이에요. 윗치의 작전을 깨부순 게 바로 저였어요.”

라이노가 승리의 미소를 지으며 갑옷남에게 대답했다.

“정말이지…… 윗치의 그 표정, 어찌나 우습던지. 그 얼굴, 꼭 한 번 더 보고 싶네요……. 아하하하하하하!”

““아하하하하!””

나도 라이노와 함께 웃었다. 마룡도 웃고 있지만 무시해 두자.

“너무 사악해 보이는 웃음인데요.”

라프타리아의 고민 섞인 목소리가 들려왔지만 난 신경 안 쓴다!

“뭐가 어째?! 이 자식! 악이었단 말이냐!”

“그 얼굴도 마음에 드네요. 저는 윗치는 물론 당신들도 싫었으니까요. 아주 통쾌하네요.”

“이 배신자 년이이이이! 용서 못해! 네놈들, 절대 용서 못한다아아아아아아아!”

“네 용서 같은 건 딱히 필요도 없지만 말이지.”

보아하니 갑옷남은 도끼의 칠성무기를 몰수당한 채로 이번 싸움에 내몰린 모양이었다.

하긴, 윗치 같은 술수도 못 쓰는 남자인 이놈이 그렇게 불상사를 저질렀으니 이렇게 되는 건 당연하겠지.

“그런데 마르드, 궁금했던 게 하나 있었는데, 여기서 여쭤보고 싶네요.”

이츠키가 갑옷남을 짓밟은 채로 물었다.

"아직 나오후미 씨의 누명이 벗겨지기 전에, 제가 달성한 의뢰의 보상을 누군가에게 도둑맞았던 적이 있었죠? 그 범인은…… 당신이었나요?"

그러고 보니 그런 일도 있었지. 내가 훔친 게 아니냐고 나한테 따졌었던 일 말이군.

이츠키도 참 오래된 일을 따지고 드는군.

"아냐!"

갑옷남이 그렇게 단언한 직후, 이츠키는 갑옷남의 뺨을 아슬아슬하게 스칠 듯 말 듯한 각도로 음표를 사출했다.

"다음은 머리를 뚫어 버릴 거예요. 자, 대답하세요."

"아, 아무리 고문해 봤자 정의는 굴복하지 않는다!"

"그렇군요. 데들리 포이즌 뮤직."

퍽 하고 음표가 갑옷남의 어깨에 명중했다.

그러자 갑옷남의 얼굴이 자주색으로 부어올랐다.

"으끄으으으으으으아아아아아파! 몸이 타는 것처럼 아파! 끄아아아아아아아아아아악?!"

"맹독의 상태이상을 부여했어요. 죽기 싫으면 자백하세요. 범인은 당신인가요?"

"후에에에에에에! 이츠키 님, 이제 그만하세요!"

리시아가 제지하려 들었지만, 이츠키는 멈출 기색을 보이지 않았다.

"끄아아아아, 그, 그래! 우리가 보상을 받아서 술집에서 술값으로 썼다! 그러니까, 사, 살려 줘어어어어어어어!"

생각보다 순순히 자백하는군.

죽기가 싫어서 그랬다기보다, 그냥 엄살이 심한 것 같았다. 고문에 엄청 약할 거 같군.

"에에……."

어이, 리시아까지 황당해하고 있잖아.

저게 정의라니…….

"역시 그랬군요……. 해독의 선율."

약속은 지키겠다는 듯, 이츠키는 악기를 연주해서 갑옷남에게 걸었던 독을 제거했다.

"그래도 당신을 생포해 가겠다는 방침은 달라진 게 없으니까 그리 아세요."

"흥! 나를 붙잡았다고 해서 거만 떨지 마라! 정의는 지지 않는다! 로지르가 구하러 올 거다! 그때가 오면! 우리의 정의는 승리할 거다!"

으엑……. 갑옷남을 처치해도 다른 녀석이 또 잠복하고 있는 거냐. 귀찮은 놈들.

"마르드, 아무래도 뭔가 착각하고 계신 것 같은데요. 제르토블의 처형인에게서 배운 저의 고문은…… 이제 시작일 뿐이에요. 당신에게서 캐내야 할 게 한둘이 아니니까요. 로지르가 오면…… 그때야말로 일망타진해 드리죠."

"어……."

이츠키의 그늘진 웃음에, 갑옷남이 전율하고 있었다.

뭐, 이츠키는 너 때문에 망가졌었으니까. 그 대가를 톡톡히 치르라고.

참고로 리시아도 전율하고 있었다.

"하지만 오늘은 당신 하나만 상대하고 있을 시간이 없어요. 잠깐 좀 자고 계세요."

"커허!"

이츠키가 악기로 갑옷남의 배를 후려쳐서 실신시켰다.

이츠키가 새로운 커스에 눈뜨지 않기를 기도하지 않을 수가 없군.

"일단…… 이 정도면 되겠지."

소동이 잦아들고, 우리는 모두 모여서 피해 상황을 확인했다.

더불어 전투 결과에 대한 보고도 주고받았다.

뭐, 결과만 좋다고 장땡은 아니지만, 딱히 큰 피해도 없이 작살의 권속기 소지자 일행을 처치하는 데도 성공했고, 이런저런 수확도 얻었으니 잘된 거라고 치자.

"그럼 작살의 권속기 소지자가 있던 나라로 쳐들어가 볼까!"

"아니, 아직 세인의 언니 세력이 남아 있을 가능성이 높아. 우리도 철저하게 준비를 하고 쳐들어가자."

"물론이지!"

이렇게 해서, 우리는 해가 질 때까지 항구도시의 복구 작업을 거들었다.

아아, 밤에는 승전 기념 파티도 화끈하게 열었다.

앞으로의 싸움이 좀 더 편해진 것을 모두 함께 기뻐했다.

한편으로는, 잠재 능력을 끌어올리는 강화방법의 존재가 밝혀진 탓에 단련의 필요성을 한층 더 뼈저리게 실감했지만.

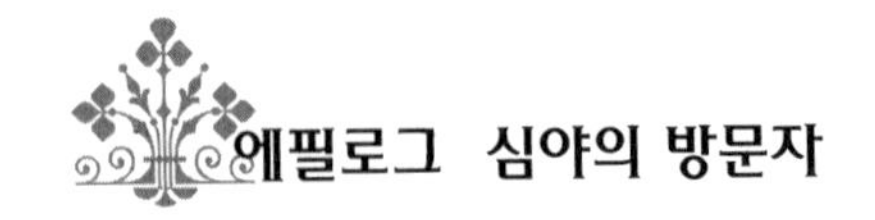

에필로그 심야의 방문자

승전 기념 파티를 벌이는 동안에도, 나는 라이노를 통해 녀석들의 속사정에 대해 많은 이야기를 들을 수 있었다.

정보를 정리해 봐야겠군.

아직 정리가 끝나지는 않았지만, 내 세계에서보다 먼저 모든 무기의 강화방법을 알아냈군.

영 찜찜한데. 키즈나 쪽 세계에 있을 때가 더 강하다니……. 뭐, 이것도 배부른 소리겠지만.

"흐아암…… 아, 졸려—."

승전 기념 파티가 끝나고, 일행들이 저마다 잠자리에 든 것을 확인한 나는 내일의 식사를 위한 재료 손질을 시작했다.

뭐, 오늘 밤 정도는 다른 사람에게 맡길 수도 있었지만, 어쩐지 흥분 때문에 잠이 안 와서 내가 하기로 한 것이었다.

라프타리아는 거들어 주겠다고 했지만 억지로 재웠다.

세인은 끝끝내 나를 따라왔지만, 식당 한쪽에서 앉은 채로 잠들어 있었다.

오늘은 엄청나게 밀도 높은 하루였으니까.

마룡의 피로 만든 푸딩이 없었다면 이미 쓰러졌을 거라는 확신이 들 만큼 기진맥진한 상태였다.

"역시…… 에너지 배분을 잘못한 거구나. 그래서 그렇게 소리가 끊어졌던 거네."

그런 목소리가 들려와 문득 고개를 들렸다.

그랬더니 손을 흔들며 존재를 과시하는 세인의 언니가 눈에 들어왔다.

가만히 세인에게 담요를 덮어 주는 중이었다. 수리된 사역마가 보초를 서고 있었을 텐데…… 사역마는 꼼짝도 하지 않는 평범한 인형으로 전락해 있었다.

"어, 이 자식?!"

"어머어머어머, 모처럼 세인이 조용히 자고 있는데 깨우면 안 되지."

"숨통을 끊으러 온 거냐?"

"어머어머어머, 남들 들으면 오해할 소리를 하네. 그게 아냐. 세인이 깨면 시끄러워질 것 같아서 감각을 속여 놓은 거야."

"그럼 뭐 하러 나타난 거냐!"

굳이 여기까지 쳐들어온 거냐?

이렇게 삼엄한 경비를 뚫고 쳐들어오다니, 말도 안 되는 소리다.

잠들어 있는 라프짱을 깨워서 라프타리아와 다른 동료들에게 알리도록 해야겠다.

시간을 벌었다가 단숨에 몰아붙여 주지.

"으—응…… 뭐라고 해야 할까? 이야기를 시작하기 전에 질문부터 할게. 세인에게서 이야기는 어느 정도나 들었니?"

"세인에게서 이야기를 듣긴…… 소리가 너무 끊겨서 아무것도 몰라."

세인은 이제 거의 대화가 불가능한 지경까지 와 있었다.

차라리 권속기가 완전히 망가지는 편이 더 대화하기 편한 게 아닐까 하는 생각이 들 정도다.

"어머어머어머, 권속기가 망가진 것 때문만은 아닐 텐데……. 세인이 이야기를 안 하는 건 말이야, 자기 이야기를 들은 사람들이 모조리 죽어 버렸기 때문이기도 하지 않을까 싶어."

세인의 이야기를 들은 사람은 모두 죽어 버리는 징크스?

그래서 나를 보호하기 위해 아무것도 이야기하지 않고 있다는 건가?

말도 안 되는 소리.

"그리고 이와타니, 애초에 왜 세인이 그렇게 너에게 집착하는 건지 그 이유를 좀 더 생각해 보는 게 좋지 않겠니?"

"동생과 원수지간이 된 네놈이 할 소리가 아닐 텐데?"

"나는 괜찮아. 뭐, 세인 입장에서는 자기 사정을 전부 이야기했는데도 이와타니가 믿어 주지 않을까 봐 무섭기도 할 테고, 무엇보다 이와타니가 죽을지도 모른다는 게 가장 싫겠지만."

내가 믿어 주지 않을까 봐 두렵고, 내가 죽는 게 싫단 말이지……. 그러고 보니 내가 세인에게 뭔가 해 준 적이 있었던가?

목숨을 걸고 나에게 집착할 만한 이유가 떠오르지 않았다.

복수를 도와주겠다고 말해 주긴 했지만, 세인은 그 이야기를 하기 전에도 나를 지키려 했었다.

"힌트. 세인이 뭔가 작은 성무기의 핵 같은 걸 갖고 있지 않았었니?"

"갖고 있었지."

내가 빈사 상태에 빠졌을 때, 그 도구로 나를 치료해 주었다고 들었다.

"그건 멸망한 우리 세계 성무기의 강화방법 중에 있는, 힘을 응축한 물건이란다. 타인에게 힘을 줄 수 있지."

"호오……."

그런 물건으로 왜 하필 나를 치료한 거지? 수수께끼가 한둘이 아니군.

"뭐, 세인의 생각을 더 이상 이야기하면 괜히 실수가 생길 것 같으니까, 너무 많은 걸 이야기해 줄 수는 없어."

"그래서 하고 싶은 말이 뭐지? 수다쟁이인 네가 굳이 여기까지 왔다는 건, 네가 득을 볼 만한 뭔가가 있다는 뜻일 텐데?"

"그야 뭐……."

헛기침을 한 번 한 다음, 세인의 언니는 평소와 다를 것 없는 말투로 대답했다.

"까놓고 말하자면, 현지에서 징용한 사람들을 제외하면 너희가 지금까지 싸운 사람들은 3군에 불과해. 몇 명이 죽건 우리 입장에서는 간지럽지도 않은 잔챙이들이지. 고작해야 기술 부문이 만든 시제품 테스트 용도를 겸한 부대 정도라고 할 수 있어."

"고작 실험 때문에 우리가 지금껏 이 고생을 한 거냐!"

이 세계에 쳐들어온 놈들은 실험부대일 뿐이고, 녀석들의 대장과는 거리가 멀다니……. 그렇게 험난한 싸움을 해 왔는데 적에게는 아무런 피해도 주지 못했다고 생각하니, 넌덜머리가 날 지경이었다.

"그래서 성무기나 권속기들을 이것저것 이용하고 있지만, 본

대는 아냐. 어디까지나, 이 세계는 수많은 3군들을 보낸 여러 세계 중 하나일 뿐이야. 본대는 지금 마음에 든 여자를 꼬시려고 어떤 세계에서 날뛰는 중이지."

어이, 재수 없는 소리 하지 마.

"그리고 이 세계는 공략이 힘들어졌으니까 일단 나중에 공략하기로 하고 공격 대상을 바꾸려는 모양이야. 다음 세계를 공략하기 쉽도록 성무기를 미끼로 너희를 이쪽 세계에 붙잡아둘 계획이지."

성무기…… 구슬과 둔기, 그리고 배의 권속기가 아직 적의 수중에 있다.

상식적으로 생각하면 싸움은 아직 끝나지 않은 것이다.

"이와타니, 다음에는 너희 세계로 갈 계획인 모양이야. 윗치를 한 번 죽인 것 때문에."

"윗치가 그렇게까지 환심을 산 거냐."

그렇군. 세인의 언니가 윗치의 발목을 붙잡아서 실패하게 만들려 했던 것도 이해가 간다.

다만, 권력으로 따지면 남 탓만 하는 윗치보다는 세인의 언니가 더 위라는 거군…….

"그러니까, 이 세계에서 느긋하게 성무기와 권속기를 되찾을 생각이나 하고 있다가는 너희 세계가 함락당하고 말 거야. 나는 그 점을 경고하러 온 거야."

용사인 나와 이츠키가 자리를 비운 사이에 렌과 모토야스가 파도에 의해 살해당한다면 세계가 멸망할지도 모른다.

이거 심각한 상황인데……. 다만, 여기서 한 가지 의문이 떠올랐다.

“네가 왜 굳이 그런 설명을 하러 여기까지 온 거지?”

“어머어머어머, 모르겠니? 우리라고 해서 다 한마음인 건 아니라는 거야. 그분 입장에서도 어느 정도 박진감이 있어야 재미있을 거라고 생각하는 세력도 있단 말이지.”

“아, 그러셔.”

싸움을 즐긴다니, 무인 같은 세력이군……. 기분도 이해는 가지만 우리 입장에서는 민폐일 뿐이다.

왜 이렇게 세계를 장난감처럼 여기는 놈들이 많은 건지.

“그러니까 이와타니. 다음에는 너희 세계에서 만나자. 그냥 이 말을 하고 싶었어. 바—이.”

그런 말을 남기고, 세인의 언니는 자취를 감추었다.

직후에 세인이 벌떡 일어나서 무기를 가위로 바꾸고 경계태세를 취했다.

“방금! 언니가 오지 않았어?”

목소리가 안 끊기잖아……? 어떻게 된 거야?

게다가 어쩐지 봉제 인형들의 움직임도 좋아진 것처럼 보였다.

“그래, 있었어. 다음에는 우리 쪽 세계에 오겠다나 봐.”

기분 나쁜 정보를 일방적으로 말하고 떠나가 버렸다.

하지만 지금은 그게 중요한 게 아니다. 이 기회에 세인에게서 찬찬히 이야기를 들어봐야 한다.

“세인, 네 언니가 그러던데. 네가 자기 속사정을 이야기하면, 그 이야기를 들은 사람은 모두 죽는다고.”

내 말을 들은 세인은 흠칫 놀라며 어쩔 줄 몰라 했다.

으엑……. 진짜였냐.

그 자식, 진짜 사실을 이야기했잖아.

"잔말 말고 이야기해. 나중에 말썽이라도 생기면 안 되잖아?"

"아니…… 알 필요 없는 일이야. 내 세계는 멸망했어. 언니가 배신자였던 것뿐이야. 나는 언니를 물리치고 싶은 것뿐이니까, 나오후미는 속사정을 몰라도 돼. 녀석들을 처치하는 방법을 전혀 몰랐던 내 지식 따위 있으나 마나야. 알게 되면 죽으니까, 결과적으로 차라리 모르는 게 나아."

이 녀석…… 말을 할 수 있게 되자마자 주절주절 잘도 지껄이는군.

"그럼 협조 못 해."

"그래도 따라갈 거야. 지금 내가 해 줄 수 있는 말은, 적은 정말 강하니까 더 힘을 길러야 한다는 것. 모든 성무기, 권속기의 강화를 실시하고 레벨을 엄청나게 올리더라도, 승리할 수 있다는 보장은 없어."

아, 진짜 성가신 녀석이네.

"그럼 이것만이라도 가르쳐 줘. 왜 하필 나지?"

어차피 배신자인 언니를 처단하는 것만이 목적이라면, 성무기를 가진 다른 녀석에게 부탁해도 되는 것 아닌가.

예를 들어, 나처럼 성가신 녀석보다는 정통파 용사인 키즈나 쪽이 몇 배는 더 나을 것이다.

아니, 실은 이미 무수히 시도했다가 최종적으로 내가 된 건가?

"그건…… 나오후미니까."

"엉?"

"……."

세인은 더 이상은 아무 말도 하지 않겠다는 듯 입을 꾹 다물었다.

진짜 귀찮은 녀석이라니까.

뭐…… 자기 이야기를 들은 사람은 다 죽는다는 징크스 때문에 그러는 거겠지만.

그나저나 이 녀석, 방금 그냥 내 이름을 불렀잖아.

"……."

바로 그 직후, 라프타리아와 동료들이 달려와서 성안은 커다란 소란에 빠졌다. 소란은 곧 잦아들었지만, 사태가 진정되어 가고 있다는 느낌은 없었다.

어찌 됐건…… 세인의 언니 녀석, 기분 나쁜 선물을 두고 가 버렸군.

(계속)

방패 용사 성공담 19

2018년 07월 16일 제1판 인쇄
2019년 05월 02일 제2쇄 발행

지음 아네코 유사기 | **일러스트** 미나미 세이라 | **옮김** 박용국

펴낸이 임광순 | **제작 디자인팀장** 오태철
편집부 황건수 · 신채윤 · 이병건 · 이홍재 · 김호민
디자인팀 한혜빈 · 김태원
국제팀 노석진 · 엄태진

펴낸곳 영상출판미디어(주)
등록번호 제 2002-000003호
주소 21311 인천광역시 부평구 평천로 132 (청천동)
전화 032-505-2973(代) | **FAX** 032-505-2982

ISBN 979-11-319-8260-0
ISBN 979-11-319-0033-8 (세트)

아네코 유사기 작품리스트

방패 용사 성공담 1~19

창 용사의 새출발 1

나만 집에 가는 학급전이 1~2

[코믹스]

방패 용사 성공담 1~3

· 만화 : 아이야 큐 (원작 : 아네코 유사기/캐릭터 원안 : 미나미 세이라)